AF554911

# Diana Palmer

# Trilby

Editado por Harlequin Ibérica.
Una división de HarperCollins Ibérica, S.A.
Núñez de Balboa, 56
28001 Madrid


TRILBY, Nº 71
Título original: Trilby
Traducido por Amaya Vázquez Díaz



I.S.B.N.: 978-84-671-6690-3

# CAPÍTULO 1

Había una nube de polvo sobre el horizonte. Trilby la observaba con mariposas en el estómago. Sólo llevaba unos meses en el rancho, pero unas simples motas de polvo lograban sacarla del aburrimiento en la inmensidad baldía de Arizona. Aquel lugar salvaje no tenía nada que ver con la vorágine social de Nueva Orleans y de Baton Rouge. Octubre casi había llegado a su fin, pero la ola de calor no remitía. En realidad, iba a peor. Para una joven de la alta sociedad del este, las condiciones de vida eran muy duras. Aquella casa de madera situada a la afueras de Douglas, Arizona, no tenía nada que ver con una mansión de Louisiana, y los hombres que habitaban esa tierra sin ley eran tan bárbaros como los pieles rojas, que también abundaban. Un viejo apache y un joven yaqui trabajaban para su padre. No hablaban mucho, pero miraban fijamente, tal y como hacían los vaqueros, polvorientos y sucios.

Trilby pasaba la mayor parte del tiempo en casa, excepto los días de la colada. Una vez a la semana ayudaba a sus padres a lavar la ropa blanca en un caldero con agua hirviendo. El resto de las prendas había que lavarlo a mano, frotando contra una tabla de madera dentro de una pequeña bañera de hojalata.

–¿Es una nube de polvo o de agua? –preguntó su hermano Teddy, sacándola de sus pensamientos.

Ella lo miró por encima del hombro y sonrió.

–Polvo, espero. La temporada de monzones ha pasado y ya hay sequía de nuevo. ¿Qué otra cosa podría ser?

–Bueno, podría ser el coronel Blanco y algunos de los insurrectos. Los rebeldes mexicanos que luchan contra el gobierno de Díaz. Dios, ¿recuerdas el día en que la patrulla de caballería se acercó al rancho y pidió agua? Yo les traje un cubo lleno.

Ted sólo tenía doce años y aquel recuerdo era el más importante de su vida. El rancho de la familia estaba cerca de la frontera con México, y el diez de octubre Porfirio Díaz había sido reelegido como presidente del país. Pero su supremacía estaba bajo la amenaza de Francisco Madero, que también se había presentado a las elecciones y había perdido. Toda la nación estaba inmersa en una crisis de violencia. En ocasiones los rebeldes, que no siempre pertenecían a una banda de insurrectos, atacaban ranchos cercanos y la caballería vigilaba desde el otro lado de la frontera. El país vecino se había convertido en un polvorín.

Había sido un año lleno de acontecimientos nefastos. En mayo el cometa Halley había aterrorizado al mundo y poco después el rey Eduardo había fallecido de forma trágica. Y por si era poco, en los meses siguientes había habido una erupción volcánica en Alaska y un terremoto devastador en Costa Rica.

Los problemas en la frontera le alegraban la vida a Teddy, pero para el resto suponía un gran inconveniente. Todo el mundo conocía a alguien vinculado a las minas de Sonora porque seis de las compañías mineras tenían la sede en Douglas. Además, muchos de los rancheros locales tenían explotaciones mineras al otro lado de la frontera mexicana y ésa era una de las causas por las que crecía la tensión.

Un rato antes había llegado un regimiento de caballería procedente del campamento de Fort Huachuca. Los oficiales iban en un coche de campaña seguidos de las tropas a caballo. Aquellos hombres apuestos iban provocando y

Trilby había tenido que reprimir el impulso de saludar y sonreír. Teddy no se había cohibido ni por un instante. Casi se había caído del porche saludando a la comitiva mientras desfilaban por delante de la casa. Por desgracia, no se habían detenido para pedir agua y el chico se había llevado una decepción.

Teddy era tan distinto. Ella tenía el pelo rubio y los ojos grises, mientras que su hermano era pelirrojo con ojos azules.

La joven sonrió al recordar al abuelo del que era el vivo retrato.

–Dos de nuestros vaqueros mexicanos admiran mucho al señor Madero. Dicen que Díaz es un dictador y que debería ser expulsado –le dijo él.

–Espero que lo solucionen antes de que haya una guerra –dijo ella, preocupada–. Espero que no acabemos en medio del conflicto. A mamá también le preocupa, así que no hables mucho del tema. ¿De acuerdo?

–Está bien –dijo él, sin estar muy convencido. Los aviones, el béisbol, la crisis mexicana y las célebres anécdotas de su amigo Mosby Torrance eran lo más importante en ese momento, pero no quería preocupar a Trilby con la gravedad de la situación al otro lado de la frontera con México. Ella no tenía ni idea de lo que hablaban los vaqueros. Teddy tampoco debía saberlo, pero había escuchado bastante a hurtadillas como para tener miedo y saber que sería mucho peor para su hermana mayor.

A Trilby siempre la habían protegido de las palabras y la gente dura. Vivir en Arizona, rodeada de hombres acostumbrados a sobrevivir en el desierto, la había hecho cambiar. Ya no sonreía tan a menudo como lo hacía en Louisiana, y tampoco era tan traviesa. Teddy echaba de menos a la antigua Trilby. Esa nueva hermana era tan reservada y tranquila que a veces no sabía si estaba en casa.

En ese momento contemplaba aquel paisaje baldío con la mirada perdida en la distancia, absorta en sí misma.

–Espero que Richard haya vuelto de Europa –murmuró–. Ojalá pudiera venir a vernos. Quizá dentro de un mes o dos, cuando se haya establecido en la casa... Será agradable volver a disfrutar de la compañía de un caballero.

Richard Bates había sido el gran amor de Trilby en Louisiana, pero a Teddy nunca le había gustado aquel hombre. Por muy caballero que fuera, parecía anémico y estúpido al lado de aquellos hombres de Arizona.

No obstante, Teddy no dijo lo que pensaba. A pesar de su juventud, ya había aprendido a ser diplomático. No iba a servir de nada llevarle la contraria a Trilby, que ya tenía bastante con intentar adaptarse a ese lugar extremo.

–Me encanta el desierto –dijo Teddy–. ¿No te gusta ni siquiera un poquito?

–Bueno, supongo que me estoy acostumbrando poco a poco –dijo ella suavemente–. Pero sigo sin acostumbrarme a este polvo amarillo tan horrible. Se mete en todo lo que cocino y en la ropa.

–Es mejor hacer cosas de chicas que marcar ganado –dijo su hermano, hablando como su padre–. Toda esa sangre, el polvo, el ruido. Los vaqueros también dicen palabrotas.

Trilby le sonrió.

–Ya me lo imaginaba. Papá también lo hace, pero nunca delante de nosotros. Sólo lo hace de forma accidental.

–Cuando estás marcando ganado ocurren muchos accidentes, Trilby –dijo, imitando a su héroe, Mosby Torrance, un ranger de Texas retirado que llevaba muchos años trabajando en el rancho. Teddy la miró y frunció el ceño–. ¿Trilby, te vas a casar algún día? Ya eres mayor.

–Sólo tengo veinticuatro –dijo ella.

La mayoría de sus amigas de Louisiana ya estaban casadas y tenían niños. Trilby llevaba cinco años esperando una proposición de Richard que no llegaba. Hasta ese momento no era más que un amigo y Trilby estaba impaciente.

Si otros hombres la hubieran cortejado Trilby podría haberse dejado llevar, pero ella sabía que no era hermosa por fuera, a pesar de tener un corazón noble y un carácter dulce. Ella no tenía el rostro que le aceleraba el pulso a los hombres y en ese rancho aislado no había demasiados solteros apetecibles. De todos modos, Trilby no había conocido a nadie con quien quisiera casarse en Arizona. Los vaqueros eran una pandilla de perezosos alcohólicos y fumadores que nunca se daban un baño.

El corazón de la joven se encogió al recordar a Richard, siempre impecable. Ojalá no se hubieran marchado de Louisiana. Su padre había heredado el rancho de su difunto hermano y había empeñado hasta el último céntimo en él. Toda la familia tenía que trabajar para mantenerlo.

El último año había sido muy seco y a pesar de las inundaciones los rancheros estaban perdiendo ganado al otro lado de la frontera. Tantos problemas... Y Arizona estaba a punto de convertirse en estado. Salvaje.

El desierto suponía un cambio radical para aquéllos acostumbrados a los pantanos y la humedad. Los padres de Trilby provenían de una familia adinerada y ésa era la única razón por la que Jack Lang tenía suficiente para aprovisionar el rancho. No obstante, su economía se había resentido durante los últimos meses y las cosas no iban a mejor. Pero incluso Trilby había logrado adaptarse bastante bien, pese a haber jurado que nunca sería feliz en un rancho en mitad del desierto, donde sólo había dos árboles Palo Verde bajo los que guarecerse.

–Mira, ¿no es el señor Vance? –preguntó Ted, cubriéndose los ojos para poder ver a un jinete solitario a lomos de un caballo aterciopelado.

Trilby apretó los dientes al verlo. Sí. Era Thornton Vance. No había otro que cabalgara con tanta arrogancia por los alrededores de Blackwater Springs. Aquel sombrero vaquero ligeramente inclinado a un lado era inconfundible.

–Ojalá se le cayera la silla de montar –comentó Trilby con ironía.

–No sé por qué no te cae bien, Trilby –dijo Ted–. Es muy bueno conmigo.

–Supongo que sí, Teddy.

Trilby y Thornton Vance siempre habían sido enemigos. El señor Vance le había tomado antipatía desde el primer momento.

Los Lang habían conocido al señor Vance cuando llevaban tres semanas en Blackwater Springs. Trilby recordaba a su delicada y altiva esposa de una reunión en la iglesia. En aquella ocasión, los fríos ojos de Thornton Vance se habían oscurecido al ver a Trilby.

Ella nunca había entendido por qué le tenía tanta aversión. Su esposa se había comportado de una forma un tanto afectada durante las presentaciones formales. La señora Vance era hermosa y era consciente de ello. Llevaba un caro vestido de diseño a juego con el bolso y los zapatos de cordones. Aquella rubia de ojos azules no se había molestado en esconder su desprecio por la humilde ropa de Trilby.

En Louisiana Trilby también había tenido buena ropa, pero ya no había dinero para frivolidades y tenía que arreglárselas con lo que tenía. Sin embargo, el desdén de aquellos ojos azules se le había clavado en el corazón.

La joven siempre había sentido miedo de Thornton Vance. Aquel hombre alto, fiero y despiadado siempre decía lo que pensaba y carecía de dones sociales. Era un forajido en una tierra de forajidos y, por mucha riqueza que poseyera, no despertaba ningún interés en Trilby. Era tan distinto de su Richard como el día de la noche. Todavía no era su Richard. Todavía no. Si se hubiera quedado un poco más en Louisiana, si hubiera sido algo mayor... Trilby suspiró para sí, intentando comprender por qué el destino había puesto a Thornton Vance en su camino.

El primo de Vance, Curt, era totalmente distinto y Trilby le había tomado aprecio de inmediato. Curt Vance era un hombre culto y caballeroso, parecido a Richard. Por desgracia no lo veía muy a menudo, pero disfrutaba mucho de su compañía.

Curt también se llevaba bien con la esposa del señor Vance. Sally Vance siempre estaba presente cuando Trilby hablaba con Curt. Entonces agarraba del brazo a su cuñado de forma posesiva y no tenía reparo en demostrar el rechazo que sentía por la joven cada vez que se veían; tanto que Trilby había decidido evitarla a toda costa.

Sally había muerto en un sospechoso accidente dos meses después de la llegada de los Lang. El señor Vance había aceptado el pésame de la familia, pero al ver acercarse a Trilby había dado media vuelta, dejándola con la palabra en la boca. La niña pequeña, de la mano de su padre, había ido tras él.

Trilby nunca se había atrevido a preguntar cómo podía haber ofendido a un hombre al que acababa de conocer. Ni siquiera se atrevía a mirarle a los ojos y él la evitaba continuamente, incluso cuando coincidían en reuniones sociales. La niña le tenía cariño a Trilby, pero su padre le impedía acercarse a ella. Además, parecía incómoda en presencia de su padre, lo cual no era de extrañar. Thornton Vance intimidaba a la gente.

No obstante, se había ablandado un poco en los dos últimos meses y visitaba el rancho con frecuencia. Siempre hablaba de la sequía y de cómo afectaba a sus rebaños. El señor Vance era dueño de una vasta extensión de tierra; miles de hectáreas que llegaban hasta el estado mexicano de Sonora. El rancho de Blackwater Springs estaba en mitad de la única fuente de agua potable de la zona, y Vance lo quería, pero su padre no estaba dispuesto a vender tierras, y tampoco a darle los derechos del agua.

Trilby volvió a la realidad al ver detenerse a Vance justo delante del porche. El vaquero cruzó las muñecas sobre el cuerno del sillín. A pesar de ser un hombre rico, se vestía de forma rústica. Llevaba unos viejos vaqueros y unos zahones de cuero muy gastados. La camisa de cuadros también estaba ajada y el cuero que le recubría los puños mostraba numerosos arañazos. El sombrero no estaba mucho mejor que el polvoriento pañuelo rojo que llevaba alrededor del cuello y las botas se parecían a las que Teddy usaba para trabajar con el ganado; empeine torcido a causa de la humedad y tacones aplastados por el uso. El señor Vance no estaba muy elegante...

Un rictus despreciativo endureció los rasgos de Trilby.

–Buenos días, señor Vance –dijo la joven tranquilamente, haciendo gala de buenos modales.

Él la miró fijamente durante un momento.

–¿Está tu padre en casa?

Ella negó con la cabeza. Tenía una voz tan suave como el terciopelo y profunda como la noche; una voz que cortaba como una fusta...

–¿Y tu madre?

–Se han ido a la tienda con el señor Torrance –dijo Teddy–. Él los llevó en el coche de caballos. Papá dice que el señor Torrance está muy cansado, pero no es cierto, señor Vance. No está cansado. ¿Sabía que era ranger de Texas?

–Sí, lo sabía, Ted –Vance volvió sus oscuros ojos hacia Trilby.

El suyo era un rostro de rasgos fieros, nariz recta y piel bronceada en perfecta armonía con el cabello color azabache.

Trilby se sintió expuesta bajo su mirada, a pesar de llevar un recatado vestido de algodón. Se frotó las manos en el delantal.

–Mejor será que vuelva a la cocina antes de que se me queme el pastel de manzana –dijo, esperando que él captara la indirecta y se decidiera a irse.

–¿Me está ofreciendo un poco? –le preguntó en cambio.

Una ola de pánico se apoderó de Trilby y Teddy respondió por ella.

–¡Claro! –dijo con entusiasmo–. ¡Trilby hace el mejor pastel del mundo, señor Vance! A mí me gusta con crema, pero nuestra vaca se ha quedado sin leche y hemos tenido que arreglárnoslas.

–Tu padre no me ha dicho lo de la vaca –dijo Vance al tiempo que bajaba del caballo y ataba las riendas al poste del porche.

Avanzó hacia ellos y se detuvo justo delante. Una enorme sombra se cernió sobre los dos hermanos.

Trilby dio media vuelta y echó a andar hacia la casa. Por lo menos llevaba el cabello recogido en un moño en vez de suelto, como solía llevarlo cuando estaba en casa. Si hubiera tenido pimentón de cayena, se lo habría echado al pastel del señor Vance.

Debían de encantarle los pimientos picantes y el arsénico. Trilby esbozó una sonrisa maligna.

–Ayer le compramos otra vaca al señor Barnes –dijo Teddy–. Pero mi hermana ha estado muy ocupada en la cocina y no ha podido ordeñarla. Yo lo haré mientras horneas el pastel, Trilby. Sólo será un momento.

Ella trató de poner objeciones, pero Teddy agarró el jarro de hojalata a toda prisa y salió por la puerta trasera antes de que pudiera abrir la boca. Trilby se quedó a solas con aquel hombre hostil.

Tras marchase Teddy, él dejó de ocultar su desprecio. Se sacó una carterita Bull Durham y un fajo de papelinas del bolsillo, y lió un cigarrillo con movimientos diestros y rápidos.

Trilby trató de mantenerse ocupada vigilando el pastel que estaba en el horno. La cocina de gas de Louisiana le daba miedo, pero había empezado a echarla de menos al tener que usar la de leña; todo lo que se podían permitir. Aprovisionar el rancho había sido muy costoso, pero darle mantenimiento era más duro cada día. Teddy nunca debió de mencionar el problema de la vaca.

La masa ya se había tostado y el aroma a canela, azúcar y mantequilla llenaba la habitación. Estaba en su punto. Se puso las manoplas y sacó el pastel del horno. Las manos le temblaban, pero consiguió llegar a la mesa sin tirar el pastel al suelo.

–¿La pongo nerviosa, señorita Lang? –dijo.

Sacó una silla y apoyó los brazos en el respaldo.

–Oh, no, señor Vance –respondió ella con una leve sonrisa–. La hostilidad me encanta.

Él arqueó las cejas y reprimió una sonrisa.

–¿Ah, sí? Le tiemblan las manos.

–No estoy acostumbrada a tratar con hombres que no sean mi padre y mi hermano. Quizá me encuentro un poco incómoda.

Trilby se apartó un mechón dorado de la cara. Sus ojos rezumaban desprecio.

–Pensaba que mi primo le agradaba. No pudo resistirse a sus encantos en la fiesta del mes pasado.

–¿Curt? –ella asintió, esquivando la mirada que centelleó en sus ojos oscuros–. Me agrada mucho. Es muy amable y tiene una bonita sonrisa. Le dio un palito de menta a Teddy –sonrió al recordar el momento–. Mi hermano nunca olvida un detalle como ése –lo miró con ojos serios–. Su primo me recuerda a alguien. Es un buen hombre. Y todo un caballero –añadió con toda intención.

Vance se hubiera echado a reír. Sally le había comentado que los había visto fundiéndose en un efusivo abrazo, pero no había sido la primera en mencionar el tema. Una famosa cotilla de la iglesia había visto a su primo Curt en compañía de una mujer rubia en la fiesta y Sally le había dicho que se trataba de Trilby. Su esposa había sido escueta y rápida, como si no hubiera querido hablar de ello. Thornton recordaba que se había puesto muy pálida.

Aquella revelación había alimentado un profundo odio hacia la joven. Su primo Curt estaba casado, pero a la señorita Lang no le importaba romper las reglas del decoro. ¿Cómo podía comportarse así una mujer tan educada?

Thornton no tardó en encontrar la respuesta a esa pregunta. Él sabía lo bien que las mujeres dominaban el arte de la mentira. Sally había fingido quererle cuando lo único que deseaba era una vida de riquezas y confort.

–Su esposa también lo admira –le dijo adrede.

Como ella no reaccionó, él suspiró ruidosamente y le dio una larga calada al pitillo, sin quitarle ojo de encima.

–La mujer equivocada puede llegar a arruinar la vida de un hombre bueno.

–Yo no me he topado con muchos hombres buenos –dijo ella mientras cortaba el pastel. Las manos le temblaban y Vance sonreía con gesto burlón.

–El desierto no le parece muy caluroso, señorita Lang. Casi todos los del este lo detestan.

–Yo soy del sur, señor Vance. En Louisiana hace calor en verano.

–En Arizona hace calor todo el año, pero no hay demasiados mosquitos. Aquí no tenemos ciénagas.

Ella lo fulminó con la mirada.

–El polvo amarillo las supera con creces.

–¿En serio? –le preguntó él, imitando el acento sureño que sabía a cotillones, bailes de disfraces y mansiones.

Ella se frotó con un paño y dejó a un lado el cuchillo. No podía lanzárselo. No podía hacerlo...

–Supongo –fue a sacar los platos del mueble de la cocina, rogando en silencio para no romper ninguno–. ¿Quiere té helado, señor Vance? Si sólo tengo cicuta…

–Sí, gracias.

Abrió un pequeño congelador y arrancó unos trocitos de hielo con unas pinzas. Volvió a cubrir el bloque de hielo con un paño y cerró la puerta.

–El hielo es maravilloso con este calor. Ojalá tuviera una casa llena de hielo.

Él no respondió. Ella agarró la jarra de té que había preparado para la cena y sirvió tres vasos. Teddy no tardaría en volver. No podía tardar.

Trilby tenía los nervios de punta.

Puso una porción de tarta perfecta en un plato y la dejó sobre la mesa, frente a Thornton Vance. Le había puesto uno de los viejos tenedores de plata que su abuela les había regalado antes de que dejaran Baton Rouge.

Colocó una servilleta de lino junto al plato y puso el vaso de té encima. Los cubitos de hielo repicaron como campanas contra el cristal.

Él extendió el brazo y le agarró la muñeca justo antes de que retirara la mano. Ella contuvo la respiración y lo miró con ojos estupefactos y serios.

Él frunció el ceño al ver su reacción. Entonces la hizo voltear la mano y comenzó a acariciarle la palma con el pulgar.

–Enrojecida e hinchada, pero sigue siendo la mano de una dama. ¿Por qué viniste aquí con tu familia, Trilby?

Oír su propio nombre en aquella voz profunda le aflojó las rodillas. Trilby le miró la mano, encallecida por el trabajo duro. Su piel bronceada resplandecía sobre la pálida tez de la joven.

–No tenía adonde ir. Además, mi madre me necesitaba. No se encuentra muy bien.

–Una mujer frágil, tu madre. Una auténtica dama sureña. Como tú –añadió con desprecio.

Ella levantó la mirada.

–¿Qué quiere decir?

–¿No lo sabes? –respondió él con frialdad–. No encontrarás refinamiento y maneras en el oeste, chica. La vida es dura aquí, y nosotros somos gente dura. Cuando vives al borde del desierto, si no te vuelves duro, estás muerto. Los débiles y delicados no duran mucho aquí. Si la situación política empeora, desearás no haberte ido de Louisiana.

–Yo no tengo nada de débil y delicada –dijo ella, enojada. Su difunta esposa hubiera encajado mejor en ese perfil–. ¿Por qué me desprecia tanto?

La expresión de Vance se tornó seria mientras la observaba fijamente. Hubiera querido dar rienda suelta a todo su odio, pero no se atrevió a decir nada. Un minuto después regresó Teddy con medio cubo de leche.

Thornton Vance soltó la mano de Trilby. Ella se frotó la muñeca instintivamente, anticipando el cardenal que tendría a la mañana siguiente. Tenía una piel suave y él no la había agarrado suavemente.

–Aquí está la leche. ¿Me serviste tarta, Trilby?

–Sí, Teddy. Siéntate. Voy a buscarla.

Teddy fingió no darse cuenta de la inquietud de su hermana. Debía de ser por la presencia del señor Vance...

–Bueno... Estaba deliciosa –dijo Teddy cuando terminaron de comer.

Thornton había engullido su ración con voracidad.

–No estuvo mal –dijo y miró a Trilby–. Creo que tu hermana me encuentra un poco antipático, Ted.

–En absoluto –dijo ella–. Hay que tomarse los dolores de cabeza con calma. Un trago amargo entra mejor de golpe –se levantó de pronto y recogió los platos.

Los llevó al fregadero y bombeó agua hasta llenar un cazo. Entonces echó el agua en la tetera y la puso al fuego.

–La cocina está muy caliente en verano. ¿No es así, señor Vance? –dijo Teddy.

Thornton había reprimido una sonrisa al oír la réplica de Trilby.

–No hay más remedio que acostumbrarse, Ted –dijo.

Trilby sintió una punzada de empatía hacia su vecino. Había perdido a su esposa, a la que sin duda debía de haber amado mucho. Thornton Vance no podía evitar ser rudo e incivilizado. Él no había tenido los privilegios de un hombre del este.

–El pastel estaba muy bueno –dijo Vance sin más.

–Gracias –dijo Trilby–. Mi abuela me enseñó a hacerlo cuando era una niña.

–Ya no eres una niña. ¿Verdad?

–Así es –dijo Teddy, sin darse cuenta del tono de burla–. Trilby es vieja. Tiene veinticuatro años.

–¡Ted! –exclamó Trilby.

Thornton la miró durante un momento interminable.

–Pensaba que eras mucho más joven.

Ella se sonrojó.

–Usted no tiene pelos en la lengua, señor Vance –le dijo, molesta–. Y ya que estamos...

Vance le sonrió y sus negros ojos centellearon.

–¿Sí?

–¿Cuántos años tiene usted, señor Vance? –preguntó Teddy.

–Tengo treinta y dos. Supongo que soy como tus abuelos.

Teddy se echó a reír.

–Pronto le hará falta una mecedora –dijo Teddy, entre risas.

Vance también se rió. Se levantó de la mesa y se sacó el reloj del bolsillo de los vaqueros.

–Tengo un invitado esta tarde. Debo irme.

–Vuelve pronto –dijo Teddy.

–Lo haré, cuando tu padre esté en casa –miró a Trilby–. Voy a dar una fiesta el viernes, una pequeña reunión en honor de mi huésped del este. Es pariente de mi esposa. Toda una celebridad en los círculos intelectuales. Es antropólogo. Estáis todos invitados.

–¿Yo también? –preguntó Teddy.

Vance asintió con la cabeza.

–Habrá más jóvenes por allí. Y Curt también irá, con su esposa –añadió, mirando a Trilby.

Trilby no supo qué decir. No había asistido a ninguna fiesta desde su llegada a Arizona. Habían sido invitados en varias ocasiones, pero a su madre no le gustaban las reuniones sociales. Quizá accediera esa vez. No era conveniente ofender a alguien tan poderoso y rico como Thornton Vance, aunque se comportara como un auténtico rufián.

–Se lo diré a mis padres –le dijo.

–Hazlo –agarró el sombrero y caminó hasta la puerta de entrada. Trilby y Teddy fueron tras él.

Thornton Vance montó de un salto y se puso el sombrero, siempre inclinado.

–Gracias por el pastel.

Ella hizo un gesto de asentimiento y sonrió con frialdad.

–Oh, no es nada. Siento no haber podido ofrecerle nata con el pastel.

–¿Ya la tenías montada?

Ella lo fulminó con la mirada.

–No. Debió de cortarse cuando usted llegó.

Él se echó a reír a carcajadas. Se tocó el sombrero, hizo virar al caballo y salió al trote. Trilby y Teddy se quedaron mirando hasta verle desaparecer en la lejanía.

–Le gustas –dijo Teddy, bromeando.

Ella levantó una ceja.

–No soy el tipo de mujer que le interesa.

–¿Por qué no?

–Le gustan las mujeres cuyos cuellos están bajo la suela de su bota.

–¡Oh, Trilby, no seas tonta! ¿Te gusta el señor Vance?

–No. Claro que no –dio media vuelta y fue hacia la casa–. Tengo mucho que hacer, Teddy.

–Si es una indirecta, hermanita, buscaré algo que hacer.

Se fue corriendo por el porche. Algo preocupada, Trilby se detuvo al abrir la puerta exterior y lo vio alejarse. El señor Vance no era agradable con ella. En realidad, ella sospechaba que estaba tramando algo, pero no sabía lo que era.

Cuando llegaron sus padres, Teddy les habló de la visita del señor Vance y ellos también sonrieron con complicidad. Trilby se puso como un tomate.

–No está interesado en mí. Quería veros a vosotros.

–¿Por qué? –preguntó su padre.

–Va a dar una fiesta el próximo viernes –dijo Teddy, emocionado–. Nos invitó a todos y yo también puedo ir. ¿Vamos a ir? Hace tanto tiempo que no vamos a una fiesta –dijo, con la mirada llena de ilusión–. Y no me dejáis ir a ver el espectáculo del señor Cody el jueves por la tarde. Dicen que va a ser su última actuación. ¡Y también está en cartel el *Far East Show* de Pawnee Bill, con elefantes de verdad!

–Lo siento, Teddy –le dijo su padre–. Me temo que no podemos perder tiempo. Vamos a hacer un envío de ganado a California esta semana, y muchas otras compañías ganaderas nos llevan la delantera.

–El último espectáculo de Buffalo Bill y me lo voy a perder.

–Quizá no se retire después de todo. Además... –dijo Mary Lang con suavidad–. Con toda la publicidad que tienen, seguro que pronto hacen un grupo de esos Boy Scouts en Douglas. Podrías unirte a ellos.

–Supongo. ¿Podemos ir a la fiesta? Es por la noche. No puedes trabajar de noche.

–Estoy de acuerdo –dijo la señora Lang–. Además, no sería bueno ofender a nuestro vecino.

–Y yo supongo que Thorn no podrá bailar con nadie si nuestra Trilby se pierde la fiesta –el señor Lang le lanzó una furtiva mirada a su hija.

–Trilby lo llama señor Vance –señaló Teddy.

–Trilby es muy educada, como debe ser –respondió el señor Lang–. Pero Thorn y yo somos ganaderos y por ello usamos el nombre de pila.

Trilby se dio cuenta de que «Thorn» le iba como anillo al dedo. Vance estaba tan afilado como una espina y podía hacer sangre fácilmente.

–¿Entonces vamos a ir? –preguntó la joven.

–Sí –respondió su madre, sonriente.

La señora Lang era una mujer hermosa. Casi tenía cuarenta años, pero parecía diez años más joven.

–Tienes un vestido muy bonito que no te has puesto desde que llegamos.

–Ojalá tuviera aquel precioso conjunto de seda –contestó Trilby–. Lo perdí en el camino.

–¿Por qué le han puesto un nombre tan estúpido? –preguntó Teddy.

–¡Vaya, vaya! –dijo Trilby, entre risas–. ¿Y no crees que es estúpido llamar Teddy Roosevelt a un osito de peluche?

–¡Claro que no! ¡Viva Teddy! –dijo su hermano, riendo–. Su cumpleaños es el jueves, el mismo día de la actuación de Buffalo Bill. Lo leí en el periódico. Va a cumplir cincuenta y dos años. A mí me pusisteis el nombre por él. ¿Verdad, papá?

–Desde luego. Es uno de mis héroes. Ese niño débil y enfermizo logró hacerse a sí mismo y llegó a ser un soldado experimentado, vaquero, político... Supongo que el coronel Teddy Roosevelt lo ha sido todo, incluyendo presidente.

–Siento que no lo hayan reelegido –dijo la señora Lang–. Yo habría votado por él –añadió mirando a su marido–. Si las mujeres pudieran votar.

–Un error que no tardará mucho en ser reparado. Créeme –dijo el señor Lang con cariño al tiempo que ponía el brazo sobre los hombros de su esposa–. Gracias a Dios, el presidente Taft firmó la declaración de Arizona como estado en junio y va a haber muchos cambios mientras preparan la constitución para la ratificación. Pero pase lo que pase, tú seguirás siendo mi chica favorita.

Ella se echó a reír y puso la mejilla sobre el hombro de él.

–Y tú mi chico favorito.

Trilby sonrió y se fue con Teddy. Tras décadas de matrimonio, seguían comportándose como dos recién casados. Ella esperaba ser tan afortunada algún día.

# CAPÍTULO 2

Thorn estaba a medio camino del rancho cuando lo alcanzó una nube de polvo. Al darse la vuelta se encontró con Naki, uno de los apaches que trabajaban para él. El otro hombre era alto y tenía una larga melena negra. Llevaba un faldón taparrabos y mocasines altos de piel vuelta; camisa a cuadros rojos y un pañuelo de algodón a juego alrededor de la frente para que el pelo no se le metiera en los ojos.

–¿Habéis estado de caza? –le preguntó.

El hombre asintió.

–¿Alguna captura?

El apache ni siquiera lo miró. Extendió la mano y le enseñó un grueso libro encuadernado.

–Lo he estado buscando por todas partes.

–¿Habéis cazado algo que se pueda comer? –dijo Thornton.

Naki levantó las cejas.

–¿Yo? ¿Matar algo? –parecía horrorizado–. ¿Matar a un animal indefenso?

–Eres un indio apache –le recordó Thorn, exagerando la paciencia–. Un cazador. Experto arquero.

–Yo no. Yo prefiero un rifle de repetición Remington –dijo en un inglés perfecto.

–Pensaba que nos ibas a traer algo en piel vuelta.

–Y así es –levantó el libro–. *Leatherstocking Tales*, de James Fenimore Cooper.

–¡Oh, Dios mío! –Thornton gruñó–. ¿Qué clase de apache eres tú?

–Uno educado, por supuesto –dijo Naki–. Vas a tener que hacer algo con el primo de Jorge –añadió en un tono serio al detenerse delante del otro hombre–. Has perdido cinco cabezas de ganado esta mañana, y no ha sido por la sequía o la falta de agua. Ricardo las ha confiscado.

–¡Maldita sea! –mascullóThorn–. ¿Otra vez?

–Otra vez. Está dando de comer a algunos revolucionarios que se esconden en las montañas. Admiro la lealtad a su familia, pero está llevando las cosas al extremo y ha robado carne.

–Yo me ocuparé –miró hacia el horizonte–. Esta maldita guerra se está acercando demasiado.

–No lo discuto –Naki se guardó el libro en las alforjas. Sacó dos conejos con cadenas y se los arrojó a Thorn–. La cena.

–¿Vas a acompañarnos?

–¿Acompañaros? –Naki parecía escandalizado–. ¿Comer conejo? ¡Prefiero morir de hambre!

–¿Y qué tienes en mente, si es que puedo preguntar?

Naki esbozó una sonrisa radiante.

–Cascabel frita.

–Clasista.

Naki se encogió de hombros.

–Un hombre de ascendencia europea nunca estaría a la altura de una cultura tan milenaria y sofisticada como la mía –dijo, bromeando–. Mientras tanto, le seguiré la pista al primo de Jorge y te lo traeré.

–No, por favor, hazle algo horrible.

–¿Yo?

–No te hagas el inocente, si no te importa. ¿No fuiste tú

el que ató a ese fanfarrón con cuero húmedo sobre un hormiguero cuando te vendió una medicina falsa para las picaduras de serpiente?

–Un médico debería responsabilizarse de sus medicinas.

–No sabía que eras un estudioso de latín –le recordó Thorn–. Y mucho menos que sabías mucho más que él sobre medicina natural.

–Nunca lo olvidará.

–Supongo que no. Y creo que trató de lincharte después de que...

–Y tú tuviste la gentileza de salvarme –dijo Naki. Aquél había sido el comienzo de una larga amistad que ya duraba muchos, muchos años. Naki había cambiado un poco desde entonces. No mucho.

–Trae la serpiente y le diré a Tiza que la cocine para nosotros.

–Cocina como monta a caballo –murmuró Naki.

–Entonces la cocino yo.

–Traeré a Ricardo directamente.

Hizo virar a su potro pinto y salió al trote.

La semana se esfumó rápidamente. Trilby se vistió para la fiesta con dedos temblorosos. No quería ir a su casa y sentía un miedo hasta entonces desconocido.

El único traje de gala que poseía era un vestido de encaje beis que había sobrevivido al viaje. Una feroz tormenta de arena había destruido la mayor parte de sus pertenencias durante la caminata desde la estación de tren hasta el rancho de Blackwater Springs. Trilby todavía podía sentir la gruesa capa de polvo asfixiante que los había sepultado bajo el desierto al salir de Douglas. Un conocido se había reído al escuchar el relato de su odisea.

«Mejor será que se acostumbren a las tormentas de arena...», les había dicho.

Y ellos habían seguido el consejo. Pero Trilby echaba de menos los frescos pantanos verdes de su juventud, el sonido del cajun patois en las calles, los sábados por la mañana cuando iba a la pastelería a por una bolsa de hojaldres, las tiendas de moda...

Con el monedero lleno, era divertido ir al centro de la ciudad en un modelo T con chófer. Siempre se había llevado bien con sus primos, y nunca faltaban cócteles y picnics a los que asistir.

Y también estaba él... Richard. Pero antes de que pudiera hacer nada más que tomarla de la mano, su tío había muerto, y su padre había decidido mudarse a Arizona.

Trilby había llorado durante días, pero sus padres no habían cambiado dc idea. Richard se había ido a Europa con su familia, poco convencido y lleno de promesas, pero hasta la fecha, Trilby había escrito docenas de cartas y sólo había recibido un postal de Richard desde Inglaterra. El mensaje ni siquiera era cariñoso. Sólo se trataba de una nota de cortesía.

A veces Trilby pensaba que nunca llegaría a tener su amor.

La joven ahuyentó esos pensamientos. No tenía sentido mirar atrás. Ésa era su casa en ese momento y tenía que acostumbrarse a la vida en Arizona.

Quizá Richard volviera algún día. Quizá descubriera que sentía algo por ella... Trilby suspiró, absorta en sus fantasías.

Se puso el vestido y sintió añoranza por todas las prendas refinadas que había llevado en otro tiempo. El dinero ya no era abundante.

Hubiera preferido dejarse el pelo suelto, pero sabiendo como era el señor Vance, era mejor parecer digna y conservadora. No podía darle motivos para la burla. A veces la miraba como si en realidad creyera que era una mujer de la calle.

Aquellos ojos crueles la confundían, la herían... Pero él jamás lo sabría.

Se hizo un moño en la coronilla con una cinta azul e hizo una mueca al contemplar su rostro escuálido en el espejo. El calor la había hecho adelgazar mucho y apenas tenía apetito.

Cuando terminó de vestirse, se pellizcó las mejillas y los labios para darles algo de color y se puso el chal de encaje negro que las mexicanas llamaban «mantilla». Su padre se lo había traído de allí la última vez que había ido a comprar ganado.

–Estás radiante, Trilby –le dijo su madre con afecto.

–Y tú también –le dio un abrazo. La señora Lang llevaba un sencillo y elegante vestido negro.

Su padre llevaba un traje negro y su hermano pantalones cortos. Ninguno de los dos parecía muy cómodo, pero estaban a la moda. Subieron al modelo T y el señor Lang tardó un rato en hacerlo arrancar.

Trilby se pasó todo el camino rogando que no tuvieran una avería o pincharan una rueda en aquel terreno abrupto. Estaba lloviznando y sería muy desagradable tener que esperar bajo la lluvia.

Afortunadamente no tuvieron ningún contratiempo. Aparcaron en el largo camino de tierra que llevaba al rancho Los Santos. Era un edificio de adobe de dos pisos con balcones en la planta superior y patios y jardines alrededor del piso bajo. Todas las plantas parecían estar en flor, incluso la esbelta ocotillo que protegía la fachada como una valla natural. Trilby estaba encantada. Era la primera vez que veía algo así. Casi todos los edificios que había visto en Arizona eran de adobe, y eran muy simples y pequeños. Por el contrario, aquella mansión elegante y lujosa parecía sacada de alguna revista de moda del este.

Thornton Vance los estaba esperando en el porche, amplio y fresco. A un lado había una cómoda hamaca y al otro algunas sillas. Chorros de luz se derramaban por las ventanas, proyectando formas caprichosas sobre el patio delantero. Una suave brisa acariciaba la noche cálida y el fantasma de la lluvia humedecía el ambiente. La casa, bonita y agradable, hacía un acusado contraste con el gesto sombrío y taciturno de su dueño. Vestido con un traje oscuro y camisa blanca, Thornton Vance tenía un aspecto demasiado serio. Con el cabello peinado hacia atrás, estaba tan elegante como cualquier caballero de Nueva Orleans. Trilby estaba impresionada. No sabía lo apuesto que podía llegar a ser cuando se arreglaba un poco.

–Has sido muy amable invitándonos, Thorn –dijo el señor Lang con cortesía al tiempo que ayudaba a las damas a salir del coche.

–Es un placer. Ten cuidado, Trilby. Vas directa hacia un charco de barro –dijo abruptamente–. Ted, sujétame esto.

Le dio el vaso que sostenía a Ted y levantó en brazos a la joven, que no daba crédito a lo que ocurría.

Thornton se dio la vuelta y la llevó hasta el porche como si no pesara más que una pluma. No parecía afectarle tenerla tan cerca, pero Trilby sí estaba bastante turbada. Tanto así que apenas podía respirar. El aroma de su colonia era suave y sutil, pero envolvente. En sus brazos fuertes y cálidos Trilby sentía la rigidez del músculo. No respiraba con dificultad. Era como si ella no pesara nada.

–Agárrate –le dijo en un tono ligeramente burlón.

Ella se aferraba a él con tanta fuerza que sentía como si se fuera a romper, y él sabía que apenas respiraba. ¿Cómo podía estar tan nerviosa una mujer con tanto carácter? No había tenido ningún reparo en brazos de Curt.

–La escalera del porche es bastante pendiente –le dijo.

Aquel deje misterioso en su voz era de lo más seductor. Su tono grave y profundo le acariciaba el oído como el terciopelo. Nunca había estado tan cerca de un hombre en toda su vida, y el hierático señor Vance era arrollador incluso de lejos. Aquel comportamiento no era apropiado y

Trilby hubiera querido tener algo que objetar, pero sus padres parecían reprocharle su seriedad.

–Relájate, chica –le dijo su padre, riendo–. Thorn no te dejará caer.

Derrotada, Trilby subió los brazos lentamente hasta apoyarlos sobre sus anchos hombros. Él se volvió y sus miradas se encontraron bajo la tenue luz que manaba por las ventanas. El ruido de la música y el jolgorio se desvaneció un instante, y Trilby quedó hechizada por aquella inmensidad oscura.

Thornton la subió con paso seguro, a pesar de no mirar los escalones, y antes de detenerse apretó los brazos muy lentamente hasta comprimir sus pechos turgentes contra su pectoral de acero. Trilby se estremeció al sentir el contacto. Se sentía tan vulnerable que no pudo controlar la reacción de su propio cuerpo ante aquella caricia inesperada.

Él no dijo ni una palabra. Poco a poco le apoyó los pies en el suelo y se inclinó sobre ella para soltarla. Sus labios quedaron a escasos milímetros de la boca de ella. Él buscó su mirada y ella sintió una ola de calor que le recorría las entrañas al ver la expresión de su rostro. Había deseo en aquellos ojos, un propósito firme. Por fin Vance se incorporó y ella se sintió indefensa ante él, incapaz de moverse, de hablar, de actuar...

Thorn la observó con atención. Para ser una mujer de su clase, era asombrosamente sensible al contacto físico. En realidad no era de extrañar que una joven tan puritana y correcta como la señorita Lang sintiera vergüenza al recibir las atenciones de un simple ganadero. Pero Vance intuía que sólo se trataba de apariencias. Ella debía de estar haciendo teatro. ¿Por qué no? Sabía que él era rico.

–¿Te apetece tomar un poco de ponche, Trilby? –le preguntó, mirándole los labios como si estuviera a punto de besarlos.

A la joven no le salían las palabras. Estaba tan nerviosa que estuvo a punto de dejar caer el bolso.

–Sí, gracias –logró decir sin atragantarse.

Trilby sólo deseaba que dejara de mirarle los labios. Aquellos ojos intensos la hacían sentir algo que no comprendía en absoluto. Las piernas no la sostenían y le faltaba el aliento. Los latidos de su corazón sonaban como un trueno contra su pecho...

Él le agarró el brazo, consciente de las sonrisas cómplices de los padres de la chica. Entonces estaban pensando en *eso*.

Vance sonrió para sí y se alegró de no serle indiferente a Trilby. La encontraba muy atractiva y llevaba mucho tiempo sin estar con una mujer. No se había divertido desde la muerte de su esposa y ya empezaba a notar los efectos de la abstinencia. Sabía lo que era Trilby. No tenía que preocuparse por su reputación.

Y si ella se enamoraba de él un poco, tampoco tendría importancia. Disfrutaría mucho destruyendo sus ilusiones. Ella había hecho lo mismo con el matrimonio de su primo. Las habladurías habían acabado con su felicidad y la esposa de Curt, Lou, había llorado sobre su hombro en más de una ocasión. Ella no sabía la identidad de la amante de su marido, pero sí sabía que la mujer era rubia. Vance no había dudado ni por un instante que se trataba de Trilby. Después de todo, Sally la había visto con él.

Era lamentable que Jack Lang hubiera heredado el rancho. Si los Lang no se hubieran quedado con Blackwater Springs, Thorn lo habría comprado y su ganado no moriría por la sequía. Él tenía agua en las tierras de México, pero se estaba volviendo peligroso cruzar la frontera. Había sufrido un ataque tras otro desde el comienzo de la lucha tras la reelección de Díaz y el agua se estaba acabando en Arizona.

Thorn tenía que encontrar la forma de salvar Los Santos. La tierra era lo primero. Su padre y su abuelo le habían inculcado un gran sentido de la responsabilidad y la tierra era un legado que había de preservar a toda costa.

Un pensamiento fugaz cruzó su mente. Podía resolver todos sus problemas casándose con ella.

Thorn desechó la idea al instante. Ella no era la clase de mujer que quería en su hogar. En realidad no estaba seguro de volver a querer a una mujer en su vida.

Sally le había jurado amor eterno hasta que se había casado con ella. Después se había convertido en un mar de excusas. Ella disfrutaba de una vida de lujos, pero no deseaba a su ardiente marido.

Tras algunas semanas de la más fría indiferencia, Thorn dejó de sentir algo por ella. El embarazo fue el último intento de salvar la relación.

Ella no quería un hijo y nunca había logrado adaptarse a la maternidad. Sin embargo, en los últimos meses antes de su muerte, se había mostrado muy distinta. Había una nueva luz en su mirada, una expresión radiante en su rostro... Pero no cuando su esposo estaba cerca. Ella lo odiaba y nunca perdía la oportunidad de decírselo. Incluso Samantha sufría las consecuencias de su hostilidad. Sally había rechazado a su familia hasta el último momento.

Perdió la vida una noche lluviosa en un accidente. Había ido a visitar a una vecina enferma y Thornton había ido en su busca al ver que no había vuelto a la mañana siguiente. El cuerpo estaba entre los restos del carruaje, al borde de un riachuelo. No obstante, se trataba de un camino secundario, a mucha distancia de la casa de la vecina. Él había supuesto que se había perdido en la oscuridad y aún se arrepentía de haberla dejado ir sola. Entonces ya no quedaba amor en su matrimonio. Su egoísmo y avaricia habían destruido sus sentimientos por ella, pero en el pasado la había querido mucho.

Miró a su hija Samantha, de pie contra la pared. Era tan frágil y tímida... Sin embargo, desde la muerte de su madre estaba más tranquila, pero seguía triste y se ponía muy nerviosa en presencia de Curt y Lou. Él quería a su hija, pero ya no le quedaba amor. ¿Qué era el amor sino una ilusión? Un matrimonio práctico tenía más posibilidades de éxito. Y en cuanto a su cama, había una larga lista de mujeres dispuestas a meterse en ella. No necesitaba una esposa para eso.

Buscó a Trilby con los ojos y recorrió su esbelta y grácil figura con la mirada.

Samantha se acercó a los adultos y esbozó una tímida sonrisa para Trilby.

–Hola.

–Hola. Es Samantha. ¿No? Estás preciosa –le dijo Trilby con cariño.

Samantha se sorprendió al oír el cumplido.

–Gracias –murmuró–. ¿Puedo irme a la cama, padre?

–Claro –dijo él en un tono seco–. María te acompañará –le hizo señas al ama de llaves, que se acercó, dispuesta a llevarla al dormitorio.

–¿No la arropa por las noches? –preguntó sin pensar.

–No –respondió él, cortante–. ¿Quieres refresco de lima o ponche de frutas?

–Lima, por favor.

Le sirvió una copa y la puso en un platito. A ella le temblaban las manos y él tuvo que agarrárselas para que no se le cayera la bebida. Sus miradas se encontraron una vez más.

–Tienes las manos como dos témpanos de hielo. No tendrás frío.

–¿Y por qué no? –dijo ella a la defensiva–. Soy delgada. Siento el frío más que los demás.

–¿Es eso, Trilby? –le dijo en voz baja, acercándose un poco más.

Extendió las palmas sobre las manos de Trilby.

–¿O es esto? –encontró la húmeda palma de una de sus manos con el pulgar y le hizo una caricia escandalosamente sensual.

Trilby derramó el ponche.

–¡Oh, lo... lo siento! –dijo tartamudeando.

–No pasa nada –le hizo señas a un camarero y la llevó a otro lado.

Sus padres y Ted ya estaban entre la multitud y nadie se había dado cuenta del accidente.

–Yo nunca he sido tan torpe –dijo ella, nerviosa.

Él la hizo retroceder hacia el interior de un pequeño vestíbulo que daba al patio. Las lámparas de papel proyectaban lunas en la oscuridad. Puso las manos sobre las mejillas de la joven y la hizo mirarle a los ojos.

–No creo que haya sido torpeza.

Entonces se inclinó sobre ella y por primera vez en su vida Trilby sintió el roce de unos labios sobre los suyos. Richard jamás había intentado besarla. Eso sólo había ocurrido en sus sueños.

Trilby se puso tensa al ser consciente del atrevimiento y dejó escapar el aliento.

Thorn levantó la cabeza. La expresión de su rostro, de sus ojos, no podía ser fingida. En ellos había auténtica sorpresa, fascinación... Él ya tenía bastante experiencia como para saber lo que estaba sintiendo. Aquello era nuevo para ella. Thornton no daba crédito. Una mujer con tanta experiencia... Tan impresionada... A menos que fuera una farsa...

Volvió a acercarse para asegurarse, pero ella se apartó de él bruscamente y se llevó una mano a la boca. Sus grises ojos estaban llenos de incertidumbre.

Thorn montó en cólera al ver aquel paripé dramático y sus ojos se volvieron fríos; su rostro un témpano de hielo.

–No me digas que sueles reaccionar así a las caricias de un hombre –le dijo con una mueca irónica–. No tienes por qué fingir conmigo, Trilby. Los dos sabemos que ya has probado los labios de un hombre sobre los tuyos, sobre tu cuerpo.

Los ojos de Trilby echaron chispas.

–Si tuviera una pistola, le pegaría un tiro. ¡Juro que lo haría! ¿Cómo se atreve a decir algo así de mí?

Él arqueó las cejas.

–¿Y qué esperaba, señorita Lang? ¿Cree que me ha engañado con esa farsa?

Ella lo miró, estupefacta.

–¿Qué farsa?

–No es muy efectivo viniendo de una mujer como usted. Los dos sabemos que quiere mucho más que besos de mí.

Trilby se quedó sin aliento y lo fulminó con la mirada antes de marcharse a toda prisa. Él se sirvió una copa de ponche y fue a charlar con los invitados. No obstante, mientras sonreía y paseaba entre la multitud, sólo podía pensar en una cosa. Trilby.

No tendría que haberle tendido una trampa como ésa. Aunque hubiera tenido una aventura con Curt, no era una prostituta. Quizá lo amara...

No entendía por qué había dicho aquellas cosas, pero pensar en ella y en su primo le hacía ponerse furioso. Sus ojos al final la encontraron. Estaba bailando nada más y nada menos que con... Curt.

Su primo era de su estatura, pero tenía una complexión más fuerte y un carácter más suave. Era de sonrisa fácil y adoraba a las mujeres. Ellas también lo adoraban a él; un hombre de ciudad, cortés y caballeroso.

Thorn siempre le había tenido afecto, pero su esposa no había hecho más que repetirle que era un ejemplo perfecto del hombre civilizado, y tantos elogios habían terminado por hacer mella en su orgullo masculino. Estaba cansado de quedar en el peor lugar cuando lo comparaban con un dandi. Ver a Trilby en sus brazos encendía un fuego incontenible en su interior. Lou, la esposa de Curt, los observaba mientras bailaban; sus ojos llenos de odio y resentimiento.

–¿Cómo va lo de México? –preguntó Jack Lang, deteniéndose a su lado.

–Va a peor, creo –respondió Thorn y volvió a mirar a Trilby. Eso era todo lo que podía hacer para no darle un puñetazo a Curt–. No deje que las mujeres se alejen de la casa. Nos han robado ganado. Uno de mis hombres les siguió la pista hasta México, pero no los atrapamos.

–No puedes culpar a los peones por ponerse del lado de los insurgentes. Las condiciones en que vive la gente son insoportables bajo el régimen de Díaz, según nos cuentan los vaqueros.

–Siempre han sido insoportables. Y siempre lo serán –dijo Thorn con impaciencia–. Los campesinos mexicanos llevan siglos oprimidos. Primero los aztecas, después Cortés y los españoles y los franceses, y finalmente Díaz. Esa gente sufre de opresión crónica. Han sido obligados a someterse a todo el mundo. Han de pasar muchas generaciones hasta que superen esas actitudes. No han tenido bastante tiempo para romper el molde.

–Parece que Madero lo está consiguiendo.

–Madero es un gallo de pelea. Su corazón está en el lugar correcto. Puede que sorprenda a los Federales. Ellos siempre lo han infravalorado. Se arrepentirán de ello.

–Pero tiene un ejército deshecho.

–Sólo hay que leer un poco de historia –dijo Thorn con sequedad–. Está repleta de ejércitos deshechos que conquistan continentes.

Jack frunció los labios.

–Eres increíblemente astuto.

–¿Por qué? ¿Porque vivo en un rancho y me paso la vida entre el ganado y el polvo? Me gusta leer y tengo un amigo que sabe mucho más del pasado que del presente. ¿Conoces a mi invitado del este? McCollum es antropólogo, pero también enseña arqueología. Viene con sus estudiantes todas las primaveras para entrevistar a gente de las tribus indígenas locales y obtener datos sobre culturas ancestrales.

–¡No me digas! No ha mencionado nada –dijo Jack, mirando al hombre rubio de aspecto rústico que charlaba con un hombre de negocios.

–McCollum no habla mucho de su trabajo. Ya es bastante parcial en todo lo demás –le dijo con una sonrisa.

McCollum miró a Thorn y sus ojos se iluminaron. Un segundo después se disculpó con el hombre de negocios y se unió a su anfitrión.

–Estás hablando de mí. ¿Cierto...? A mis espaldas.

–Le estaba diciendo a mi vecino que sabes mucho del pasado –dijo, sonriente–. Éste es Jack Lang. Es el dueño del rancho de Blackwater Springs. Jack, éste es Craig McCollum.

–Es un placer conocerle –dijo Jack–. ¿Está aquí por recreo?

–No. Es una pena. Vine por trabajo y decidí parar para ver a Thorn. ¿Qué te parece la situación en México?

Jack se lo dijo. McCollum, un hombre alto y elegante, frunció los labios y arrugó los ojos.

–¿Cree que los peones tienen posibilidades?

–Sí –dijo Jack–. ¿Y usted?

McCollum se encogió de hombros.

–No lo sé. Thorn debe de haberle dicho que tiene a varios vaqueros mexicanos trabajando para él. Sus padres trabajaban para su padre. Para ellos ser dominados por extranjeros es una forma de vida muy dura. El cambio lleva tiempo.

–¿Va a ganar Madero?

–Sí, eso creo –dijo Thorn, después de un momento–. Él se preocupa por su gente de verdad y quiere algo mejor para ellos. Ha logrado el apoyo de la mayoría de la gente y todos están dispuestos a luchar. Sí, creo que va a ganar. Pero antes de que eso ocurra, se va a derramar mucha sangre inocente. Lo que me preocupa es que mucha de esa sangre podría ser nuestra. Estamos en una posición delicada. Aquí, en la frontera.

–No tenemos por qué involucrarnos –dijo Jack, con testarudez.

Thorn sonrió con condescendencia.

–Ya estamos involucrados. ¿Acaso no has notado que muchos de los vaqueros desaparecen durante un par de días?

Jack ladeó la cabeza y se encogió de hombros.

–Sí. Van a ver a sus familias.

Thorn soltó una carcajada y se terminó la copa de ponche.

–Van a ayudar a los maderistas y asaltan ranchos cercanos. Ten cuidado. Puede que asalten el tuyo. Creo que has perdido ganado últimamente.

–Unas cuantas cabezas. Nada serio.

–Quizá lo hicieran para ver si ibas a por ellos. Vigila tus rebaños.

–Sí. Lo haré –Jack suspiró y buscó a su esposa con la mirada. La señora Lang hablaba animadamente con algunos vecinos–. Traje aquí a mi familiar sin ser consciente de la gravedad de la situación. No sabía que los mexicanos se iban a rebelar. Puse hasta el último céntimo que tenía en esta aventura, pero las cosas no van como esperaba. Estoy cansado, Vance.

–Dale tiempo –dijo Thorn, calculando sus propias posibilidades de hacerse con el rancho si Jack tiraba la toalla–. Las cosas suelen arreglarse por sí solas.

–Sí, si me queda algo para entonces.

–No hay por qué ser tan pesimista –le recordó Thorn–. Si las cosas se ponen feas, hay numerosas tropas estadounidenses dispuestas a combatir la amenaza. Y además de los ejércitos locales, tenemos el apoyo de Fort Huachuca si es necesario. Anímate. Vamos, te presentaré a un par de banqueros. Puede que algún día necesites un amigo en el mundo del comercio. Craig, quédate con nosotros.

Desde su posición, Trilby veía a Thornton Vance en compañía de Craig McCollum y de su padre. McCollum era bien parecido, pero era Thorn quien llamaba toda su atención. Cuando hacía el esfuerzo, podía llegar a ser agradable. El negro le sentaba bien. Le hacía parecer más musculoso y más alto de lo que era en realidad.

Mientras le observaba, él se volvió hacia ella y la sorprendió mirándole. Una fría rabia contrajo sus rasgos y ella apartó la mirada rápidamente, no sin antes sonrojarse hasta la médula. El corazón le latía a mil por hora y apenas podía respirar. No había sido así con Richard. Ella le había tomado mucho cariño, pero no le temblaban las rodillas en su presencia.

Trilby hubiera deseado sucumbir a aquella tentativa de beso, pero eso era totalmente imposible. No podía darle alientos. Un viudo como Thornton Vance esperaría mucho más de lo que ella podía darle, y probablemente nunca le propondría matrimonio. Vance era un mujeriego y, por lo que había entendido durante su conversación, parecía tenerla en muy baja estima.

Trilby no tenía intención de manchar su reputación con un hombre así y por ello tenía que mantener las distancias.

–Mírala –dijo Lou cuando Thorn la sacó a bailar. Estaba observando a Trilby, que seguía junto a Curt–. ¿Es que no tiene vergüenza?

–Yo me ocuparé –le dijo a la mujer–. No te preocupes.

–Qué descaro –dijo ella–. Tiene dos hijos y no le importa alimentar rumores. No es sólo ella. Ahora tiene a alguna mujer en Del Río. Ojalá no lo hubiera conocido nunca.

–¿Qué quieres decir? ¿Una mujer en Del Río?

–Una campesina mexicana. Su padre tiene una taberna –dijo en voz baja–. Se pasa todo el tiempo allí.

Thorn se sorprendió al conocer aquella información. ¿Por qué estaba viendo a otra si tenía una aventura con Trilby? ¿Una pobre mexicana?

–Le gusta humillarme –susurró, fulminando a su marido por la espalda–. Disfruta haciéndome sufrir.

–¿Y por qué querría hacer eso?

Lou se sonrojó.

–Yo estaba... embarazada cuando nos casamos –dijo, arrepentida–. Él siempre me lo recuerda. No quería casarse conmigo.

Todo empezaba a cobrar sentido.

–¿Estás segura de que tiene algo con Trilby?

Ella se encogió de hombros.

–Desaparece por las noches muy a menudo. Quizá se esté viendo con las dos. ¿Cómo voy a saberlo? ¡Le odio!

–No, no es así.

Ella suspiró.

–No, es cierto. Ojalá pudiera –inclinó la cabeza sobre él–. ¿Por qué no te quise a ti, Thorn? Tú nunca engañarías a tu esposa.

–No es mi estilo.

–Mírala –murmuró de nuevo–. Tan culta, elegante, refinada... Pero no es nada del otro mundo. Un saco de huesos y un rostro que ningún hombre podría llamar hermoso. Yo estoy mucho mejor que ella.

–Cálmate, Lou –le dijo él con delicadeza.

Ella se tambaleó y trató de recuperar el equilibrio.

–Estoy muy resentida. Lo sé. ¿Por qué no la controla su gente? ¡Si la hubieran criado bien, no estaría flirteando con mi esposo!

Aquello hizo pensar a Thornton. Mary y Jack Lang eran gente de moral. No habían criado a Trilby de forma libertina. Si hubieran sabido que estaba viéndose con Curt, le habrían puesto freno. Pero quizá no sabían nada al respecto...

Unos minutos más tarde se acercó a ellos y la tomó de la mano.

–¿Nos disculpas, Curt? –le dijo a Curt con el rostro serio.

Su primo arqueó las cejas, sorprendido.

Thorn la condujo hasta la pista de baile, donde bailaban algunos invitados. Él había contratado a una banda en directo.

–Creo que es hora de que Curt pase un poco de tiempo con su esposa.

Trilby se sonrojó, enojada.

–Eres muy amable sacrificándote por ella –le dijo con una sonrisa de hielo.

Thornton miró a su primo. Lou intentaba que la sacara a bailar. La situación era de lo más penosa.

Rodeó a Trilby con los brazos y ella se puso tensa.

–Preferiría bailar con un espantapájaros –le dijo y dio una segunda vuelta a la pista. La agarró de la cintura con fuerza y la sacudió ligeramente–. ¿Quieres relajarte?

Ella estaba tiesa como un palo, molesta y asustada por lo que sentía. Sus manos frías se convirtieron en témpanos de hielo cuando Thornton comenzó a deslizar los dedos entre los suyos. La había despreciado con todas sus fuerzas y, sin embargo, en ese momento parecía que quería seducirla.

–Por favor, deja de hacer eso –dijo Trilby, tirando de la mano.

–¿Hacer qué, señorita Lang?

Ella le clavó la mirada y bajó la vista inmediatamente.

–Sabes muy bien el qué.

–Si te relajas, dejaré de hacer... eso.

Ella apretó los dientes.

–¿Es que nadie te ha enseñado a comportarte de forma civilizada? –le preguntó, llena de orgullo.

Los ojos de él brillaron.

–Soy un hombre –dijo tranquilamente–. Puede que no estés acostumbrada a nosotros.

–¡Conozco unos cuantos como tú!

–Jovencitos de ciudad. Buenas maneras, uñas perfectas y cabello engominado.

–No hay nada de malo en tener buenas maneras, señor Vance. En realidad ocupan un lugar privilegiado en mi lista de prioridades.

–Pareces indignada. Ni siquiera las gallinas se cabrean tanto cuando ponen un huevo –le dijo en tono burlón–. No hace falta cacarear tanto –su sonrisa se desvaneció–. Yo enterré a mis padres con mis propias manos –ella levantó la mirada de pronto–. Fueron asesinados por bandidos mexicanos que se adentraron en Arizona. No me gustan los forajidos, ni tampoco los estirados del este, que creen que un hombre es más hombre por su vocabulario. Aquí, señorita Lang, un hombre de verdad es aquél que es capaz de cuidar de lo que es suyo, y de los suyos. Las palabras bonitas no detienen las balas ni construyen imperios.

–Parece que no le gusta la gente de ciudad.

–No me gustan. Después de la muerte de mis padres, vinieron dos hombres importantes de Washington. Tratamos de explicarles lo que se estaba cociendo en México y les pedimos protección, pero no obtuvimos más que promesas vacías.

–Washington está muy lejos.

–No lo bastante para mí. No obtuve ayuda alguna de Washington ni del ejército, así que me ocupé del asunto yo mismo.

–¿El asunto?

–Seguí a los asesinos de mis padres a través de la frontera.

–¿Y los encontraste?

–Sí –miró hacia la banda e hizo un gesto.

Casi habían terminado la canción, pero empezaron de nuevo.

Trilby no repitió la pregunta. Su oscura mirada hablaba por sí sola. Una visión terrible atravesó la mente de la joven, que se estremeció. Él sintió el tremor de su cuerpo en la mano que tenía sobre su espalda y asintió.

–Vas a tener que endurecerte un poco si quieres sobrevivir en este lugar.

–¿He dicho alguna vez que quisiera vivir aquí, señor Vance? Vine porque no tuve elección.

–Parece que hay cosas que sí le gustan –dijo con sarcasmo.

–Claro. ¡Me encanta el polvo! Estoy pensando en abrir una empresa para exportarlo a todo el mundo –Trilby no estaba de humor para otra discusión–. ¿Podemos dejar de bailar?

–¿Por qué? –aquella actitud le hizo ponerse en guardia de nuevo. Ella hacía que su desierto pareciera un lugar extraño y dejado de la mano de Dios, y lo hacía sentir como un salvaje incivilizado.

Quizá lo fuera en realidad, pero no soportaba aquella pose altiva. Ella era la menos indicada para juzgarlo, considerando su propio comportamiento con su primo.

Thorn cerró la mano y la atrajo hacia sí un poco más. Trilby pudo sentir su pectoral de acero contra los pechos.

–¿No te gusta estar tan cerca de mí, Trilby? –le preguntó con descaro.

–¡No podía haber dicho nada peor! –se puso rígida y dejó de bailar. Ningún hombre le había hablado así jamás.

Lo miró fijamente, como si le hubiera entendido bien.

–Eso se te da tan bien –dijo él con cinismo–. Casi me has convencido con tu actuación de dama ofendida.

Trilby no estaba en su mejor momento. Él le hacía sentir cosas que no deseaba sentir.

–Ofendida no es la palabra correcta. Por favor, suéltame.

–Muy bien –dijo él, aflojando la mano–. Pero no creas que escaparas de mí así como así –dijo con sorna–. Yo no me rindo cuando algo, o alguien, me interesa.

Aquellas palabras retumbaron como un presagio.

–Preferiría convertirme en un objeto de interés para una enorme cascabel.

Aquella analogía le resultó muy divertida. Thorn sonrió y Trilby dio media vuelta, airada.

Una cosa era ser acusada directamente, pero Thornton Vance no dejaba de insinuar cosas, y ella no sabía cómo responder a ello. No sabía por qué tenía tan mala opinión de ella.

Hubiera podido exigirle una explicación, pero no valía la pena. Richard era el único hombre en su vida.

¿Por qué habría de importarle lo que pensara el señor Vance?

# CAPÍTULO 3

A pesar del desprecio con que la había tratado la noche anterior, Thornton Vance se presentó en el rancho a la mañana siguiente y la invitó a dar un paseo por el desierto. Parecía que esperaba una negativa y su sonrisa era una mueca de burla.

–No a caballo, Trilby –le dijo–. He traído el coche, como ves.

Ella miró el vehículo con recelo.

–No me gustan los automóviles. Teníamos uno en Louisiana y nuestro chófer no hacía más que pinchar ruedas o quedarse atascado en un lodazal. El que tenemos ahora también va demasiado deprisa –añadió, mirando a su padre, que la observaba con gesto sonriente.

–El coche de caballos no sería tan cómodo. Te lo aseguro.

–Ve, Trilby –le dijo su madre con delicadeza–. Te hará bien.

–Desde luego –dijo Jack Lang.

Trilby no podía decirles lo que Thornton Vance le había dicho la noche anterior, ni tampoco podía acusarlo en público de haberla calumniado. Su orgullo propio nunca la habría dejado exhibir la opinión que él tenía de ella.

–¿Y qué pasa con el señor McCollum? ¿No lo estás desatendiendo un poco? –le dijo, agotando el último cartucho.

–Craig se marchó en el tren de El Paso –dijo y se limitó a mirarla fijamente, desafiándola a inventar otra excusa.

Ella no era ninguna cobarde.

–De acuerdo –dijo con entereza–. Iré, señor Vance.

Se puso un largo vestido azul con zapatos de cordones, un adornado sombrero y un chal alrededor de los hombros, por si acaso cambiaba el tiempo.

Él había logrado impresionar a sus padres mostrando un interés acusado. Y el elegante traje negro que llevaba no hacía sino ensalzar su buena imagen. Jack y Mary estaban encantados con él y su aprobación del cortejo era tan obvia que resultaba embarazosa. Trilby era la única que sabía que sus intenciones no eran lo que parecían.

–La traeré de vuelta antes del anochecer –les aseguró–. No se preocupen, yo cuidaré de ella.

–Claro que sí, chico –respondió Jack Lang.

Trilby se acomodó en el asiento mientras Thorn arrancaba el coche, y se despidió de sus padres con la mano cuando emprendieron la marcha por el camino que llevaba a las montañas. Tuvo que sujetarse el sombrero, pero no terminó bañada en polvo gracias al parabrisas. El coche de su padre ya no tenía parabrisas. Su hermano Teddy lo había roto con una pelota de béisbol.

–¿Demasiado rápido? –preguntó Thorn–. Reduciré un poco.

Levantó el pie del acelerador y el coche aminoró. El ruido del motor era ensordecedor y mantener una conversación hubiera sido imposible.

Él contemplaba el color dorado de la tierra, donde la hierba dormía en el otoño. Los árboles palo verde que adornaban el paisaje ofrecían una vista gloriosa. Miró a Trilby de reojo, preguntándose si sabía qué clase de arbustos eran. Entró en un camino secundario que llevaba a un cañón aislado.

Trilby no tardó en notar que los árboles se hacían más abundantes y que las montañas se volvían enormes y fantasmales.

–¡Oh! –exclamó, extasiada con el cañón oculto entre la vegetación.

Él se echó a un lado del camino y apagó el motor.

–¿Te gusta?

–Es maravilloso –exclamó, embelesada–. No sabía que había lugares así en Arizona. Pensaba que sólo había cactus y arena.

–Te habrías enterado antes si hubieras accedido a salir con tu padre y tu hermano.

–Ya trago bastante polvo en la casa. No, gracias. No me hace falta salir a por más.

–El polvo no te va a derretir, bomboncito –le dijo con sarcasmo.

–No esperaba que lo hiciera. Y, por favor, ¿te importaría no llamarme así?

Él se volvió hacia ella mientras liaba un cigarrillo. Estaban solos en aquel paraje espectacular.

Trilby luchaba contra sus propios impulsos, consciente de su masculina presencia. Era demasiado fácil recordar lo ocurrido la noche anterior y se sentía demasiado vulnerable, pero él tenía muy mala opinión de ella, y eso era lo que debía recordar. Se puso derecha y trató a sofocar ese cosquilleo que la consumía.

Él notó su incomodidad.

–Estás muy tensa. Demasiado formal. ¿Por qué?

Ella confrontó su mirada.

–No está interesado en mí, señor Vance. No soy estúpida.

Aquellas palabras lo tomaron por sorpresa. Rara vez se dejaba sorprender por una mujer. Sally era hermosa, pero no inteligente.

Trilby sí que lo era.

–Entonces... ¿Si no estoy interesado en ti, en que estoy interesado?

–En el agua que hay en la propiedad de mi padre.

Él sonrió con ironía.

–Bueno, bueno... ¿Y qué te hace pensar eso?

–Necesita agua. No tiene bastante, pero nosotros sí, y mi padre no quiere vendérsela o alquilarle los derechos. Ésa es la razón. Mi padre ni siquiera se imagina los motivos por los que se interesa por mí. Él lo tiene en un pedestal, y el resto de mi familia también –lo abrasó con la mirada–. En cuanto a mí, señor Vance, creo que es un pirata sin barco.

Él se echó a reír.

–Bueno, por lo menos eres honesta –se metió el pitillo en la boca y sacó una cerilla para prenderle fuego. Una nube de humo llenó el ambiente.

–No le culpo –dijo ella un momento después–. Supongo que el agua es lo más importante en un lugar como éste –Trilby no dejaba de jugar con su bolso de tela.

–Por supuesto –le dio otra calada al cigarrillo–. ¿Te apetece andar un poco?

–Claro –dijo ella, feliz de escapar de aquel espacio reducido.

Él rodeó el coche y la ayudó a salir. El tacto de su mano hizo tronar el corazón de Trilby, que se apartó a toda prisa y echó a andar por el camino de tierra. Aquel lugar era tan apacible... el viento soplaba suavemente y había un ligero olor a tierra en el aire. La joven descubrió formaciones rocosas en las colinas lejanas. El dorado de los árboles resaltaba sobre el rojo de las hojas de arce.

–¿Qué clase de árboles son ésos?

–¿Los dorados? Son palo verdes. Producen largas tiras de flores doradas en primavera y en otoño se vuelven gloriosos. Me gustan más que los arces.

–Esos otros son robles. ¿No?

–Algunos de ellos Ése... –señaló un enorme árbol con el tronco doblado–. Es un álamo. Hace décadas la gente le quitaba la corteza para obtener la savia. Es dulce, como un pastel.

–Oh... ¡Qué listos!

–Y ésos son sauces –señalando un grupo de arbolitos que se extendían a lo largo de un riachuelo.

Trilby miró a su alrededor de repente.

–¿Estamos seguros aquí? –le preguntó rápidamente–. ¿No hay indios cerca?

Él sonrió.

–Muchos. Sobre todo hay apaches mescaleros y mimbrenos. Había muchos chiricahuas, pero cuando capturaron a Gerónimo, el gobierno los mandó a todos a Florida en barco. Los tuvieron en un fuerte en St. Augustine durante mucho tiempo. Finalmente los volvieron a llevar a Nuevo México. Gerónimo mató a un montón de blancos y los blancos también mataron a muchos apaches. El general George Crook logró que se rindiera. Toda una leyenda, el viejo Nantan Lupan.

–¿Qué?

–Colmillo Gris. Así es como los apaches llamaban a Crook. Lo respetaban. Cuando daba su palabra, la mantenía. Algo muy raro en un hombre blanco. Hizo todo lo que pudo para ayudar a los apaches desde la rendición de Gerónimo. Gerónimo murió en febrero del año pasado.

–No lo sabía.

Él la miró.

–Los del este no sabéis mucho de los indios. ¿No? Los apaches son muy interesantes. Llamaban al viejo jefe chiricahua Cochise, pero su nombre apache era Cheis. Significa «roble». Sólo Dios sabe cómo llegó a convertirse en Cochise. Era un viejo muy listo, astuto como un zorro. Estuvo frente a la caballería de los Estados Unidos hasta que llegó la paz. Pero Gerónimo no se rindió y se negó a vivir a merced del hombre blanco en una reserva. Hubo un tiempo en que el nombre apache hacía temblar a los hombres de esta zona.

Trilby guardó silencio y siguió escuchando. Estaba fascinada con su conocimiento de los indios.

Él sonrió.

–Los indios no son ignorantes. Yo tengo a dos apaches trabajando para mí. Uno de ellos es chiricahua. Y no encaja en absoluto en la imagen que el hombre del este tiene de los indios. Sabrás lo que quiero decir cuando lo conozcas. Se llama Naki.

–¿Qué significa?

–Significa Dos Puños, pero el apache tiene una fonética muy complicada. No soy capaz de pronunciar su segundo nombre. Naki significa «Dos».

–¿Y tú...? ¿Tienes sangre indígena?

Él sacudió la cabeza.

–Mi abuela era una hermosa española. Tuvieron una niña pequeña. Mi abuelo se hartó de la responsabilidad y la abandonó –aquello se le había escapado. Nunca se lo había contado a nadie.

–¿No la amaba lo suficiente como para quedarse?

Vance se puso tenso.

–Por lo visto, no. Mi abuela se murió de hambre. Si no hubiera sido por su tío, el que era dueño de Los Santos, mi madre también habría muerto. Ella y mi padre heredaron Los Santos cuando el tío de mi abuela murió. Yo tenía dieciocho años cuando los mexicanos asaltaron el rancho y los mataron.

–¿Tenías hermanos?

–Dos. Tenía dos hermanas. Las dos murieron de cólera.

–Lo siento.

–No era más que un crío. No me acuerdo mucho de ellas –Vance fumaba mientras caminaba, con la cabeza alta.

–Dijiste que tu abuela era española.

–Y tú te preguntas por qué los mexicanos atacaron a su hija y a su cuñado.

–Sí.

–¿No sabes que la mayoría de los mexicanos odia a los

españoles? Es una de las razones por las que luchan. Han estado bajo el yugo de los españoles desde Cortés. Ya han tenido suficiente. Pero los que mataron a mis padres no eran revolucionarios. Sólo eran bandidos.

–Lo siento.

–Y yo.

Había mucho dolor en sus palabras. Trilby bajó la vista.

–¿Crece algo aquí?

–Los hohokam, los indios que habitaban esta tierra antes de Cristo, eran agricultores. Aprendieron a sembrar maíz y a irrigar la tierra. Tenían un sistema de gobierno y una religión muy adelantada a su tiempo. Era una cultura milenaria.

Ella lo miró asombrada.

–¿Y cómo sabes todo eso?

Él se echó a reír.

–McCollum –dijo sin más–. Tener como amigo a un profesor de antropología tiene sus ventajas. Es muy bueno en su trabajo. Siempre se queda conmigo cuando está examinando ruinas por la zona. Viene varias veces al año cuando tiene clase.

–Me gusta. No sabía que era profesor.

–Sí. Es profesor de antropología y arqueología en una facultad del norte.

–Debe de ser interesante. ¿Vas con él cuando busca ruinas?

–Cuando tengo tiempo –se metió la mano en el bolsillo del pantalón y la miró por debajo del ala del sombrero–. ¿Te gusta la arqueología?

–No sé mucho de ello, pero es interesante. ¿No?

–Mucho –extendió la mano y la hizo detenerse–. Estate quieta un minuto. No hables. Mira allí –señaló los arbustos y a Trilby se le desbocó el corazón.

¿Era una cascabel? Hubiera echado a correr en ese momento, pero justo cuando se disponía a hacerlo un extraño pájaro marrón salió de entre la maleza y cruzó el camino.

Trilby se echó a reír.

–¿Qué es?

–Un correcaminos –le dijo él–. Cazan y matan serpientes.

–Bueno, mejor para él.

–Las serpientes son buenas, tonta. Ni las serpientes toro ni las rata ni las negra hacen daño. Se comen a las ratas y a los ratones. Y una serpiente rey mata y se come a una cascabel.

–No quiero mirarlas lo bastante como para identificarlas.

Él sacudió la cabeza.

–Vamos.

Él la hizo salir de la senda y se adentró en el bosque hasta llegar a un pequeño arroyo. Enormes rocas se alineaban a lo largo de ambas orillas hasta llegar a las montañas.

–Éste es un viejo campamento apache. No está en la reserva, pero a veces vienen aquí. A Naki le gusta venir cuando está buscando caballos perdidos. Es muy bueno con los caballos.

–¿Se pinta la cara y lleva plumas en la cabeza? –preguntó ella, con inocencia.

Él la fulminó con la mirada.

–Es apache. Los apaches no llevan plumas como los indios de las praderas. Llevan una cinta de color alrededor de la frente y una melena hasta los hombros. No viven en tipis, sino en una especie de cabaña redonda llamada *wigwam*.

–¿La gente de aquí odia a los indios?

–Algunos. Ha habido épocas en que nos hemos aliado con ellos, e incluso con los mexicanos, para luchar contra los comanches cuando intentaron llegar al sur y conquistarnos.

–¡Oh, Dios!

–Y la bandera de los Confederados ondeó en Tucson en una ocasión, durante la Guerra Civil. Muchos sureños se establecieron aquí en Arizona. Deberías sentirte como en casa.

–Ojalá pudiera –dijo ella, de verdad–. Aquí no hay cactus.

–Hay muchos en el desierto, sobre todo saguaro, y cañón de órgano. Esos saguaro son enormes y pesados. Tienen una especie de esqueleto de madera en el interior. Pueden matar a un hombre si le caen encima.

–¿Y cómo se llaman los altos y delgados?

–Ocotillo. Los mexicanos los usan para construir verjas de púas.

–Nosotros tenemos nopales en Louisiana.

–¿Ah, sí?

–No en Baton Rouge –dijo, sonriendo.

Él se detuvo y se volvió hacia ella.

–¿Hablas francés?

–Un poquito. Mi madre lo habla muy bien. ¿Y tú?

–Yo hablo español y chapurreo el alemán.

Ninguno apartó la mirada. Trilby entreabrió los labios y su corazón se aceleró.

La mirada de Thornton descendió hasta su pecho y ella contuvo la respiración.

–Límites. Las mujeres del este no pueden vivir sin ellos. Aquí, un hombre ve lo que quiere y lo toma sin más.

–¿Incluyendo a las mujeres?

–Depende de la mujer. Mi esposa era como tú, Trilby –añadió con amargura–. Una orquídea de invernadero trasplantada a un suelo arenoso y caliente. Ella lo odiaba, me odiaba. Nunca debió casarse conmigo. No tendría que haberlo hecho –añadió con una sonrisa cínica–. Pero sí le gustaba mi dinero.

–¿Tú... la amabas?

–Sí –dijo él con sequedad–. La amaba. Pero ella sólo quería poesía, rosas y sirvientas que la atendieran cada mañana. Ella quería un caballero que la acompañara a eventos sociales. Odiaba mi rudeza, odiaba la soledad... Llegó a detestarme. Llegó a detestarlo todo en mí –dijo, apartando la mirada–. No hace falta que me digan que soy un salvaje, pero Sally lo hacía dos veces al día.

Increíblemente, Trilby se compadeció de él al ver cómo el dolor distorsionaba sus duros rasgos. Debía de ser horrible amar a alguien y obtener odio a cambio.

Él la miró a la cara y al ver la pena en sus ojos se puso furioso. No era más que un tonto que se había dejado atrapar en su tela de araña. ¿Cómo podía ser tan estúpido como para disfrutar de su compañía?

Tiró el pitillo y la agarró del brazo.

–No necesito tu compasión –le dijo, mirando sus labios–. No necesito la compasión de alguien tan despreciable.

Le dio un beso feroz, voraz...

Ella trató de recobrar el aliento y comenzó a forcejear, pero él era demasiado fuerte. Sus brazos eran como tornillos gruesos, y su boca sabía a tabaco y a hombre. Él usaba su cuerpo como un arma para humillarla. Aquellas manos rudas se deslizaron sobre sus caderas y la atrajeron hacia él.

Aquel atrevimiento fue demasiado para una mujer a la que nunca habían besado. El cuerpo de Trilby pareció despertar al sentir el contacto de su masculina silueta contra el vientre. Furiosa y avergonzada, ella gritó y comenzó a golpearle en el pecho.

Sorprendido ante aquel arrebato de cólera, él la soltó. Ella tenía la cara roja, el peinado deshecho, los ojos encendidos... Levantó el brazo y lo abofeteó tan fuerte como pudo.

–¡Salvaje! –gritó, temblando–. ¡Sabía que no eras un caballero!

–Y tú tampoco eres una dama, maldita ramera de Louisiana –dijo él, sin amedrentarse–. Si fuera menos civilizado de lo que soy, te arrojaría sobre este suelo polvoriento y te haría mía aquí mismo.

Ella se puso más roja que nunca y sus ojos se llenaron de lágrimas al oír semejante insulto. Su amado Richard apenas se había atrevido a tocarle la mano y ese salvaje había... había...

–Si me pones la mano encima, te golpearé con una rama de árbol. ¿Cómo... te atreves? –le dijo, ahogada por la rabia–. ¡Mi padre... se va a enterar!

–Hazlo... –dijo él con toda calma–. ¡Y yo le hablaré de la aventura que tienes con mi primo casado!

Ella lo miró como si se estuviera volviendo loco.

–¿De qué estás hablando?

–Es muy tarde para fingir –le dijo él; su voz llena de desprecio–. Sally te vio besándote con él. Me lo dijo semanas antes de su muerte.

Trilby se puso pálida y perdió el equilibrio. Él extendió la mano para sujetarla, pero ella la apartó de un manotazo.

–Eso es mentira –susurró ella, temblando–. ¡Es una calumnia deliberada!

–¿Y por qué me mentiría mi esposa? Ahora está muerta. Qué oportuno. No puede desmentir lo que dices. ¿Verdad?

Trilby tragó en seco, pensando que estaba a punto de desmayarse. Al ver la expresión de sus ojos supo que no tenía sentido discutir con él.

Sujetándose la falda con ambas manos, echó a andar en dirección al coche. Él fue tras ella y le abrió la puerta con afectada cortesía.

Trilby no volvió a mirarle a la cara durante todo el camino y él no volvió a hablar hasta parar delante de su casa.

–No te hagas la mártir conmigo. Yo sé lo que eres.

–Si fuera un hombre, te mataría de un tiro en el corazón –le dijo con el rostro desencajado–. Cuando mi padre sepa lo que me has hecho, probablemente te mate él mismo. ¡Espero que lo haga!

Él arqueó ambas cejas.

–No irás a confesar –le dijo con insolencia–. Destruirás sus ilusiones.

Trilby contuvo las ganas de volver a abofetearle.

–Señor Vance, para tener una aventura con su primo, tendría que salir por la noche.

–Eso no es problema. Tienes un automóvil.

–No sé conducir ni tampoco montar a caballo.

Él dudó un instante.

–Entonces te llevaría alguien.

Ella asintió.

–Oh, claro. A mis padres no les parecería raro que saliera por la noche, sola. ¡Algo que no he hecho en toda mi vida!

Thornton arrugó el entrecejo. Su teoría tenía algunas lagunas.

–El incidente del que me habló Sally tuvo lugar en una fiesta a la que asistieron tus padres –dijo él, esquivándole la mirada.

–Ya veo. Me han juzgado por adelantado y ni siquiera he tenido la oportunidad de defenderme –Trilby miró hacia delante y se estremeció al darse cuenta de algo–. Supongo que... No habrá sido el único al que su esposa informó.

–Se lo dijo a Lou, la esposa de Curt.

Ella cerró los ojos. Eso explicaba las miradas fulminantes de la esposa de Curt. Aquel jugoso rumor debía de haberse convertido en la comidilla de todo el pueblo. Y todo porque disfrutaba de la compañía de Curt y le gustaba hablar con él. Todo había sido tan inocente.

–¿Por qué no le pregunta a su primo si he tenido una aventura con él?

–¿Y que mienta para salvar tu reputación? –él se echó a reír–. Muy inteligente. ¿No crees?

–Señor Vance, yo nunca le acusaría de ser tal cosa. Y en cuanto a su desagradable calumnia, es totalmente infundada e injusta. Sí. Se lo voy a decir a mis padres –se volvió y lo miró de frente–. La verdad es la mejor arma que conozco. Y usted, señor, tendrá que vivir con el peso de haber creído una mentira sin pruebas.

Salió del coche y echó a andar hacia la casa. Él fue tras ella.

Sus padres y Teddy habían salido, así que no era necesario dar explicaciones por la hostilidad de Trilby. La joven entró en su habitación y cerró la puerta por dentro sin decir ni una palabra.

Él se paró delante de la puerta cerrada. ¿Por qué se había comportado como si le hubiera hecho algo imperdonable cuando lo único que había hecho era decir la verdad?

–¡Oh, malditas sean las mujeres! –dijo y volvió al coche.

Cuando Mary y Jack regresaron, Trilby acababa de refrescarse la cara con agua fría, pero aún tenía los ojos rojos.

–Querida –exclamó Mary–. ¿Qué ha ocurrido?

–Tu héroe se ha mostrado tal y como es –le dijo Trilby a su padre–. Su esposa le dijo que me había visto besándome con su primo Curt. Cree que he tenido una aventura con él.

Mary se quedó sin aliento y a Jack se le transfiguró el rostro.

–¿Cómo se atreve? –exclamó, furioso–. ¿Cómo se atreve a acusarte de algo así?

–No quiero volver a ver al señor Vance –dijo Trilby–. Siempre te he dicho que me parecía un salvaje incivilizado. Quizá ahora entiendas por qué.

–Estoy muy sorprendida –dijo Mary.

Tomó a su hija de la mano y la llevó al salón, donde la hizo sentarse en un sofá.

–Por suerte Teddy todavía está arreglando arneses con el señor Torrance. No quisiera que oyera esto.

–Sí –dijo Jack en tono cortante–. Él admira mucho a Thorn.

–El señor Vance es un buen hombre de negocios –dijo Trilby con la voz entrecortada–. Tiene mucho dinero y no podemos llevarle la contraria. ¿Pero podéis dejar de alentar mi relación con él? Él cree que soy... Que soy una mujer de escasa moral y cuando estaba solo conmigo... se comportó de una forma... muy poco caballerosa –entrelazó las manos y apretó con fuerza. Era doloroso decirles algo así a sus padres–. No quiero verme obligada a estar en su compañía otra vez.

–¡Por supuesto que no! –se apresuró a decir Mary.

–Claro que no –murmuró Jack y suspiró profundamente–. Trilby, me equivoqué con él. Lo siento mucho.

–Y yo, padre, porque tú lo admirabas.

–¿Cómo ha podido creer algo así de ti? –dijo Mary–. ¿Y por qué mintió su esposa de esa manera? No tiene sentido.

–Tiene mucho sentido si dijo esa mentira para alejar las sospechas de sí misma –dijo Jack–. Eso es algo de lo que no podemos volver a hablar fuera de estas paredes –les dijo–. No quiero una denuncia por calumnia. Ya tenemos bastantes problemas financieros.

–No quiero causarle problemas al señor Vance –dijo Trilby con dignidad–. Sólo quiero que esté lejos de mí.

–Puedes estar segura de ello –le aseguró Jack–. Si surge algún asunto que requiera su presencia te lo haré saber con antelación, querida. Siento mucho haberte puesto en una situación tan difícil.

–No sabías lo mucho que me despreciaba –le dijo a su padre con amargura–. Oh, ojalá nunca nos hubiéramos ido de Louisiana. Richard volverá a casa pronto...

–¿Y tú quieres verlo? –le preguntó su madre con una palmada en la mano y una sonrisa–. Bueno, puede venir a visitarnos. ¿Te gustaría? Puede quedarse todo el tiempo que quiera.

–¿Lo dices en serio? –preguntó Trilby con entusiasmo–. ¿De verdad?

–De verdad –Mary se echó a reír y abrazó a su hija–. Nos vendrá bien tener invitados en casa.

–¿Podría traer a Ben y a Sissy? –preguntó Trilby, refiriéndose a sus hermanos–. ¿Y a su prima Julie?

–Claro.

–Un momento –Jack también se rió–. ¿Cómo voy a alimentar a tanta gente?

–Podemos sacrificar un buey –respondió Mary–. Y hay muchas verduras.

–Me rindo. Adelante. Dile que venga.

–Eres un sol, padre –dijo Trilby.

Las nubes de la mañana se disiparon cuando le concedieron el mayor de sus deseos. ¡Volvería a ver a Richard! Casi valía la pena haber pasado por aquel mal trago.

# CAPÍTULO 4

Trilby le envió una carta a la hermana de Richard, Sissy Bates, en la que los invitaba al rancho, y dejó pasar los días en espera de una respuesta.

Thorn Vance había sido desterrado al rincón más remoto de su memoria. Tanto era así que ya no le importaba lo que pensara de ella. Su padre había ido a visitar a Curt y a Lou Vance al día siguiente y había regresado furioso. Él y Lou habían tenido algunas palabras hasta la llegada de Curt.

Cuando Jack le habló de la acusación de Thorn, se quedó consternado. Aunque pareciera francamente culpable, negó tener cualquier relación con Trilby y se disculpó por el comportamiento de su primo. Regañó a su esposa y prometió hablar con su primo para limpiar el nombre de Trilby ante cualquiera que se hubiera dejado llevar por el rumor.

Aunque siguiera molesto por el agravio sufrido por su hija, Jack se marchó algo más tranquilo. Era impensable que un hombre como Thornton Vance hubiera creído en la culpabilidad de su hija con tanta facilidad. Trilby apenas salía de casa y tampoco vestía de forma provocativa. Una de las cosas que más valoraba era mantener el buen nombre de su familia. Y esperaba que el daño no fuera irreparable. En Baton Rouge nadie habría cuestionado la reputación de su hija o la de su mujer. Pero en Arizona las cosas eran diferentes.

Trilby estaba muy preocupada por el «qué dirán». No era una cobarde, pero Blackwater Springs era una comunidad pequeña y las puertas se cerraban cuando los rumores maliciosos se extendían. No sabía si podrían volver a mirar a los vecinos a la cara.

Pero no tenían elección. Jack Lang insistió en llevar a su familia a la iglesia el domingo siguiente. Los hizo sentarse en uno de los primeros bancos y miró a su alrededor con gesto desafiante, dispuesto a salir en defensa de su hija. Esconderse en casa era como admitir la culpa, y como Trilby no tenía nada de qué avergonzarse, no había motivo para agachar la cabeza.

Cuando la ceremonia religiosa llegó a su fin dos señoras destacadas de la comunidad se acercaron a los Lang. Una de ellas mencionó que se había extendido un rumor malintencionado acerca de Trilby y Curt Vance. Ambas estaban seguras de que su esposa había contribuido a extenderlo.

Trilby se calmó un poco. Thornton Vance no estaba entre los fieles. No... Según una de las mujeres, el señor Vance no iba a la iglesia desde la muerte de su esposa.

«Una pena», había comentado la señora. «Sobre todo porque su pequeña hija podría tener el beneficio del evangelio».

Trilby sintió un gran alivio al ver que Curt intentaba poner fin al rumor. Ojalá tuviera éxito. Ella nunca perdonaría a Thornton Vance por lo que le había hecho.

Los días pasaron sin tener noticias de Thornton, y Trilby se relajó un poco y pasó página. Un día llegó un cable de Louisiana. Richard, su hermano y hermana y su primo salían para Blackwater Springs a la semana siguiente. Trilby saltó de alegría y corrió hacia el coche.

–Buenas noticias, supongo –le dijo su padre entre risas.

–¡Sí! Oh, padre, va a venir. ¡Va a venir!

–Me alegra verte sonreír de nuevo, hija –le dijo su padre con cariño mientras le acariciaba la mano–. El esfuerzo merece la pena por verte feliz.

–¡No puedo esperar más!

–No me sorprende.

La llevó de vuelta a casa y esa noche celebraron la buena fortuna de la joven. Estaban a punto de irse a la cama cuando oyeron el trueno de unos disparos en el desierto, seguido del mugido del ganado en estampida.

Jack y Teddy se vistieron a toda prisa y salieron al porche. El viejo Mosby Torrance ya estaba allí. Sus acuosos ojos azules centelleaban en un rostro de cuero curtido.

–Diez –dijo sin aliento. Había corrido todo el camino desde la barraca–. Vasquez y Moreno los vieron. Creen que eran mexicanos. Iban a por el ganado.

–Iremos tras ellos –dijo Jack con frialdad–. Le diré a Mary que nos prepare algo. Levanta a los hombres y yo iré a buscar munición para los rifles.

–Ahora mismo, jefe. Voy a buscar mi Winchester...

–Oh, tú no, Torrance –dijo Jack de pronto, mirándolo como si creyera que el viejo ranger de Texas no estaba en forma–. No. Tú quédate cuidando de las mujeres. Y tú también, Teddy –le dijo a su hijo, que parecía aturdido–. Éste no es un trabajo para vosotros. Voy por las pistolas.

Torrance se molestó un poco y Teddy le salió al frente.

–No pasa nada, señor Torrance. Creo que los dos estamos fuera.

El hombre mayor tragó en seco.

–Eso es lo peor de hacerse viejo, chico –dijo con voz ronca–. Todo el mundo piensa que ya no vales para nada.

–¡Yo creo que usted es magnífico, señor!

Torrance sintió una punzada de dolor al ver el rostro de admiración del jovenzuelo. Él también tenía un hijo en alguna parte. Su esposa había muerto de neumonía mientras él perseguía forajidos y no sabía adónde habían enviado al chico. Al llegar a casa, todo había terminado y su primogénito se había desvanecido sin dejar rastro.

Torrance lo buscó por todas partes, pero fue inútil. Al mirar a Teddy, vio reflejado a su propio hijo y deseó que fuera tan fuerte y valiente como el hijo de Jack.

–¿Sabes disparar? –le preguntó.

–Claro que sí –dijo Teddy e hizo una mueca al mirar a su padre–. Pero él cree que no. Dios, señor Torrance, nadie nos cree lo bastante buenos para la lucha. ¿No?

–Así es. Bueno, yo voy a buscar mi pistola de todas formas. Me puedes ayudar a vigilar –miró hacia el vestíbulo–. No creo que le importe.

–No, si no le decimos nada –dijo Teddy y sonrió con complicidad.

Torrance se echó a reír. Teddy era muy listo.

Volvió a la barraca y sacó su revólver Colt del 44, niquelado y con mango de nácar. La pistola había vivido muchas batallas a los largo de los años, pero todavía era un arma impresionante, aunque todo el mundo prefiriera llevar un 45 en esa época. Tanto él como su pistola estaban fuera de lugar en una era de máquinas que se movían tan rápido como un caballo por la tierra y por el aire. Torrance a veces pensaba que era un hombre prehistórico; alguien que había perdido el mundo al que pertenecía y que no encajaba en el nuevo.

Las cosas eran muy distintas al terminar la Guerra Civil. Por aquella época él se había hecho ranger y fraguaba su propia historia sobre la marcha. Hombres como él y Bigfoot Wallace eran una leyenda entre los hacedores de paz de Texas. Él había lidiado con forajidos y pistoleros, y en una ocasión había reducido a toda una turba que intentaba linchar a un hombre. Pero nadie sabía esas cosas en Arizona, y a nadie le importaba lo que había sido cincuenta años antes.

Quizá debía estar agradecido por tener un trabajo. Jack Lang no había tenido mucha elección al contratarle. Él había sido capataz de la finca durante muchos años hasta la llegada de Lang, que lo había hecho ocuparse del ganado. Jack era su propio jefe.

Se guardó el arma por dentro del cinturón y agarró su Remington antes de salir por la puerta. Era un hombre alto y ágil. De no ser por el cabello gris, hubiera tenido el mismo aspecto que a los treinta. Su paso sonaba firme y seguro sobre el porche de madera; su porte erecto y orgulloso. Era muy duro hacerse viejo. En otro tiempo había creído que sería joven para siempre.

Cuando Jack Lang salió por la puerta se estaba abrochando la cartuchera con dedos torpes. Se había vestido como si acabara de salir de una novela del oeste, con zahones de lana y brazaletes de cuero, botas nuevas con pesadas espuelas y un par de revólveres con mango perlado.

El hombre del este siempre se vestía como si fueran a perseguir proscritos, pero nunca habían encontrado a ninguno porque Lang no se fiaba del chico apache que rastreaba para ellos, y no creía que nadie fuera capaz de seguir la pista de un hombre por un arroyo.

Torrance sacudió la cabeza. Alguien debía de haberle dicho que los zahones de lana estaban hechos para los vientos del norte y que sólo los llevaban los vaqueros de Montana y Wyoming, no los de Arizona. Las espuelas eran mexicanas y las pistolas, aunque preciosas, nunca habían sido disparadas. Además, aquellos brazaletes de cuero eran adecuados para un lazador, pero Jack Lang no era capaz de lanzar una cuerda.

A pesar de todo, Torrance se guardó sus pensamientos y asintió cuando el jefe le dijo que cuidara de las mujeres. Él podía rastrear tan bien como ese mexicano, Vasquez, a quien Lang le había dado el trabajo. En realidad lo hacía mucho mejor. Y todavía podía disparar mejor que cualquiera de los otros vaqueros de Lang. Conocía a los mexicanos porque les había seguido el rastro a muchos de ellos en sus días como ranger, pero Lang nunca lo sabría porque no pensaba que un hombre de su edad pudiera hacer el trabajo de un vaquero.

Aunque no lo supiera, el ranger suspiró con nostalgia al ver partir a los hombres. Teddy se detuvo a su lado.

–No pasa nada, señor Torrance. Yo sé que usted podría hacerlo mucho mejor que cualquiera de los hombres de mi padre, aunque él no lo sepa.

Torrance lo miró con agradecimiento.

–Eres increíble, Teddy.

–Usted también, señor Torrance.

Trilby vio salir a los hombres con preocupación. Uno de ellos había sugerido pasar por Los Santos para recoger a Thorn Vance y su padre había discutido con él.

Sólo ella sabía por qué.

Entonces le había oído llamar por teléfono. La operadora había tardado un poco en comunicarle y su padre se había enojado un poco.

Debió de tener una escueta conversación con Thornton, porque un rato después su padre accedió a pasar por Los Santos antes de ir a por los bandidos. Ella sólo esperaba que él no metiera a su vulnerable padre en un tiroteo. Jack Lang tenía muy buena apariencia, pero no sabía nada de hombres violentos...

Cuando el pelotón improvisado llegó a Los Santos, Thorn los estaba esperando. Tenía el rifle en la funda y llevaba un arma secundaria, un Colt del 45 de mango negro que había sido de su bisabuelo.

Había tenido que intimidar a Jack Lang para que lo dejara formar parte del grupo. Él se había empeñado en ir solo con sus hombres y Thorn había tenido una repentina visión del hombre del este, muerto sobre el polvo de Arizona.

Estaba muy arrepentido de cómo había tratado a Trilby. Tanto había mancillado su reputación que no se atrevía a volver al rancho de Blackwater Springs. Sabía que Jack y el resto de la familia lo despreciaban por lo que le había dicho a Trilby, pero, asombrosamente, ella no parecía haberle dicho a nadie lo que realmente había ocurrido aquella tarde en el desierto.

Thorn sabía que aquello era mucho más de lo que se merecía y por lo menos podía proteger a su padre. Quizá eso sirviera para reparar un poco sus errores.

Samantha estaba dormida y él no la había despertado. La niña estaba tan retraída en sí misma que Thornton había empezado a preocuparse. Estaba pálida y delgada y no tenía un aspecto saludable, pero él no era capaz de comunicarse con ella. Sus propias emociones estaban encerradas tras un caparazón de acero. Desde la muerte de Sally, Samantha se había perdido en su mundo interior y él no sabía cómo encontrarla de nuevo.

Vio llegar a Jack Lang con una expresión preocupada. Jack, por el contrario, examinó al hombre de Arizona y de repente se sintió fuera de lugar. Thornton Vance tenía un aspecto imponente y peligroso con aquellos vaqueros, la camisa de cuadros azules, y un pañuelo rojo. Él también se había puesto las muñequeras de cuero, pero las suyas estaban arañadas y gastadas. Llevaba unas espuelas pequeñas en las botas y zahones de cuero. Su sombrero no era nuevo como el de Jack, pero aunque estuviera torcido y desteñido le iba como anillo al dedo. Una cuerda enrollada colgaba del cuerno de su sillín. Llevaba una cuerda colgada del cuerno del sillín y también una alforja, como la mayoría de sus hombres. Se había echado un poncho sobre uno de los hombros mientras fumaba un pitillo con aire desenfadado. Nadie hubiera dicho que se trataba de un hombre a punto de ir a la guerra, a juzgar por su aspecto disipado.

Jack tuvo que tragarse las palabras hostiles. No había vuelto a hablar con Thorn desde su conversación con Curt Vance y era muy difícil tratar con un hombre que había estado a punto de arruinar la reputación de su hija.

–¿Listo? –preguntó Thorn cuando Jack se le acercó–. Puedo añadir diez hombres más al grupo.

–Ya tenemos bastantes –respondió Jack con sequedad–. Traje seis.

Thorn podría haberse echado a reír ante tanta ingenuidad. Ocho hombres para atrapar a una horda de bandidos. Los revolucionarios mexicanos debían de tener unos cincuenta hombres. La lucha al otro lado de la frontera se hacía más cruenta por momentos a medida que la resistencia contra el régimen de Díaz se incrementaba. Varias bandas distintas de insurrectos habían robado ganado en el norte de la provincia mexicana de Sonora y no tenían ningún reparo en cruzar la frontera para vender el botín y dar de comer a los hambrientos. Pero los bandidos no pagaban el ganado que se llevaban y la situación en México estaba muy cerca de convertirse en una guerra. Thorn temía que los Estados Unidos intervinieran si la lucha traspasaba la frontera porque eso significaría una guerra con México y nadie quería algo así.

–Me sentiría más cómodo con mis hombres –dijo Thorn mirando a Jack a los ojos, sin pestañear.

–Como quieras –dijo Jack.

Thorn se había enterado de la visita de Jack a su primo. Él y Curt habían discutido por primera vez en mucho, mucho tiempo, pero al final había logrado convencerle de que su amante secreta no era Trilby. Aquella revelación le había dejado confuso y terriblemente avergonzado. Él había insultado a Trilby sólo porque su esposa la había acusado. ¿Pero por qué había mentido Sally? Ésa era la única parte del puzzle que no encajaba.

Pero no había tiempo para eso en ese momento. Thorn se llevó la mano a la boca y silbó con todas sus fuerzas. Diez jinetes se unieron a la comitiva.

Jack pensó que se parecían mucho a su jefe. La mayoría de ellos llevaba ropas desgastadas y estaban armados hasta los dientes. Dos de ellos parecían auténticos delincuentes y también había dos apaches. Uno de ellos era pequeño y mayor, pero el otro era alto y de constitución fuerte, con unos ojos negros agudos y penetrantes. Aquel hombre intimidaba.

–No irás a llevar a los indios –dijo Jack.

Thorn contó hasta diez mentalmente.

–Naki y Tiza son mis rastreadores. Los mejores. Yo ni siquiera veo las pistas que encuentran.

–Mira, no me fío de los indios. He oído muchas cosas sobre ellos...

–Supongo que no habrás oído que en el pasado algunos blancos tenían a apaches como esclavos. ¿Sabías que los soldados solían atacar poblados indígenas, matando a mujeres y niños?

Lang se aclaró la garganta.

–Bueno...

–Yo pongo la mano en el fuego por cualquiera de estos hombres –dijo Thornton–. Vámonos.

–Sí, claro –Jack levantó el brazo y les hizo señas a sus hombres para que reanudaran la marcha.

Trató de ir a la par que Vance, pero éste clavó las espuelas en los lomos del caballo y salió disparado como el viento.

Jack Lang sabía que no podría haber seguido el ritmo de Vance a esa velocidad. Ni siquiera hubiera podido mantenerse sobre el caballo. Poco a poco los hombres de Vance les sacaron ventaja. Era evidente que él era el líder de todo el grupo.

Unos tenues rayos de luz brillaban sobre las montañas, pero estaba muy oscuro. Los apaches desmontaban de vez en cuando y examinaban el terreno abrupto y las rocas. Lang pensaba que ningún hombre podía rastrear sobre una roca, pero los apaches eran capaces. Ellos les hicieron cruzar el ancho río que separaba las tierras de Jack de las de Vance y se dirigieron al oeste del Douglas.

–Vance, estamos cerca de la frontera. Muy cerca –dijo Jack, preocupado–. No podemos entrar en México sin permiso.

Thorn puso las manos sobre el cuerno del sillín y miró a Jack.

–Mira, no hay duda de que los ladrones han cruzado la frontera. Sólo necesitamos saber dónde están, no si podemos cruzar. Estarán más allá de Agua Prieta, y podemos encontrarlos si nos damos prisa. Si esperamos hasta que nos den permiso, perderás la mitad de tu rebaño. Además, no podemos arriesgarnos a que el ejército venga a por nosotros.

–Pero, hombre, si nos capturan...

–Eso no ocurrirá –les hizo señas a sus hombres y siguió adelante.

Jack titubeó un momento, pero no tardó en ir tras él.

Les siguieron la pista a los mexicanos hasta un valle cercano al de San Bernardino, siempre manteniendo las distancias con las tropas estadounidenses que estaban apostadas a lo largo de la frontera. Los bandidos estaban tan seguros de sí mismos que habían parado para comerse uno de los bueyes de Jack a modo de desayuno.

Sólo eran seis, lo cual indicaba que eran renegados, y no parte de las fuerzas Maderistas. Thorn sabía que esos hombres iban por libre, pero no parecían lo bastante listos como para actuar por su cuenta. Quería saber a quién estaban buscando.

Le hizo una seña a sus hombres, olvidando que se trataba del pelotón de Jack Lang, y entró en el campamento al tiempo que desenrollaba la cuerda. Arrojó una lazada sobre el hombre que parecía el líder y lo hizo caer.

Los otros sacaron las armas, pero al ver que los superaban en número, levantaron los brazos y se rindieron en un español chapurreado.

Thorn comenzó a hablar en español y se bajó del caballo para atar al líder. Mientras interrogaba al hombre, el apache alto se le acercó y, tras echarle una fría mirada a Jack Lang, empezó a hablar en su propia lengua.

–No estamos solos.

–Habla en inglés –le ordenó Thorn.

–No delante de él –respondió Naki, indicando a Jack Lang–. He oído lo que ha dicho. Si me vuelve a insultar, lo ataré a un cactus con las piernas desnudas. Díselo –añadió, fulminando a Jack con la mirada.

–¿Me vas a decir qué has encontrado?

–Cuando le digas a este vaquero que va directo hacia la estaca y el fuego, te lo diré.

Thorn lo miró exasperado.

–¡Eran los iroquois del noreste lo que quemaban gente en la estaca, no los apaches!

Naki miró a Jack con ceño.

–¿Estás seguro?

–¡Maldita sea!

–¡Oh, muy bien! Unos cien federales vienen hacia aquí.

–¿Y por qué no me lo dijiste? –se volvió hacia los hombres–. Federales –dijo sin más–. Tenemos que largarnos. ¡Ese ganado... en marcha! –les gritó a sus hombres.

Ellos dispararon al aire para que las reses salieran en estampida. Thorn arrojó al prisionero sobre su propio sillín antes de montar y salió hacia la frontera.

–No sueltes a los caballos –le dijo a Jack Lang–. ¡No podemos dejar que nos atrapen a este lado de la frontera!

–Eso dije yo antes de que nos desviáramos –murmuró Jack para sí sin que Thorn pudiera oírlo.

Cruzaron la frontera con el ganado unos minutos antes que los soldados mexicanos. Mientras los vaqueros intentaban salvar el ganado, todos los prisioneros escaparon, excepto el que estaba sobre la silla de Vance. Perdieron algunas cabezas, pero no bastantes como para hacer peligrar la fortuna de Jack Lang.

Con Thorn a la cabeza, galoparon a toda velocidad hasta el rancho de Blackwater Springs. Trilby los oyó llegar y se asomó a la ventana. Jack Lang y Thornton acababan de detenerse delante de la casa. Estaba tan contenta de ver a su padre que salió al porche a recibirle.

Thorn la vio al tiempo que tiraba al mexicano al suelo y le aflojaba los nudos. Entonces se volvió hacia ella con gesto serio.

–Entra en casa y quédate ahí.

Ella estaba a punto de desobedecer cuando el mexicano la miró y se echó a reír. Le dijo algo en español a Thorn.

Debió de ser un insulto porque el vaquero fue a por él de inmediato. El prisionero sacó una navaja, pero Thorn estaba demasiado furioso para reparar en ella. Naki sí la vio y justo cuando el ladrón se incorporaba para apuñalarle con ella, el apache sacó el enorme cuchillo de caza que llevaba en el cinturón. Lo agarró por el filo y lo lanzó con gran destreza, golpeando la navaja del mexicano y arrojándola al suelo.

–¡Vaya! –dijo Jack Lang, que estaba sentado junto a Naki.

El apache se bajó del caballo y recogió el cuchillo. Thorn y el mexicano se enzarzaron en una pelea sin importarles que se les escapara algún golpe.

–Salvajes paganos –dijo Naki y montó de un salto.

Jack Lang lo miró con incredulidad.

–¡Vaya! –añadió Naki, señalando a Thorn–. Dios Santo, hombre, ¿ni siquiera te importa que estén a punto de machacarse los sesos? ¡Yo pensaba que los blancos eran más civilizados!

–¡Hablas inglés! –exclamó Jack.

–Sí, pero me sabe muy mal en la boca. Metáforas mixtas, negación simple, aliteración...

Hizo volverse al caballo y se marchó, todavía murmurando algo. Apenas podía contener la risa al ver a Jack Lang con la boca abierta.

Thorn y el mexicano estaban bañados en sudor y cubiertos de sangre y polvo. Thorn era alto, pero el mexicano era más ancho y tenía el orgullo herido por el trato que le habían dado. No obstante, Thorn logró someterlo y comenzó a interrogarlo en un español brusco. Él hombre se resistió un poco, pero finalmente habló y Thorn lo soltó con un empujón.

–Dale un caballo –le dijo a Jack–. Yo te recompensaré.

–¿Vamos a dejarlo ir? –preguntó Lang, sorprendido–.

¡Pero debería ser arrestado y juzgado por el delito que ha cometido!

–He dicho que lo dejes ir –le dijo Thorn en un tono que no admitía protestas.

Jack le hizo señas a uno de sus hombres y lo mandó en busca de una montura apropiada. Trilby había entrado en la casa al comenzar las hostilidades, pero no pudo evitar asomarse a la ventana en cuanto oyó remitir el ruido de golpes. Lo que vio entonces la hizo correr hacia el porche trasero, presa de un ataque de náuseas.

Estaba sentada en la cocina, delante de un té caliente que le calmara los nervios, cuando Thorn entró con su padre. No llevaba sombrero, y tenía la cara llena de cortes que sangraban, como sus nudillos.

–¿Puedes hacer una cosa por Vance, Trilby? –le preguntó su padre–. Tu madre está en el dormitorio y no va a salir.

Trilby no podía culparla.

–Claro –dijo la joven sin apenas contener las ganas de devolver. El olor a sangre era insoportable. Llenó de agua una cacerola en el fregadero y humedeció un paño. Entonces se sentó junto a Thorn y comenzó a lavarle los cortes. No lo miró a los ojos en ningún momento. En realidad, él ni siquiera levantó la mirada.

Parecía exhausto. Los cortes debían de dolerle mucho. Trilby luchó contra el deseo de abandonar la habitación y dejarlo así.

–No entiendo por qué querías dejar libre el mexicano –dijo Jack, irritado.

–Si lo mantenemos prisionero, sus hombres vendrán a por él –dijo, haciendo una mueca de dolor cuando Trilby le limpió un corte en la mejilla–. Algunos mexicanos son como apaches cuando buscan venganza.

–Ya veo.

–No lo creo, pero tendrás que fiarte de mi palabra. Tienen la costumbre de cruzar la frontera para robar ganado y venderlo a grandes terratenientes de la provincia sureña de

Sonora. Yo les dije que si volvía a pillarlos a este lado de la frontera, tendría una charla con su benefactor. No creo que los volvamos a ver en mucho tiempo, pero también hay otros ladrones. Esto no ha acabado.

–Me temía que ibas a decir eso –Jack hizo una mueca al ver la cara de Thorn. El hombre lo había ayudado, a pesar del daño que le había hecho–. Estás hecho un asco.

–Luchar no es algo bonito. ¿No es así, Trilby? –un destello brilló en sus negras pupilas cuando la miró a los ojos.

Ella le esquivó la mirada.

–No –dijo con gran esfuerzo–. ¿Qué fue lo que dijo?

–Nunca te lo diré –le dijo con seriedad–. Lo hizo para provocarme. Esperaba pillarme fuera de guardia y clavarme esa navaja en la tripa.

–Tu amigo apache –dijo Jack–. No es lo que esperaba.

–Él no es lo que todo el mundo espera. Doy gracias a Dios por su habilidad con los cuchillos. Me habrían destripado de no haber sido por él.

–Por suerte no fue así –dijo Trilby, mirándolo a los ojos–. ¿Debo entender que me estabas defendiendo? –le preguntó con soberbia.

Thornton sofocó la chispa que había prendido en su interior y le habló con voz suave.

–Sí. Ningún bandido asesino puede hablar así de una mujer decente.

Ella volvió a mojar el paño ensangrentado en el agua y siguió limpiándole.

–Pero yo no soy una mujer decente, según usted –respondió con resentimiento.

Él le agarró la muñeca con fuerza. Había auténtica vergüenza en sus ojos.

–Curt me dijo la verdad. Lo siento. Lo siento mucho más de lo que te imaginas.

–No arruine su reputación, señor Vance –le dijo, y se soltó de un tirón–. No creo que las disculpas sean parte de su repertorio.

Su padre estaba cerca, pero Thorn hubiera deseado que estuviera en Montezuma. Necesitaba ver a Trilby a solas para acortar la distancia que había creado entre ellos. Ella se comportaba como si lo odiara y él le había dado razones para ello. Incluso un ciego podía ver que su inocencia era real.

–Tu hombre, el apache –dijo Jack–. Habla inglés.

–¿En serio? –preguntó Thorn con ironía.

Jack se aclaró la garganta y salió.

Su ausencia le dio la oportunidad que necesitaba para arreglar las cosas con su hija, si era posible.

–Mírame –dijo Thorn tranquilamente–. Trilby... mírame.

Ella hizo lo que le pedía con reticencia.

–Lo siento –dijo él suavemente–. ¿Te asusté ese día?

Ella se sonrojó y volvió la cara. Él se puso en pie y se colocó detrás de ella.

–Estás molesta. Ni siquiera te habían besado antes –le dijo, poniendo las manos sobre sus hombros–. ¿No es así? –le preguntó en un tono de arrepentimiento.

–No –dijo ella entre dientes–. Y lo que hizo...

Él soltó el aliento de golpe.

–Sí. Lo que hice es propio de una relación entre dos personas casadas. Ahora sabes cosas de mí que nunca habrías conocido en circunstancias normales.

–Mejor será que termine de limpiarle la cara, señor Vance.

Él le dio la vuelta y se inclinó un poco para verle los ojos.

–No me odies –le dijo con una voz increíblemente suave–. Estaba equivocado. Quiero reparar el daño que hice.

–¿En serio? Sí es así manténgase lejos de mí –se echó a reír, algo incómoda–. No quiero saber nada de usted.

Los rasgos de Vance se endurecieron. Le quitó las manos de los hombros y volvió a sentarse.

–Tiene mi perdón si cree que lo necesita, señor Vance. Le agradezco que me haya defendido. Siento que le hayan herido por mí.

–¿Estos pequeños cortes? Pican, pero no son nada. Me han herido con balas que dolían mucho más. Te desgarran la carne cuando penetran.

Ella detuvo la mano en el aire.

–¿Heridas... de bala? –le dijo, mareada.

Él la agarró al verla tambalearse.

–Trilby, por el amor de Dios... –le dijo, atrayéndola hacia sí.

Ella respiró hondo y las náuseas empezaron a desaparecer.

–Lo siento. Es que... ¡Tanta violencia!

Ella era tan frágil... La tomó en brazos y la llevó al salón, donde esperaba su padre, que había vuelto a entrar.

–¿Trilby, qué pasa?

–Se ha desmayado. No tendría que haber mencionado las heridas de bala –dijo Thorn, avergonzado–. Necesita acostarse un rato.

–Sí, claro. Por aquí.

Jack Lang lo llevó hasta la habitación de ella y se hizo a un lado para dejarlo entrar.

Thorn la dejó en la cama con suma delicadeza.

–¿Jack? –dijo Mary Lang desde otra estancia de la casa. Su voz sonaba histérica–. Jack... ¿Dónde está Teddy?

–Creo que está fuera con Torrance –dijo Thorn por encima del hombro.

–Oh, vaya –dijo Jack–. Trilby, querida, ¿te encuentras bien?

–Sí, padre –susurró ella–. Sólo estoy un poco mareada. Y me alegro de que estés bien.

Él asintió.

–Vuelvo enseguida.

A solas con Thorn, Trilby trató de no mirarlo a los ojos. Estaba muy magullado y el corte que tenía en la mejilla le dejaría una cicatriz.

–Siento todo esto –le dijo él–. Supongo que nunca has visto a dos hombres luchando con los puños.

–Con oírlo ya tuve bastante –ella miró hacia otro lado–. Deberías volver a lavarte la cara esta noche –murmuró.

–Lo haré. Naki tiene hierbas muy buenas para los cortes. Le diré que me haga otra cura.

–¿No te envenenará? –dijo ella, bromeando.

–Es mi amigo. Los amigos no se envenenan los unos a los otros. Si estás bien, me marcho.

–Gracias por cuidar de mi padre –dijo ella con orgullo.

–Lo necesitaba. Dios mío, lo perderá todo si no se vuelve más duro.

–Las cosas son brutales aquí –dijo ella de pronto con ojos expresivos.

–Por supuesto que sí. Éste no es lugar para flores.

Trilby se puso pálida. Con las manos en la cintura le miró fijamente desde la almohada. Se sentía vulnerable con un hombre en la habitación. Él llenaba todo el espacio, lo dominaba. La miraba como si no tuviera esperanza.

Quizá era así...

Sus negros ojos la miraron de arriba abajo. Ella era delgada y estaba bien hecha. Thorn sintió una gran añoranza al recordar el sabor de sus labios.

Pero ella lo miraba como si le tuviera miedo.

–No dejaré que nada le pase a tu padre, Trilby –le dijo–. Ni a tu padre ni a ninguno de vosotros.

Ella sofocó una oleada de náuseas y cerró los ojos.

–Este horrible lugar... Ojalá no hubiéramos venido nunca.

Una aguja se clavó en el corazón de Thorn.

–Escucha, no es tan malo como parece. Trilby, me gustaría enseñarte mi desierto...

Ella abrió los ojos de repente.

–¿Como me lo enseñaste la última vez?

Él masculló algo para sí y se puso en pie. Se secó el sudor con la manga de la camisa.

–No entiendes mi posición. Yo actué creyendo que aquello era verdad.

–¿Es que te creías Dios el día del Juicio Final? Tu opinión de mí me afecta más que tus heridas, Vance –dijo ella sin pestañear–. No me gustan los hombres que llegan a una conclusión y se aferran a ella cuando todas las pruebas dicen lo contrario.

–Sally me mintió.

–Sí.

–Yo no te conocía. No sabía qué clase de persona eras en realidad.

–Podrías haberme dado el beneficio de la duda –dijo con frialdad–. Por suerte, mi padre pudo reparar el daño que le habías hecho a mi reputación. Pronto tendrá un invitado muy especial y no quisiera que se llevara una mala opinión de mí por los cotilleos locales.

Thorn se quedó de piedra.

–¿Un invitado?

Ella sonrió con orgullo.

–Por lo visto crees que mi falta de belleza me impide tener pretendientes. Deberías saber que no todos los hombres juzgan a una mujer por su rostro o su figura. Richard me respeta por mi inteligencia.

–¿Qué Richard?

–Richard Bates. Crecimos juntos en Baton Rouge. Nuestras familias querrían vernos casados... Y yo también. ¡He amado a Richard toda mi vida!

Thorn se puso tenso como la cuerda de un arco. Su desprecio era tan palpable como lo había sido el suyo. Se sentía tan miserable que arremetió con todas sus fuerzas.

–Un niño de ciudad. ¿Verdad? Uno de esos peleles sin cerebro ni agallas.

–Richard es un caballero, Vance –dijo ella con orgullo–. Ninguna mujer podría acusarte de ser algo parecido. ¡Desde luego nunca lo haría si tuviera la desgracia de pasar un rato contigo a solas!

Él se sonrojó.

–Siempre golpeas fuerte. ¿Verdad?

–Ojalá pudiera golpearte fuerte, Vance –dijo ella, iracunda–. Ojalá fuera un hombre durante cinco minutos. ¡Te haría más daño que ese mexicano!

Él se puso erguido.

–Me he disculpado.

–¿Y crees que eso compensa todos los insultos y el desprecio que he tenido que soportar?

Thorn la miró un instante y se dio cuenta de que la había hecho odiarle. Iba a perderla sin remedio y el imbécil del este se la llevaría para siempre. No dijo nada más. Dio media vuelta y salió de la habitación.

Trilby cerró los ojos.

«Déjale marchar», pensó. Ella no lo quería. ¡Nunca lo había hecho!

Sus pensamientos volvieron a Richard y la expresión de su rostro cambió. Richard llegaría en muy pocos días. ¡Por fin! Por una vez sus sueños parecían haberse hecho realidad. Cuando su amado Richard llegara, Vance no sería más que un mal recuerdo.

Malo, como los sucesos de ese día. Trilby se negó a pensar en el peligro que había corrido su padre. No quería que nada empañara los momentos felices que estaban por llegar.

## CAPÍTULO 5

Cuando Trilby se levantó, Mary Lang seguía mareada por lo que había visto por la ventana. Aquel desagradable incidente había resaltado lo peor de su nuevo hogar.

–No sabía que los hombres luchaban así –le dijo Mary a su hija mientras le preparaban algo de comer a Jack–. Nunca había visto luchar a dos hombres.

–Ni yo. El mexicano dijo algo de mí. El señor Vance no me dijo lo que era, pero fue por eso que le golpeó.

–Gracias por curarle las heridas, Trilby –le dijo su madre–. ¡Yo no podía!

Por primera vez, Trilby se sintió mayor que su propia madre. Y tampoco iba a ser la última vez que se sintiera así.

Ver a Thorn luchando por ella le había causado gran sorpresa. Él había jurado que ya no pensaba lo mismo sobre ella, pero eso no reparaba el daño que le había hecho. Al final de la semana fue a visitarla una tarde. El sol se estaba poniendo y el crepúsculo, siempre espectacular, la había hecho salir al porche. Estaba sentada allí sola cuando Thornton llegó.

El corazón de Trilby dio un vuelco al verle desmontar del caballo. Él todavía llevaba la ropa de trabajo.

Su profundo sentido de la cortesía le impidió ser grosera con un visitante, a pesar de los sentimientos hostiles que despertaba en ella.

–Suele venir a caballo a visitarnos, señor Vance. Yo pensaba que le gustaban los automóviles.

–No. No en especial –se sentó a su lado sin quitarse el sombrero. Tenía un cigarrillo en la mano y olía a tabaco, cuero, polvo y sudor, pero eso a Trilby no le molestaba. ¿No debería haberse sentido incómoda teniéndolo tan cerca?

–Mi padre está en la cocina con mi madre y con Teddy.

–No quiero molestarte, Trilby –dijo tranquilamente–. No esta vez. Pero habla conmigo.

–¿Por qué? ¿Sobre qué?

–He tenido una diferencia de opiniones con mi hija sobre el tema del colegio. He intentado ayudarla a estudiar, pero ella se niega a cooperar. Está tan retraída que no consigo llegar a ella.

–¿No va al colegio?

–Iba. El colegio cerró cuando la profesora se fue al este para casarse. Sally le daba clases, pero ahora no hay nadie que lo haga, excepto yo. La única opción es alquilar una casa en Douglas y mandarla al colegio de allí. Eso han hecho otros granjeros casados.

–¿Aprende rápido?

–Cuando quiere, pero no es la misma desde la muerte de su madre. He tratado de pasar más tiempo con ella. Quizá pueda motivarla un poco si estoy con ella. La he descuidado. He tenido un montón de cosas en la cabeza.

–Seguro. Los mexicanos están más cerca de usted que de nosotros. Supongo que le preocupa la revolución.

–Le preocupa a todos los que viven en la frontera. Los dos lados piensan que estamos apoyando al otro, pero nosotros hacemos todo lo que podemos para mantenernos neutrales. Hay muchos problemas.

–Leí algo en el periódico sobre una revuelta antiamericana en Ciudad de México. Y se dice que Madero y sus seguidores planean un gran ataque fulminante.

–Todo parece indicar que sí.

Thorn entrelazó los dedos en sus rizos de seda y le echó el cabello hacia atrás.

–Por favor, no –le dijo ella con firmeza al tiempo que le apartaba la mano.

–Tengo las orejas de un zorro. Y aquí estamos a oscuras –se acercó y le acarició los labios con el aliento.

Trilby deseó sentir esa boca sobre la suya una vez más y su propia reacción la hizo enojarse. Le empujó en el pecho.

–No tienes que luchar conmigo. No voy a hacerte daño.

–Claro que no –le dijo ella con ojos furiosos–. ¡Sólo va a insinuarse y después dirá que le he seducido!

Él la soltó de inmediato.

–Dios mío –dijo–. No perdonas. ¿Verdad?

Ella se alisó el cabello y la falda con manos temblorosas.

–No quiero sus atenciones, señor Vance. Creí habérselo dejado claro.

–Yo soy rico...

–¿Y cree que eso me importa? –le preguntó con dureza–. No me vendería al hombre más rico del planeta si no le amara. Yo querría a Richard aunque fuera un poeta sin un céntimo. Yo no aspiro a mejorar mi posición.

–Pensaba que eras una mujer hecha y derecha. ¡Hablas como una colegiala en la edad del pavo!

Ella levantó la barbilla y sus ojos se encendieron de rabia.

–¡No tiene derecho a burlarse de mis sentimientos! No sabe nada de mí.

–Eso es cierto –le dijo él mirándola a los ojos–. He dado por sentadas un montón de cosas, y nunca me he molestado en conocerte.

Ella miró al horizonte multicolor. La puesta de sol tenía un toque mexicano ese día.

–No te caigo bien. ¿Verdad, Trilby? –le dijo, recostándose contra una de las columnas de madera mientras se liaba otro cigarrillo–. Ni soy civilizado ni fiable, como tu pelele del este.

–Un hombre civilizado trata a una mujer como una dama.

–Suenas como una jovencita española bien educada. Muy correcta, e inútil sin su tutora de compañía.

–Ninguna tutora te dejaría acercarte mucho a su pupila –dijo ella, fulminándolo con la mirada.

–Te hice daño. ¿No es así? No me vas a perdonar por lo ocurrido.

–Le he perdonado, señor Vance. Sólo puedo ofrecerle amistad.

–¿Y qué puede darte un hombre del este que no te da uno del oeste?

–¡Un comportamiento civilizado! Un trato decente. Ternura. Cosas que usted desconoce.

Él se echó a reír sin ganas.

–Supongo que doy esa impresión. Eres valiente, Trilby. La violencia te pone enferma, pero tuviste agallas para curarme. Nunca lo olvidaré. Tienes garra.

–Supongo que es imprescindible para poder tratar con usted.

–Me tomaré eso como un cumplido.

La puerta se abrió y su padre salió al porche.

–Thorn. ¿Eres tú? –Jack Lang le extendió la mano y Thorn se puso en pie. La afrenta del pasado había quedado en el olvido después de que Thorn salvara su rebaño. Él y Trilby parecían haber vuelto a hablarse, lo cual era bueno para todos–. Me alegro de verte. Entra y tómate un café con nosotros.

–Gracias. Vine a invitaros a una fiesta mañana por la noche.

–¿Una fiesta?

–En Maladora. Es la celebración de la festividad de un santo. Música, baile y comida. Pensé que os gustaría. Está a una hora de camino y podemos llevar el coche.

–Sería divertido –dijo Jack–. Seguro que Mary, Teddy y Trilby se lo pasarían muy bien.

Trilby no tenía ningún interés en ir de fiesta, y mucho menos en estar cerca de Thornton Vance, pero su padre estaba tan entusiasmado que le hubiera resultado difícil negarse.

–Me gusta la música –dijo.

–Y a Samantha también –dijo–. Vendrá conmigo. Claro. Es su cumpleaños.

Vance le sonrió y ella sintió algo extraordinario. No sabía si confiar o no en las turbadoras emociones que él despertaba.

Su amado Richard. Eso era lo único que tenía que recordar. Su amado Richard iba a visitarla en muy pocos días.

Thorn Vance era indomable y no se podía ir en serio con él. Él no era la clase de hombre con la que le gustaría pasar el resto de su vida, aunque fuera emocionante estar a su lado.

–Gracias –respondió Jack con una sonrisa–. Nos gustaría mucho.

–Bien. Vendré a eso de las cuatro mañana. Buenas noches –miró a Trilby–. Estoy deseando ir.

Ella lo vio alejarse con gesto preocupado. Se preguntaba por qué había decidido llevar a su familia a la fiesta. Tal vez sólo tratara de reparar el daño hecho...

Trilby se dejó llevar por sus sueños con Richard.

El coronel David Morris colgó el teléfono en Fort Huachuca y arrugó el entrecejo. Había muchos problemas en la frontera y una vez más tendría que enviar tropas a la zona para vigilar la situación. Las escaramuzas aumentaban por momentos desde el brote de violencia en México. Podía acompañar al capitán Bell esa vez y hablar con el granjero que había perdido ganado, pero no iba a servir de nada. No tenía autoridad para traspasar la frontera y si alguno de sus hombres cruzaba la línea podría desencadenar una guerra. Además, aunque hubiera tenido jurisdicción, México era un país muy grande y sólo Dios sabía quién se había llevado las reses. No podía reunir a todos los ciudadanos de un país y registrarlos en busca de cuernos largos y lana.

Ese pensamiento le arrancó una sonrisa. Se levantó del escritorio y se pasó una mano por el cabello, rubio y abundante. Antes era castaño claro, pero el sol de Arizona se lo había aclarado. Se miró en el desvencijado espejo de la pared y frunció los labios. Para tener treinta y seis años no estaba tan mal. Selina creía que era un personaje de la mitología griega, sobre todo sin ropa.

Su esposa, Lisa, ni siquiera se molestaba en mirarle. Se había vuelto taciturna desde la muerte del bebé a principios de ese año. Ella nunca había disfrutado con él en la cama, ni siquiera en los primeros años de casados, y el sentimiento era mutuo. Él la toleraba, pero ella no despertaba nada en él. No obstante, sabía que ella lo había amado en un primer momento, pero él se había casado con ella por su padre, un influyente general. Ella había descubierto la verdad y todos lo que sentía por él había muerto de repente. Por entonces había empezado a meterse en la cama con otras mujeres.

Ella llevaba mucho tiempo sin reprocharle sus escarceos y tanto secretismo resultaba de lo más extraño. Se había vuelto tan sigilosa que nunca sabía si estaba en la casa.

El coronel se dio cuenta de que debía hablar con ella... Pero eso tendría que esperar. Como siempre, los asuntos del trabajo tenían prioridad.

Cuando iba hacia el coche saludó a algunos miembros del noveno de caballería. El noveno y el décimo eran famosos por los «soldados Buffalo», cuyos éxitos legendarios le hacían sentirse orgulloso de ser el comandante.

De camino a Douglas, pensó en volver a ver a Selina. Ella era la propietaria de un pequeño hotel en la famosa Sixth Street. Aquel lugar era en realidad un burdel. Selina tenía un cuerpo exuberante y el don de hacerle sentir como un rey. Lisa, en cambio, no era gran cosa, pero Selina... Ella despertaba partes de su cuerpo que estaban lejos de su corazón. Su exquisito cuerpo lo excitaba incluso en el recuerdo. Él le hacía regalos caros, le enviaba flores y la consentía en todo. Por suerte Douglas estaba lejos del fuerte, y no había peligro de que Lisa se enterara. Esos días, Selina era su único refugio de placer.

El conductor aceleró al pasar por delante de las tropas de refuerzo que habían acampado en la explanada ferial de Douglas y David saludó a los oficiales por la ventanilla. Aquella pequeña guarnición no suponía una amenaza para los Maderistas, pero sí contaba con hombres valientes que podían hacer frente a los insurrectos. En caso de haber un peligro real, se podía enviar tropas desde Fort Huachuca y otros enclaves a las zonas en conflicto. Recientemente había habido algunos incidentes y a David le preocupaba el futuro. Las cosas iban a empeorar antes de mejorar en la frontera.

El Hotel Gadsten era el lugar idóneo para ponerse al día sobre la situación en la frontera. Aquel edificio majestuoso y acogedor era un lugar de encuentro para los ricos y poderosos.

David encontró la información que buscaba nada más entrar. Tras hablar con el empleado de recepción, se marchó de la ciudad.

Aquél era uno de los días más secos que recordaba. Sus hombres se tapaban la boca y la nariz con pañuelos para no ahogarse con la arena amarilla. En Douglas solían rociar las calles con agua para eliminar el polvo, pero eso sólo empeoraba las cosas. Además, en todos los porches tenían un plumero y los invitados levantaban una polvareda cada vez que entraban en una casa.

No obstante, hacía un día agradable, fresco. Morris miraba de un lado a otro, en busca de algún rastro de los invasores. Él sabía que tarde o temprano las hostilidades llegarían al otro lado de la frontera y los militares debían estar preparados. ¿Pero serían capaces de lidiar con ello?

El rancho de Blackwater Springs no era nada del otro mundo. Las verjas estaban torcidas y necesitaban ser reparadas cuanto antes. Había unos pocos rebaños de ganado y las reses estaban flacas, faltas de alimento.

Hombres del este... Estaban muy seguros de sí mismos hasta llegar al desierto. Aquél no era lugar para los débiles, pero todos tenían que aprender lo que era una auténtica vida dura.

Hizo parar al conductor delante de la casa e hizo detenerse a la escolta a caballo.

Jack Lang estaba encantado de tener una tropa de caballería frente a su puerta. Enseguida salió a presentarse e invitó a entrar al coronel con la cortesía de costumbre.

–No tengo tiempo, pero gracias de todos modos –dijo Morris–. Escuche, quisiera que me hablara de los problemas que tuvo.

Jack se sonrojó un poco al oír su tono abrupto, pero le contó lo ocurrido al oficial. No mencionó que habían cruzado la frontera. Sólo dijo que habían atrapado e interrogado al malhechor antes de soltarlo.

–¿Dijo que no era parte de las fuerzas de Madero?

–Eso es.

Morris se quedó pensativo.

–Siempre hay hombres en los márgenes del ejército dispuestos a cometer crímenes por su cuenta, pero esta situación hay que vigilarla, señor Lang. No podemos permitir que los patriotas mexicanos defiendan su causa con dinero de los Estados Unidos.

–Estoy de acuerdo. El problema es cómo impedirlo. Yo no cuento con muchas manos.

–Ése suele ser el caso en zonas limítrofes. Nosotros aumentaremos las patrullas. También pondré en alerta a las tropas de Douglas y del valle de San Bernardino, que está cerca de Slaughter Ranch. Supongo que usted no lo haría.

–Sí lo he hecho –objetó Jack–. Bueno, fue mi vecino, Thorn Vance.

–Vance –pronunció el nombre del hombre con cierto temor–. Sí, lo conozco. Bueno, mejor así. Aumentaremos las patrullas de vigilancia y con un poco de suerte esto no se repetirá. Siento que haya tenido problemas.

–Recuperamos la mayor parte del ganado robado.

–¿Y el prisionero?

–Lo dejamos ir.

–Bien hecho. Los mexicanos tienen sed de venganza. No creo que quiera que se le echen encima por retener a uno de ellos en contra de su voluntad.

–Eso dijo Vance.

–Él ha vivido aquí toda su vida. No es mala idea seguir sus consejos. Es lo mejor que puede hacer –se tocó el sombrero a modo de despedida–. Que tenga buen día.

–Igualmente, coronel.

Jack lo vio marcharse a toda prisa y se preguntó por qué había ido al rancho. Los militares no podían hacer mucho en esa situación. Era un país muy grande, lleno de escondites para hombres y ganado. Suspiró y volvió a entrar en la casa.

David regresó a Douglas y le ordenó a sus hombres que volvieran al fuerte. Ninguno de ellos hizo comentarios, pero dos de ellos intercambiaron unas risas antes de marcharse. La infidelidad del coronel era un secreto a voces.

Después de mandar a hacer un recado al conductor para guardar las apariencias, David fue a la pensión donde trabajaba Selina. Ella estaba sentada en una de las mesas, correctamente vestida. Llevaba un sencillo y recatado vestido rosa y se había recogido el pelo en un moño.

La mujer levantó la vista y sonrió juguetonamente cuando le vio acercarse.

–¡David, qué bueno verte! –dijo en un español de acento suave. Sus ojos se iluminaron.

Se levantó de la silla y le tomó la mano, bajando la vista

por si alguien los observaba. Por suerte, la pensión estaba casi vacía a esa hora del día.

–Ven a ver el sofá que los dueños han puesto en la biblioteca.

Él fue con ella con el corazón desbocado. Ella lo hizo entrar en una pequeña habitación y cerró la puerta tras de sí.

–Estás lleno de polvo –le dijo arrojándose a sus brazos.

–No te preocupes por el polvo. Bésame.

Besó su boca con frenesí y gimió con pasión al sentir aquellas voluptuosas caderas contra la pelvis.

–Han pasado dos semanas –dijo ella.

–Lo sé.

Con manos temblorosas le levantó la falda del vestido y le acarició los muslos mientras la devoraba con sus besos, deleitándose en sus susurros y en los golpes de sus pequeñas manos.

La apoyó contra la puerta y desabrochó los corchetes que la separaban de él. Entonces la agarró de las caderas y la levantó sobre su excitado miembro.

Ella contuvo la respiración.

–¡Da... vid! ¡No podemos!

Él sofocó la protesta con un beso y se abrió caminó dentro de su sexo con ritmo constante. La puerta empezó a crujir bajo sus embestidas frenéticas al tiempo que él se perdía en un mar de éxtasis.

Selina sonrió con tristeza al verle convulsionar de placer. Ella nunca había deseado tanto a nadie, pero como a la mayoría de los hombres, a él sólo le importaba su propio placer.

Él apoyó el codo en la puerta, sin aliento. Su pesado cuerpo latía sobre el de ella.

–Me alegro de que la casa estuviera vacía.

–Sí. Suéltame, David.

Él levantó la cabeza y la miró con ojos saciados.

–Nunca parece que acabas de hacer el amor. Haces esto

sólo por mí. ¿Verdad? Me quieres, pero no te interesa el sexo.

Ella se encogió de hombros.

–No importa.

Él frunció los labios.

–Quizá debería empezar a pensar en tu propio placer.

Él se apartó de ella y comenzó a quitarse la ropa a plena luz del día. Ella nunca había visto a un hombre desnudo. Selina se sorprendió un poco al ver que David seguía erecto y capaz. Tenía un cuerpo musculoso y enjuto.

–Éste es el...

–Así es. Nunca hemos hecho el amor en el suelo. ¿Verdad? –le dijo.

Ella se sonrojó mientras él la despojaba del vestido con manos diestras.

–Qué maravilla –le dijo, contemplando su desnudez.

Se inclinó sobre ella y empezó a chuparle un pezón. Al mismo tiempo, la tomó en brazos y la llevó hasta la alfombra persa que estaba en medio de las sillas y el sofá de terciopelo. La acostó sobre ella y se arrodilló entre sus muslos. La miró durante unos minutos interminables y entonces empezó a acariciarla como nadie lo había hecho antes.

Selina soltó el aliento cuando él la agarró de los muslos y se inclinó sobre su sexo desnudo. Se resistió un poco, pero el calor de su boca era tan dulce, tan placentero, que pronto sucumbió a su encanto. Él la hizo recorrer un laberinto de placer hasta llegar a un precipicio de placer.

Cuando ella estaba a punto de caramelo, él se puso de rodillas y le levantó las caderas. Selina se estremeció al sentir la primera embestida y los espasmos continuaron a medida que se abría camino dentro de su cuerpo macizo. La joven gritó y rió, aferrándose a él en aquel viaje con destino al paraíso...

Un rato después, Selina estaba sentada en una silla, totalmente vestida. Ni siquiera se atrevía a mirarle a la cara.

–Fue como hacerlo con una virgen –le dijo, satisfecho–.

Como nuestra primera vez juntos, excepto porque entonces estabas nerviosa y asustada.

Ella se miró los dedos de las manos.

–¿Tú le haces eso... a tu mujer?

–Nunca lo he hecho con nadie. Y nunca lo haré. Sólo contigo. Te amo. ¿Nunca lo has pensado?

Ella levantó la mirada.

–¿Me... amas?

–Te amo.

–Pero yo... No soy una dama, ni nada parecido.

–Para mí sí lo eres.

–¿Cómo puedes quererme? No soy más que una pobre mujer de la calle –dijo, y se echó a llorar.

Él puso las manos sobre sus mejillas, lleno de orgullo masculino al ver su expresión vulnerable.

–Eres toda una mujer, Selina.

La besó con frenesí y ella se apoyó contra su pecho.

–Por favor, dime que soy la única, aunque no sea verdad.

–Eres la única para mí –dijo con honestidad–. Y serás la última en mi vida –la besó una vez más con ternura–. Volveré.

Ella lo vio marchar, extasiada. Los días se harían largos hasta su regreso. Pensó en su esposa y un torrente de fuego le abrasó las venas. Algún día tendría que hacer algo al respecto. De momento, sólo cabía esperar. Si realmente la amaba, no le pediría que lo compartiera con otra. Además, no debía de amar a su esposa, no debía de importarle en absoluto.

Empezó a tararear y se dispuso a seguir con sus quehaceres...

# CAPÍTULO 6

Los mexicanos, ataviados con trajes coloridos, bailaban al ritmo de la música. Trilby los observaba, tranquila y contenta. Ésa era la primera celebración de verdad que había visto en Arizona desde su llegada meses atrás. A pesar de su reticencia natural, la joven estaba disfrutando del animado ambiente festivo.

Thorn estaba a su lado, apoyado contra la pared. Ni él ni Jack se habían vestido para la ocasión. En realidad Trilby y su madre eran las únicas que parecían elegantes damas del este. La mayor parte de las mujeres mexicanas llevaban blusas blancas y faldas de colores, y los hombres llevaban pantalones blancos y ponchos brillantes. Trilby hizo una mueca al contemplar su recatado vestido azul con ribetes de encaje y sus zapatos de cordones con tacón alto. No dejaba de tirarse del cuello alto del vestido.

–Estate quieta –le dijo Thorn suavemente–. Te ves bien.

–No me había dado cuenta de lo inadecuada que era mi ropa. La fiesta es tan... informal.

–Esta gente no tiene dinero suficiente para modelos de diseño. Pero son felices a pesar de todo.

–Eso parece –dijo ella, envidiándoles todo ese derroche de exuberancia. La suya siempre parecía estar reprimida, contenida–. ¿No es peligroso estar aquí, por los problemas que hay en México?

–Aunque algunas de estas personas simpaticen con los rebeldes, no corremos peligro. Conozco a la mayoría de la gente del pueblo. Algunos de sus parientes trabajan para mí.

–Oh –Trilby no lograba relajarse. Sus manos entrelazadas tenían los nudillos blancos.

Thorn bajó la vista y notó su intranquilidad. Con una sonrisa, tomó las manos de Trilby entre las suyas.

–Relájate –le dijo mirándola fijamente–. Siempre estás tan tensa, tan rígida.

–Es... Es difícil para mí –le dijo ella, tartamudeando. Sus voces se ahogaban en la música y las risas.

Trilby se sintió como si la hubiera atravesado con la mirada.

–¿Qué pasa? ¿Te lo estás pasando bien?

–Supongo. En Louisiana estamos más cohibidos.

Él levantó las cejas.

–¿Ah, sí? Yo pensaba que los Cajun eran unos juerguistas.

–Pero yo no soy Cajun. No del todo. Mi familia era de Virginia. Se fueron a Baton Rouge después de la Guerra Civil y se quedaron allí. Han vivido allí desde entonces.

Thorn aflojó la mano con la que sujetaba la de Trilby.

–¿Nunca te sueltas el pelo?

–Yo... Bueno, no. Nunca –murmuró ella–. Tú siempre pensaste que era una mujer de... baja moral. Llevar el cabello suelto siempre me ha parecido algo atrevido.

Él hizo una mueca.

–No sé por qué Sally dijo eso. Si te hubiera conocido un poquito mejor, nunca la habría creído.

–Tu primo sólo trataba de ser amable. Ha sido muy atento conmigo. Eso es todo. Sólo amabilidad.

Él se llevó la palma de su mano a los labios y le dio un beso lento que la hizo temblar de pies a cabeza.

–Si me dejas, seré muy amable contigo, Trilby –dijo con

ternura–. Siento mucho la manera en que te traté. No hay nada de lo que me arrepienta más.

Trilby luchó contra el delicioso placer que su intensa mirada despertaba en ella. Se sentía atraída por él en contra de su voluntad, y eso era muy inquietante. Él no era más que un patán, nada que ver con su Richard.

–No te guardo rencor. No me conocías.

–Quiero hacerlo –susurró él. En sus ojos oscuros había una sabiduría y una certeza alarmantes.

La banda de música estaba tocando una melodía lenta y envolvente. Él la condujo hasta la pista de baile y la tomó en sus brazos.

–Baila conmigo, Trilby.

Empezó a moverse al ritmo de la música. El tacto de sus manos calientes en la cintura le abrasó la piel y el roce de sus dedos le aflojó las piernas. Cuando lo miró a los ojos, quedó atrapada en ellos.

–¿Te parezco algo menos salvaje? ¿O no puedes olvidar lo que viste cuando traje al mexicano al rancho?

–Supongo que uno nunca llega a acostumbrarse a esas cosas –dijo ella, sonrojada.

–Pero no hay más remedio. Tienes que hacerte más fuerte, Trilby. Tú tienes agallas. Sólo tienes que utilizarlas.

–He pensado en volver a casa.

Él se puso tenso.

–¿Por qué?

–Yo... Yo lo echo de menos. Echo de menos a Richard –dijo en un intento por calmar su corazón, que latía sin ton ni son contra el pecho de él.

–Lo olvidarás con el tiempo –de pronto deslizó la mano alrededor de su cintura, la atrajo hacia sí y apoyó la mejilla sobre su cabeza.

–¡No! –le suplicó ella sin aliento.

Su fornido pectoral le aplastaba los pechos y la intimidad de aquel abrazo casi la hacía perder el juicio.

–¡Thorn!

Oír su nombre en aquellos labios fue como un hechizo. Vance le acarició la espalda lentamente.

–No te dejaré marchar –susurró con un hilo de voz.

–Yo no... estoy acostumbrada a esta vida –dijo ella. Cerró los ojos y se dejó llevar por el aroma de su piel–. A este lugar. Soy una chica de ciudad.

–Puedes aprender a ser una chica de campo.

–Eso no es decisión tuya.

–No estés tan segura –dijo él, amenazante.

Ella estaba a punto de objetar algo cuando Samantha le tiró de la camisa a su padre.

–¿Papá, puedo tomarme un pastel? Los llaman tamales.

–Te quemarán la lengua –dijo él entre carcajadas y se arrodilló delante de su hija–. Esto es cien por cien mexicano, cielo, no la versión suavizada que nos hace María en casa –le dijo con una afectuosa sonrisa.

–¿Estás seguro? –le preguntó; sus ojos grandes como platos.

Él asintió.

Ella hizo una mueca.

–Oh, bueno –miró a Trilby con timidez–. Está muy guapa, señorita Lang.

–Y usted también, señorita Vance –respondió Trilby con una gentil sonrisa.

Samantha le devolvió la sonrisa y corrió hacia los vendedores.

–Se lo comerá y se pasará toda la noche con dolor de estómago –dijo él.

–Es como tú. ¿No?

Él la miró a los ojos.

–En algunas cosas, sí –le tocó la boca con la punta del dedo y ella retrocedió. Él sabía por qué–. Estás muy roja. Bailar conmigo te ha provocado un gran sofoco. Pude sentirlo mientras bailábamos.

–No hablas como un caballero –dijo ella, sonrojada.

–No soy un caballero –le recordó él y sus ojos se posaron sobre los labios de ella–. Me gustaría llevarte a la parte de atrás y besarte hasta que no puedas tenerte en pie. Me gustaría dejarte los labios tan rojos como el pañuelo de ese mexicano de ahí.

–¡Señor Vance!

Él miró alrededor en busca de su familia. Estaban hablando con algunos lugareños. De repente la agarró de la mano y tiró de ella hasta un callejón estrecho y oscuro.

–¿Qué estás haciendo? –susurró ella, frenética–. ¿Qué va a pensar la gente?

Él ahogó la pregunta con los labios. La levantó contra él y la besó con una ternura exquisita. Ella sabía a café... Giró la cabeza y la hizo abrir los labios bajo la presión de su boca. Thornton sentía que volaba...

Trilby se resistió sólo un instante. El tacto de su cálida fuerza y la intimidad de sus labios la hicieron derretirse por dentro, sucumbiendo así a su arrolladora pasión. Puso los brazos alrededor de él, presa de una nueva sensación que la sacudía por dentro. Era imposible resistirse al placer que él le ofrecía. Cerró su mente a la razón y se entregó a su ardiente habilidad.

El beso se prolongó y el cuerpo de Trilby comenzó a latir de deseo. La joven se rozó contra aquel pecho poderoso que le aplastaba los senos.

Thorn no tardó en advertir su reacción. Llevaba mucho tiempo sin estar con una mujer y ella había obrado magia en su cuerpo hambriento. Con un gemido animal, comenzó a acariciarle un pezón con el pulgar hasta hacerlo endurecer.

Aquello era indecente. ¡Tenía que hacerlo parar!

Pero se estaba ahogando en aquella nueva experiencia. El placer prohibido que él le estaba dando era exquisito.

–Dulce –susurró él sobre sus labios–. Eres... lo más dulce que he probado, Trilby –gimió–. Déjame tocarte por dentro del corpiño.

Comenzó a desabrocharle los corchetes. Él había dicho

que ya no pensaba mal de ella. De repente Trilby fue consciente de la audacia de aquellas caricias y le empujó con fuerza, horrorizada con su propio comportamiento. Se apartó de él bruscamente.

–¿Qué pasa? –le preguntó él, perplejo.

–Dijiste que no creías en lo que te había dicho tu esposa, pero no es así –susurró, presa de un temblor incontrolable–. ¡Oh, déjame ir! –gritó cuando él trató de sujetarla.

–No era un insulto. ¡Trilby, tranquilízate y escúchame! –le dijo, agarrándola con fuerza.

Ella se soltó y volvió a la fiesta con el escozor de las lágrimas en los ojos. Él todavía la creía una mujer de baja moral. La había tocado de forma indecente. ¡Y ella le había dejado! ¡Le había dado alientos!

Él la agarró del brazo justo cuando llegó a la pista de baile.

–No era un insulto –dijo él, conmovido por la angustia de sus ojos–. Maldita sea. Eres una mujer. ¿No? ¿Tu madre no te ha dicho cómo son las cosas entre un hombre y una mujer?

–Los hombres decentes no tocan a las mujeres como tú me acabas de tocar –susurró ella.

Él respiró hondo y la miró con condescendencia. ¡Y él pensaba que tenía mucha experiencia! No sabía muy bien cómo enfrentarse a aquella situación.

–¿Vas a escucharme por lo menos y a dejar que te lo explique?

–Quiero irme a casa –dijo con la voz ahogada–. ¡Te odio!

Sally le había dicho lo mismo en muchas ocasiones. Después de quedarse embarazada de Samantha, se lo había dicho casi todos los días. En los ojos de Trilby había el mismo desprecio que en los de su esposa. La compasión no pudo con la rabia.

Thorn la soltó bruscamente.

–Por supuesto, señorita Lang. Nos iremos tan pronto como esté lista su familia. ¡Quizá no sea lo bastante mujer para mí!

Con aquel insulto la dejó sola.

Ella lo vio marcharse con el orgullo herido. No quería aguarles la fiesta a los demás, pero tampoco quería quedarse después de lo ocurrido. No sabía por qué le había permitido arrastrarla hasta ese callejón, tocarla sin pudor.

Con las mejillas en llamas, Trilby se preguntó si realmente era una mujer sin moral. ¿Acaso podían verlo los hombres? Quizá Thorn había visto lo que ella era en realidad. Trilby reprimió las lágrimas y volvió junto a sus padres.

–Estás roja, Trilby –exclamó Mary, entre risas–. ¿Te encuentras bien?

–Me siento un poco mareada –dijo, poniéndose la mano sobre el vientre–. Lo siento, pero, ¿podríamos irnos?

–Cariño, claro que sí –Mary la rodeó con el brazo y fue a buscar a Jack. Unos minutos más tarde iban de camino hacia Blackwater Springs.

Trilby se sentó en la parte de atrás, con Mary y Teddy. Su hermano pequeño no paraba de hablar de las piñatas mientras Jack Lang comentaba sobre la fiesta con Thorn.

La joven sintió un gran alivio al ver que todo había terminado. Podía irse a casa y recomponer sus maltrechos nervios antes de la llegada de Richard. Podía sentirse vulnerable frente a aquel salvaje que ocupaba el asiento de delante, pero Richard ocupaba su corazón. Echó la cabeza hacia atrás y cerró los ojos. ¿Y si Richard averiguaba que era una mujer sin moral? ¿Y si se notaba? Mucho peor... ¿Cómo le había permitido a Thorn que la tocara de aquella manera cuando amaba a Richard?

Cuando Thorn los dejó en casa, Trilby todavía le daba vueltas a la pregunta...

Lisa Morris oyó cómo se cerraba la puerta de la oficina de los oficiales. Se volvió al tiempo que su marido arrojaba el sombrero y la chaqueta sobre una silla. Sin pensar, las recogió y les quitó el polvo, tan espeso que la ropa no se mantenía limpia.

Un largo cabello negro llamó su atención. Su esposo olía a perfume. Un perfume barato. Lisa se puso tensa. Ella tenía el pelo rubio y nunca llevaba perfume.

Sin mirarlo a los ojos, dejó la chaqueta en la silla, intentando ocultar el disgusto.

–Has estado fuera.

–Sí. He salido a buscar mexicanos perdidos –le dijo y bostezó–. Estoy cansado.

–¿Por la frontera? –le preguntó ella con delicadeza.

–Por Douglas –le dijo, mirándola con curiosidad–. ¿Por qué?

–Me preguntaba si habías visto a algún insurrecto –le preguntó ella, yéndose por las ramas.

David se echó a reír. ¡Y él que pensaba que sospechaba algo! ¿Cómo podría haber sabido de Selina?

–Nunca los veo. Son como fantasmas. Espejismos. Humo en el viento. Pregúntale a cualquiera.

–Sí, ya veo –Lisa sentía una gran repulsión. Sabía lo de la mujer de Douglas. Una cotilla, esposa de otro oficial, se había divertido mucho hablándole de Selina. Pero ella no sabía que a Lisa ya no le importaba en qué cama dormía su marido. La señora Morris estaba cansada de él y de la vida misma.

Su infiel marido no sabía que ella había iniciado los trámites de divorcio en secreto. Los papeles no tardarían en llegar y ella no tenía ni idea de cómo reaccionaría. Tenía miedo de su temperamento, pero ya no podía soportar más humillaciones. Sólo quería su libertad.

–David... Me gustaría volver al este.

Él se dio la vuelta, sorprendido.

–¿Qué?

Ella cruzó los brazos sobre el regazo, pálida, pero serena. Su rostro apacible no delataba el tumulto de sensaciones que bullía en su interior. Ella lo miró con sus suaves ojos azules, atormentados y heridos.

–He dicho que me gustaría volver a Baltimore –respondió–. Tengo una prima allí que me dejaría vivir con ella.

–La prima Hetty... ¡Te convertiría en una esclava!

Ella levantó el rostro con orgullo.

–Ya lo soy aquí. Me quedo en casa todos los días mientras tú vas a visitar a tu amante secreta y vuelves a mis brazos apestando a perfume barato.

Si hubiera montado en cólera, él habría manejado la acusación de otra forma, pero Lisa permanecía impasible, su voz carente de emoción.

Los pómulos del coronel se pusieron rojos como un tomate.

–Tú me echaste de tu cama cuando perdiste al bebé –le recordó–. Un hombre tiene necesidades.

–Pero tú nunca me has deseado, David. No de verdad –dijo, cabizbaja.

Eso era cierto, y dolía.

–Quizá me cansara de hacerle el amor a una estatua de cera.

Ella no se dejó amedrentar. Ya no le quedaban reparos. Los había perdido muchos años atrás en aquella tierra hostil. Ese lugar se había llevado su juventud y también a su bebé. No deseaba a David, pero si había querido al niño.

–Te casaste conmigo porque mi padre era tu superior –le dijo en un tono acusador–. Ambos lo sabemos. No me amabas. Fingiste hacerlo hasta que te ascendieron y seguiste fingiendo mientras te subían de rango. Tras la muerte de mi padre, ya no tenías por qué fingir. Pero un militar no abandona a su esposa. ¿No es así, David? No si quiere seguir ascendiendo. Ya ves... –le dijo con ironía–. Te conozco muy bien, y mi padre también, pero yo no quise escucharle.

Él no podía negar lo que estaba diciendo. Era verdad.

Nunca la había amado. Lisa Morris siempre había sido fría y ni siquiera su embarazo había despertado sentimientos en él. Era culpable de haber fingido amarla porque era pobre y ambicioso. El padre de ella era rico y ocupaba un puesto de alto rango.

David utilizó su matrimonio para escalar posiciones en la pirámide militar, pero la angustia de estar casado con una mujer a la que no amaba terminó por eclipsar los éxitos profesionales.

–No tenías por qué casarte conmigo –le dijo él.

–Ya me he dado cuenta –le miró con tristeza–. Sabía que ningún hombre se casaría conmigo por mis atributos –dijo, sorprendiéndolo–. El puesto de mi padre era mi única baza. No pasa nada. No he sido del todo infeliz. De hecho, hubo momentos... Hubo momentos en que pensé que te quería. Pero es mejor que nos separemos. Ya no puedo vivir contigo, David, sabiendo que... que hay otra.

Él respiró hondo.

–¡No te irás! –dijo con frialdad–. ¡Jamás te dejaré marchar! Tú me perteneces.

–Yo no soy un objeto.

–Lo eres si yo lo digo. No tienes dinero propio, y yo no voy a darte nada. ¿Cómo vas a llegar a Maryland?

–¿Por qué no me dejas ir? –gritó ella–. ¡No me deseas!

–Eres mi mujer –dijo él en un tono inflexible–. Y yo soy un alto mando de este regimiento. No voy a dejar que haya rumores sobre mí.

–Entonces es eso. ¡No te importa si me escapo, siempre y cuando no repercuta en ti!

–No tienes nada de qué quejarte. Tienes casa y comida, una buena reputación y bonitos vestidos.

–Supongo que crees que esas cosas me hacen la vida más fácil mientras tú retozas con tu amante –dijo ella con una expresión de dolor que hizo irritar a su marido.

–Si quieres otro hijo, te lo daré.

–David, qué generoso de tu parte –dijo ella con sarcasmo–. Eso sería todo un suplicio para ti.

Aquella resistencia era sorprendente. David la miró y se dio cuenta de que jamás se había molestado en conocerla durante los dos años que habían estado casados. Ella era como una sombra que iba de un lado a otro, cocinando, limpiando... Nunca hablaba con ella y le había hecho el amor cuando era necesario. Ella se había quedado embarazada y había perdido el bebé.

Después había llegado Selina, pero el interés por su esposa nunca había sido más que una mera curiosidad. Él nunca le había dado ni una pizca de la pasión y la ternura que le había dado a Selina. En realidad, ni siquiera había intentado excitar a Lisa, y en ese momento se preguntaba por qué. Ella tenía unos pechos pequeños, pero estaba muy bien hecha y su cuerpo tenía una hermosa silueta. La había besado en un par de ocasiones y sus labios no le habían parecido desagradables. Pero era Selina quien lo volvía loco, quién le hacía hervir la sangre. Amaba a Selina.

–No quiero quedarme aquí, David.

Él se acercó a ella y le levantó la barbilla.

–Quiero un café –la rabia y el resentimiento colorearon las mejillas de Lisa mientras sus dedos la acariciaban.

Él sonrió y comenzó a besarla.

Al sentir el primer contacto de su boca, ella se zafó de él con brusquedad.

–¡No me toques! –le gritó con los ojos encendidos. –. ¡No te atrevas a tocarme cuando acabas de salir de la cama de esa mujer!

Ella se limpió los labios con el dorso de la mano como si sintiera asco por él.

–Es un halago para ti –le dijo él, ofendido–. Selina es el doble de mujer que tú.

–Entonces ahórrate tus caricias para ella –contestó ella–. Puede que me obligues a quedarme aquí, pero no puedes obligarme a disfrutarlo –dijo y volvió a la cocina.

Él la vio marchar con una mezcla de indignación y sorpresa.

Thorn Vance estaba de rodillas frente a un pozo cuando uno de sus vaqueros a caballo se detuvo a su lado. Dos vacas yacían muertas a unos pocos metros.

–¿Está envenenado, señor? –le preguntó Jorge.

Thorn masculló un juramento.

–Sí, está envenenada. ¡Alkali, maldita sea! –se puso en pie–. Pensaba que era arsénico. Tengo tierras en México.

–Saben que usted deja que los Maderistas den de beber a sus caballos aquí, señor. Saben que simpatiza con la causa –dijo el hombre con una sonrisa seria–. Ningún auténtico revolucionario le perjudicaría.

–Parece que no tendrán que hacerlo. Ésta era la última fuente de agua potable que me quedaba –miró el pozo con gesto furioso–. Las reses sedientas se mueren en masa. Cavaron en el valle de San Bernardino y encontraron arroyos subterráneos –dijo casi para sí–. Puede que tenga que hacer lo mismo.

–Hay agua en el río.

–Claro, pero está en el rancho de Blackwater Springs, y Lang no quiere vendérmela. Ni siquiera quiere alquilármela.

–Su padre hubiera usado el agua sin permiso –le recordó Jorge.

–Yo no soy mi padre –se subió al caballo. No podía decirle a su ayudante que de no haber sido por Trilby, hubiera hecho lo mismo.

Ella lo creía un salvaje incivilizado y no podía dejar que pensara algo peor.

Su corazón se encogía al recordar cómo había huido de él en la fiesta. Él hubiera querido decirle que era la pasión lo que le había hecho tocarla así, que la deseaba con locura, que había perdido el control... Hubiera querido que supiera que jamás había tenido intención de insultarla.

Pero era culpa suya y no podía sino reconocerlo. Si no hubiera creído esas mentiras sobre ella, jamás le habría dado motivos para desconfiar de sus intenciones. Había retrocedido sobre el terreno ganado y el hombre del este estaba a punto de llegar.

Con sólo pensar en aquel pelele sintió náuseas. Sabía que el tal Richard era todo lo contrario que él, y Trilby se creía enamorada de ese papanatas.

Jack Lang sólo había mencionado al pretendiente de Trilby en una ocasión y el individuo no había salido mal parado. El hombre pertenecía a su mundo de maneras refinadas y una vida disipada. El amor de Trilby no olería a ganado ni estaría lleno de polvo, pero tampoco sabría distinguir el cañón de la culata.

–Lo intentaremos más allá –dijo al tiempo que salía al trote.

–El apache puede encontrar agua –le dijo el mexicano–. Sabes que es cierto. Naki tiene un don.

–Puede que lo deje intentarlo. Tengo mucha fe en el talento de estos apaches del desierto, Jorge. Ellos poseen conocimientos que el hombre blanco jamás ha conseguido.

–Ah, señor, usted no es como estos gringos recién llegados que miran por encima del hombro a los de piel oscura. Usted es como el patrón, su padre. Sabe cómo hacer las cosas.

–Respeto el conocimiento, en todas sus formas –contestó Thorn y rió con amargura–. Y eso me convierte en un salvaje para algunos hombres del este.

Jorge sabía de quién estaba hablando, pero no era correcto decirlo en alto.

–Muchos dicen lo mismo de Madero, pero sea lo que sea, es el libertador de los oprimidos.

–Suenas como un agitador.

–¡Señor!

Thorn soltó una carcajada.

–Sé lo que vuestra gente siente por Madero y por qué.

–Sí, señor –dijo Jorge–. Es un santo para mi gente. Él y los otros que luchan por nuestra libertad.

–Yo lo apoyaré, pero no lucharé por él. Los problemas internos de México no son problema mío, a menos que Madero y alguno de sus hombres me meta en ellos, en cuyo caso, deseará no haberlo hecho.

El mexicano notó la ira del hombre del oeste.

–¿No cree que la opresión es asunto de todo hombre libre, señor? –le preguntó con orgullo.

Thorn lo miró a los ojos.

–Oh, demonios, puede que sí –dijo, enojado–. Pero ya tengo bastantes problemas propios como para añadir los vuestros. Vamos. Agua, Jorge, no guerra civil. Por lo menos, hoy no.

Jorge se echó a reír.

–Si usted lo dice, patrón. Desde luego, los insurrectos no van a perjudicarle. Es con Díaz con quien tienen problemas. Esos extranjeros que minan nuestra tierra... Tienen tanto. Y sin embargo, en México, los niños se mueren de hambre. Así está el mundo, y sin embargo, no debería ser así, patrón.

–¿Es que te vas a volver socialista, compadre?

Jorge se rió.

–No, señor. Maderista... Quizá.

Thorn se quitó el sombrero y le hizo una afectada reverencia al mexicano. Jorge se echó a reír y espoleó al caballo.

Más tarde, en el rancho, Thorn pensó en lo que le había dicho Jorge. Quizá era un intento desesperado, pero valía la pena hablarlo.

Se acercó a Naki. El apache era más alto que los de su raza, taciturno y tranquilo. No tenía esposa ni tampoco hijos, y a pesar de su juventud, había algo ancestral en su mirada negra.

Era muy reservado. Sólo confiaba en Thorn porque éste

se había molestado en aprender su lengua. Naki no recordaba a ningún blanco que hubiera hecho tal cosa, excepto el arqueólogo, McCollum. Pero Naki no sólo entendía apache. Hablaba varias lenguas, pero cuando estaba enfadado sólo contestaba en apache. Ése era uno de esos momentos.

Habiendo intentado hablarle en inglés, Thorn le preguntó en apache.

–¿Dónde está Tiza? –dijo refiriéndose al apache mimbreño que solía rastrear con él.

–*Oyaa. Naghaa* –contestó Naki con una voz profunda–. Se ha ido. Fue a dar un paseo.

Thorn miró hacia el horizonte y se rió a carcajadas.

–*Nakwii* –dijo, mirando a Naki con malicia–. Está devolviendo.

El apache se encogió de hombros.

–Licor de hombre blanco. Yo no se lo di –dijo.

Thorn se apoyó en una rodilla y lo miró a los ojos. Naki tenía treinta y tantos. Era algo mayor que Thorn, que tenía treinta y dos.

–Te he complacido. Ahora háblame en inglés.

–Si quieres. Pero me deja un mal sabor de boca –dijo el indio en un inglés casi perfecto que había aprendido con los sacerdotes. Sus familiares chiricahua habían sido enviados a una prisión de Florida tras la captura de Gerónimo–. No estás practicando el apache.

–No tengo tiempo. Necesito encontrar agua. Un montón de agua.

–¿Eso es todo? –Naki señaló con el brazo–. Hay un río a unas millas de aquí.

Thorn fulminó al indio.

–Necesito agua aquí para mi ganado. No puedo mover el río.

Naki se encogió de hombros.

–Mueve al ganado.

–Me vas a volver loco. ¿Por qué no te echo?

–¿Y quién te leería a Heródoto en griego? –dijo Naki con sarcasmo–. Por no hablar de guiar a tu amigo arqueólogo hasta los mejores enclaves. Sin mí, McCollum iría directo hacia el hueco de una mina y no lo volverían a ver.

Thorn lanzó los brazos al aire.

–De acuerdo. Eres un portento de erudición. ¿Y ahora qué tal si me dices dónde buscar agua?

Naki se inclinó sobre Thorn con aire de complicidad.

–¿Por qué no pruebas en Blackwater Springs?

El apache se puso en pie y echó a andar, sin darle oportunidad a descargar la rabia. Los enigmáticos chinos no eran nada en comparación con su viejo amigo.

# CAPÍTULO 7

Naki se subió al caballo con gran destreza y volvió junto a Thorn, que aún lo miraba con ojos furiosos.

–No te pongas así –le dijo sin inmutarse–. Los apaches inventaron la palabra «taciturno». Cuando encuentre agua, volveré. Si no la encuentro, te mandaré una nota antes de arrojarme por un precipicio.

–Los apaches no tienen sentido del humor –le recordó Thorn–. Todos los libros que he leído dicen lo mismo.

–Has leído los libros equivocados. Pregúntale a tu arqueólogo, el señor McCollum. Él pasó un mes con nosotros. Le dimos información muy interesante sobre nuestro pueblo –sonrió de oreja a oreja.

–Craig McCollum no es arqueólogo. Es un antropólogo que da un curso de arqueología. Y los historiadores del futuro te maldecirán si lo has confundido sobre tu cultura.

–Por lo menos tuvo la decencia de aprender nuestra lengua, como tú. La mayoría de los blancos son demasiado arrogantes como para sentir la necesidad.

–Es una lengua muy complicada.

–Eso dijo el *antropólogo* –dijo, acentuando la palabra–. Tuvo que tomar notas en apache y escribir una biografía de los ancianos que entrevistó para recopilar información. Sin embargo, hombre blanco, nuestra lengua sigue siendo más sencilla que la vuestra. Te veré en unos días –su caballo pinto dio media vuelta y salió al trote hacia la puesta de sol.

Tiza le hizo señas con la mano. Él se detuvo junto al hombre mayor y le dijo adónde iba, pero rechazó la compañía. Había momentos cuando anhelaba la soledad y ése era uno de ellos.

La estación de trenes de Douglas estaba abarrotada. Trilby esperaba en el andén con impaciencia. Su vestido de guinga azul danzaba alrededor de sus tobillos mientras caminaba. Llevaba una coqueta cofia que realzaba su rostro radiante, joven y atractivo. Mary Lang sonrió al notar su nerviosismo.

–Vaya, hermanita. ¿Por qué no te sientas un poco? –le sugirió Teddy–. Estás haciendo un hueco en la madera.

–¡No puedo esperar más! Oh... ¿Y si no está en el tren? –dijo Trilby, lamentándose–. No podré soportarlo si no está en el tren.

–Nos envió un telegrama diciendo que sí venía. Julie, Ben y Sissy vienen con él. Nos lo pasaremos muy bien –dijo Jack, riendo a carcajadas–. Será agradable ver algunas caras conocidas.

–Sobre todo una, para Trilby –dijo Mary con una sonrisa condescendiente.

–¡Oh, Richard, llévame contigo! –dijo Teddy en un tono teatral al tiempo que se tapaba los ojos con una mano.

Trilby lo golpeó con el parasol.

–¡Para ya!

Él le sacó la lengua.

–Richard y Trilby, Richard y Trilby... ¡Oh!

–Basta ya, jovenzuelo –le dijo Jack–. Ya te has portado bastante mal por hoy.

Teddy se frotó el adolorido trasero y miró a su padre con gesto ceñudo.

–Eres malo conmigo, padre.

–Recuérdamelo cuando compres un palito de menta en la droguería.

Los ojos de Teddy se iluminaron.

–¿Y qué tal un helado?

–Hoy no. Nuestros invitados estarán cansados y volveremos al rancho directamente. La próxima vez que vengamos al pueblo, te prometo que te compraré uno. ¿De acuerdo?

–¡Sí, señor!

Trilby apenas oyó la conversación. Sus ojos estaban fijos en el horizonte, desde donde se acercaba el tren, escupiendo humo a su paso.

–Lo quema todo a su paso. Maldito trasto –dijo un anciano que estaba cerca–. Odio los trenes. Odio la civilización. Cuando vine en el 52, no había ni una sola calle. En realidad no había ciudad. Sólo había apaches y unos cuantos mexicanos. Estaba mucho mejor sin todas esas salas de té, heladerías y asociaciones de mujeres.

–La semana pasada cerraron la única cantina en la que le fiaban –le susurró Jack a Mary, echándose a reír–. Lleva desde entonces sin beber un trago.

Mary sofocó una carcajada y se volvió hacia el coche, en el que sólo cabían tres personas como sardinas en lata. Como eran demasiados, habían alquilado un segundo vehículo con conductor. La idea había sido de Trilby, que había corrido con los gastos con el dinero que había ganado vendiendo huevos y mantequilla. Mary había sentido pena por su hija al verla gastar una buena parte de sus ahorros. Ella, al igual que Trilby, estaba acostumbrada a un nivel de vida mucho más alto del que podían permitirse en Arizona.

La señora Lang se distrajo con la llegada del tren. El estruendo y la humareda atrajo a más gente al andén y muchos comenzaron a toser cuando la locomotora se detuvo.

Los pasajeros empezaron a bajar.

–¡Mirad! –exclamó Trilby al ver salir a un hombre de cabello rubio con una maleta–. ¡Es Richard!

Richard Bates la oyó y miró en su dirección. El amor de Trilby era un hombre alto con un bigote elegante y una tez clara. Iba vestido con un traje de color gris y un bombín a juego. Sus labios dibujaron una sonrisa al verla.

–¡Trilby!

Ella quería arrojarse a sus brazos, pero la actitud de él no era tan efusiva. Fue hacia ella con su gracia habitual y le dio un beso en la mano con algo de afecto. Entonces vio a su familia.

–Te agradezco la invitación –dijo–. Todos estábamos deseando venir. ¡Sissy, vamos! –gritó por encima del hombro–. Me saca de quicio –murmuró–. No puede dar ni dos pasos sin tropezar. ¡Eso ocurre cuando pasas la vida entre libros!

Sissy era su hermana, una de las mejores amigas de Trilby.

–No seas antipático, Richard –le dijo ella–. Sissy es muy inteligente.

–Es un suplicio. ¡No lo sabes bien! –dijo, quejándose.

Entonces miró atrás y sonrió de manera muy distinta al ver a la rubia sensacional que acababa de salir del tren antes que su hermana.

–Ésa es mi chica. Ven aquí, prima Julie, y saluda a los Lang. Os presento a mi prima, Julie Moureaux, de Nueva Orleans. Recordáis a mi hermana Sissy. Claro. Está bajando del tren. Y mi hermano... ¿Ben, dónde estás?

Un hombre joven y delgado de pelo oscuro ayudó a bajar a Sissy. Hacían una pareja curiosa; la joven, miope y castaña, y el jovenzuelo, flaco y torpe. Estaban más apegados el uno al otro que a su hermano mayor.

–Están fascinados con los indios salvajes. No han dejado de darme la lata durante todo el viaje, mirando por las ventanas a ver si los veían. Estaban seguros de que nos iban a despellejar en cuanto cruzáramos la frontera. Nunca los habría traído conmigo de haber sabido cómo se comportarían en el tren –se volvió hacia su prima–. Julie –le dijo, tomándola de la mano con una sonrisa–. Te acuerdas de Trilby. ¿Verdad?

–Hace años que no nos vemos, pero claro que me acuerdo –dijo ella con cortesía y le extendió la mano–. Has sido muy amable invitándonos a todos. Espero que no te causemos molestias.

–¡Qué tontería! ¡Claro que no! –exclamó Mary Lang, acercándose para saludarlos.

Trilby se había quedado sin palabras al ver cómo se trataban Richard y Julie.

–El rancho es tu casa, todo el tiempo que quieras.

Richard miró a su alrededor. El paisaje desolado y polvoriento lo hizo esbozar una mueca.

–Espero que no por mucho tiempo, señora Lang. ¿Cómo se sobrevive en un lugar tan horrible?

–No es fácil, te lo aseguro –dijo Trilby, negándose a sufrir por la reacción de Richard al ver el desierto.

–Bueno, no es horrible, chico –dijo Jack Lang, indignado–. Ya verás. Tiene mucho que ofrecer.

Richard se limitó a encogerse de hombros y le sonrió a su prima.

Sissy y Ben le dieron un abrazo a Trilby.

–Oh, me alegro tanto de verte –le dijo Trilby–. No tengo amigas aquí. A excepción de mamá, no hay otras mujeres con las que hablar.

–Yo no diría que Sissy es una mujer –dijo Richard–. ¡Está tan delgada como un palo y ya va a la universidad! –añadió, como si el interés de su hermana en la educación superior fuera una aberración–. Tiene veintitrés años y nunca ha tenido novio.

–Cállate, Richard –murmuró Sissy, subiéndose las gafas con la punta del dedo–. ¡Sabes un montón sobre mí!

–Eres muy pesado, Dick –dijo Ben, sorprendido ante su propia audacia–. Siempre te estás metiendo con Sissy.

–Bueno, basta ya –dijo Julie–. Somos invitados y os estáis comportando como unos críos.

Sissy y Ben la fulminaron con la mirada. Ella tenía diecinueve años y ninguno de los dos la soportaba.

Julie pareció darse cuenta de que se había pasado de la raya porque se rió con nerviosismo.

–Vamos. Hace tanto calor aquí –dijo y se empezó a abanicar.

–Yo estoy de acuerdo –dijo Richard, tomándola del brazo–. ¡Ya detesto este lugar! –añadió mirando alrededor.

Trilby se sentía peor por momentos. Se agarró al brazo de su amiga Sissy y ésta la miró con simpatía. Pero no había tiempo para hablar.

Ben ayudó a entrar a Sissy y a Julie en el coche alquilado y Jack Lang se ocupó del equipaje. Ninguno de los invitados masculinos parecía dispuesto a ayudar. Mientras observaba a su padre, Trilby trató de imaginarse a Thornton Vance dejando que su padre cargara con ese peso, pero no pudo.

La gota que colmó el vaso fue que Richard eligiera ir con sus hermanos y su prima. En ese momento a Trilby se le rompió el corazón, pero trató de no demostrarlo. No obstante, Mary se dio cuenta y esbozó una sonrisa de consuelo, pero su hija sólo quería echarse a llorar. Había puesto todas sus esperanzas en esa visita, pero nada había cambiado.

El camino de vuelta fue duro y agotador. Trilby iba junto a su madre y su padre, y Teddy se había tumbado en el asiento de atrás. Richard le había puesto el brazo alrededor de los hombros a Julie nada más entrar en el coche y todavía seguía en esa posición.

Había deseado mucho recibir esa visita que en ese momento amenazaba con convertirse en una pesadilla. Richard se había mostrado cordial, pero nada más. No parecía haberla echado de menos durante todos aquellos meses en que habían estado separados.

Se detuvieron en un cruce de caminos cuando estaban llegando al rancho y un grupo de hombres a caballo los alcanzó. Trilby se desesperó al ver que aquellos jinetes eran los hombres de Los Santos, con su sarcástico líder a la cabeza.

–Thorn, me alegra verte –dijo Jack Lang–. ¿Y qué te trae por aquí?

–Venimos como escolta –dijo Thorn a modo de evasiva. Tras reparar en Trilby, su mirada fue a parar al apuesto hombre joven que iba en el coche de atrás.

–Ha habido algunos incidentes en la frontera hace poco –añadió Thorn–. Y el rumor sobre vuestros invitados del este se ha extendido rápidamente. Pensé que te sentirías más seguro si estábamos cerca.

–Claro que sí. Muchas gracias –dijo Mary, riendo–. Thorn, déjame presentarte a mis invitados –el coche se paró y ella se bajó acompañada de Trilby.

Thorn bajó también y retrocedió hasta el segundo coche. Trilby observó sus reacciones con interés. Sissy contemplaba con curiosidad a aquel grupo de hombres peligrosos. Al ver a los apaches sus ojos se abrieron.

A la hermana de Richard le fascinaba la antropología y se había matriculado en una universidad del norte para estudiarla. En ese momento estaba de vacaciones y lo que más deseaba era reanudar su vieja amistad con Trilby.

Sissy había aprendido mucho sobre otras culturas, pero su civilización favorita eran los apaches. Su profesor sabía mucho de ellos y le había prestado muchos artículos y libros sobre ellos que ella había leído con avidez. No obstante, todos los libros de la biblioteca no eran nada comparado con la prueba viviente que tenía ante sus ojos. Aquel hombre era tan varonil y atractivo que a Sissy le dio un vuelco el corazón.

A juzgar por el tamaño de los estribos y del caballo, debía de ser un hombre alto. El cabello, liso y negro azabache, le llegaba hasta los hombros y tenía un pañuelo de color alrededor de la frente. Aquel indio estaba muy bien hecho. Tenía unos poderosos pectorales que se dibujaban por debajo de la camisa de cuadros azules y unas fuertes piernas moldeadas por mocasines de caña alta. Llevaba unos pantalones ajustados y sus músculos bronceados y fornidos se marcaban por debajo del fino tejido. El apache tenía las manos cruzadas sobre el cuerno del sillín; unas manos preciosas. Los ojos de Sissy se detuvieron sobre sus dedos largos y morenos.

Aquel rostro era una auténtica obra de arte. Tenía los pómulos altos y una nariz recta como una flecha. Sus ojos, grandes y profundos, eran de un color marrón brillante, y su boca era extrañamente delgada para tratarse de un apache. Sissy reparó en su mandíbula cuadrada, su frente alta... Podría haberse pasado toda la vida contemplando aquel rostro.

Naki era consciente de la indiscreta mirada de la joven, pero fingió no darse cuenta. Los apaches consideraban que era de mala educación prestar demasiada atención a una mujer en público. Su estricto código moral tenía muchos tabúes en ese sentido.

A pesar de su educación y del tiempo que había pasado en compañía de los blancos, era apache en sus actitudes.

No obstante, se fijó en la mujer blanca. Ella era esbelta y alta, y no era del todo fea. Al ver que llevaba gafas Naki se preguntó si eso era un signo de inteligencia. Él a veces echaba de menos mantener una conversación culta. Había amado a su difunta esposa mexicana, pero su vocabulario se limitaba al mundo que los rodeaba. Ella no había recibido educación alguna y él se preguntaba cómo sería sentarse a hablar de Poe y Thoreau con una mujer.

Naki se rió por dentro. La chica debía de estar tan asustada como fascinada. Seguro que creía en los mismos estereotipos de hombre blanco: el pobre salvaje ignorante. Él disfrutaba desempeñando ese papel, más que nada para ver la expresión de sus caras al oírle citar a Euclides y a Heródoto, o cuando recitaba poesía inglesa del siglo diecinueve.

–Disculpe, señor Vance –dijo la muchacha suavemente.

Sus verdes ojos parecían inmensos detrás de las gafas de montura de metal–. Pero... ¿Él es apache? –preguntó, mirando a Naki.

–Sí, lo es. No te preocupes. Los apaches no son hostiles hoy en día, a pesar de las historias de miedo que te hayan podido contar de camino a Arizona –le dijo Thorn. Le hizo señas y Naki se acercó.

El hermoso rostro del apache parecía una máscara y sus negros ojos brillaban con malicia.

–Éste es Naki –Thorn le presentó a su amigo–. Naki, éste es la señorita Sissy Bates. Es de Louisiana.

A Naki no le gustaban aquellos ojos verdes. Lo hacían sentirse raro. Él había muerto por dentro tras la muerte de Conchita y quería seguir así.

Se tocó el sombrero.

–¡Ugh! –dijo, saludando con un gesto–. Yo, buen indio.

Thorn arqueó las cejas y uno de los vaqueros se tapó la boca con la mano. El mismo Jack Lang se sintió tentado de descubrir la farsa, pero decidió que no era asunto suyo.

Sissy se sintió decepcionada. Ella había esperado mucho más de un hombre tan elegante. Con resignación, Sissy se dispuso a desempeñar el típico papel de la mujer blanca. Quizá consiguiera despertar su curiosidad y hacer que la recordara. ¿Pero por qué quería que se acordara? Interesarse por un hombre así no tenía futuro.

–Uh... Él, el señor Naki, no despelleja gente. ¿Verdad? –le preguntó a Thorn en un susurro a voces. Los ojos del indio refulgieron de repente, como si algo le hubiera resultado divertido.

Thorn tuvo que reprimir la risa y frunció el ceño con gesto pensativo.

–Bueno, creo que no ha despellejado a nadie este mes –se volvió hacia Naki y le preguntó en apache si se lo estaba pasando bien.

Naki asintió y le contestó en su lengua nativa.

–¿Es una enferma mental?

–Yo me preguntaba lo mismo. Deben de haberla advertido sobre los apaches en el tren.

–Dile que tengo un cuero cabelludo en el bolsillo –murmuró Naki–. Atrévete.

–Cierra el pico.

–¿Qué te está diciendo? –preguntó Ben.

–Dice que la mujer blanca parece fuerte y que tiene unos buenos dientes –dijo Thorn–. Quiere saber cuántos caballos quieres por ella.

Sissy y Ben se quedaron boquiabiertos y Richard exhaló, indignado. Por su parte, Lang dudó un instante, sin saber cómo responder ante aquella burla.

–Mentiroso –le dijo Naki a Thorn en apache–. ¡No la querría aunque me ofrecieran cien caballos por ella! No tiene carne sobre los huesos.

–Están empezando a sospechar –le dijo Thorn y sonrió–. ¿Por qué no sonríes?

Naki hizo una mueca lo más parecida a una sonrisa y miró a Sissy con gesto amenazante. Ella le devolvió la mirada. Si él quería verla fingir, ella podía hacerlo sin problema. Se llevó la mano al pecho y contuvo el aliento de forma escandalosa al tiempo que se echaba a los brazos de Ben.

–Puedes irte –le dijo Thorn en inglés y le hizo un gesto.

–Yo podría decirte adónde tienes que irte ahora mismo –le dijo el indio en apache antes de alejarse sin mirar atrás.

–¿No es extraordinario? –dijo Julie–. Oh, Sissy, deja de fingir que tienes miedo. Parecía muy agradable.

–Salvajes –dijo Richard, algo incómodo–. ¿Cómo puedes vivir cerca de ellos?

Thorn lo miró durante un largo momento.

–Aquí convivimos con toda clase de alimañas –le dijo con toda intención–. Incluso con los peleles del este.

Jack Lang se lo tomó como una broma y se echó a reír. Richard hizo lo mismo.

Sin embargo, Trilby sí se dio cuenta del insulto y lo fulminó con la mirada. Él se limitó a sonreír.

–Debemos seguir adelante –le dijo a Jack y volvió a montar–. Ha sido un placer conocerlos.

Thorn se tocó el sombrero, pero no se lo quitó.

–Gracias por la escolta, Thorn –dijo Lang con efusividad.

Richard se inclinó adelante.

–¿Hay alguna posibilidad de organizar un grupo de caza mientras estemos aquí? Me gusta el deporte, amigo. He cazado jabalíes en África hace poco.

–Aquí tenemos jabatos y ciervos de cola blanca. No creo que a Thorn le importe llevaros de acampada, si os apetece –dijo Jack.

–¡Por supuesto! –dijo Richard, encantado–. He traído mi tienda de campaña...

–Tenemos muchas tiendas de campaña –dijo Thorn arrastrando las palabras–. ¿Cuánto tiempo se van a quedar?

–Un tiempo, supongo que... –empezó a decir Trilby, algo impaciente.

–Una semana más o menos –dijo Richard suspirando–. Lo siento, pero me han invitado a quedarme con mi primo, el duque de Lancaster, en su mansión de Escocia.

–¡Oh, Richard, no seas pedante! –le dijo Julie–. No es muy caballeroso mencionar algo así cuando te acabas de bajar del tren.

–Lo siento –dijo con una sonrisa culpable.

A Trilby no se le escapó el destello en los ojos de Julie. Ni tampoco a Thorn. Él se puso erguido sobre el sillín. Los zahones que llevaba no escondían los poderosos músculos de sus piernas. Julie no dejaba de mirárselas por debajo de las pestañas.

–Estaremos en contacto entonces. Sigue por el camino principal, Jack. Nos quedaremos cerca hasta que llegues a casa. Grita si nos necesitas.

–Tengo un rifle en el suelo del coche –le dijo Jack.

Thorn asintió con la cabeza. Él llevaba un arma secundaria en una vieja funda negra a la altura de la cadera.

–¿Es necesario llevar una pistola como ésa en público, señor Vance? –preguntó Julie.

Tocó el mango del arma con una mano, delgada y hermosamente varonil. Tenía los dedos largos, y unas uñas inmaculadas.

–Sí, señora. Es necesario. Hemos tenido muchos problemas aquí desde que empezó la revolución mexicana. Tenemos un pelotón del ejército en Douglas, pero estamos muy lejos de la ciudad. A veces dependemos de nosotros mismos.

–¿Quiere decir que los mexicanos han intentado dispararle? –dijo Julie, sin aliento.

Thorn arqueó una ceja.

–Eso es lo que quiero decir. Jack le dirá que no es seguro salir a cabalgar sin escolta o alejarse mucho de la casa a menos que un hombre vaya con usted. No tiene nada de malo tomar algunas precauciones.

–Las chicas no se quedarán solas. Gracias, Thorn –dijo Jack.

–Un placer –se tocó el sombrero. Sus ojos estaban en sombras–. Buenos días. Encantado de conocerlos.

Les hizo una seña a sus hombres, espoleó el caballo y salió al galope por la senda paralela al camino. Él montaba como hacía todo lo demás, con gracia y estilo. Aunque con reticencia, los ojos de Trilby siguieron la línea de su cuerpo.

–¡Vaya, cómo monta! –dijo Julie con entusiasmo–. Es muy apuesto, el vecino.

–Es viudo –le dijo Jack.

–Sí, y está enamorado de Trilby –dijo Teddy riéndose.

–¡Cállate, Teddy! –le gritó Trilby, sonrojada.

–Parece muy rústico –señaló Richard con frialdad–. Y esos hombres... Algunos eran mexicanos y tiemblo con sólo pensar en esos apaches sueltos por la noche. Vive con salvajes. ¿No crees?

–Sí... Bueno... –dijo Jack, algo molesto. Quería defender a Thorn–. Primero fue su país.

–No hicieron nada con él que mereciera la pena mencionar –dijo Richard en un tono prepotente–. ¡Son una gente tan primitiva! ¿Cómo puedes soportarlo, Trilby?

Aquella era la primera pregunta que le hacía desde su llegada. El rostro de Trilby se iluminó.

–Las cosas eran muy distintas en casa. La echo mucho de menos.

–No me extraña –dijo Richard.

Sissy y Ben habían hecho un aparte mientras los otros hablaban.

–¿Por qué temblabas? –le preguntó su hermano en voz baja–. Los dos sabemos que estabas fascinada con el noble hombre rojo.

–Ese piel roja en particular es un farsante. –dijo ella–. ¿No viste cómo guiñaba el ojo mientras le hablaba el señor Vance? Apuesto a que era todo una farsa. No creo que sea estúpido. Estaba fingiendo.

–Sissy, la mayoría de los indios no están a la altura de los profesores universitarios –dijo su hermano con suavidad.

–La mayoría no, pero éste... –se mordió el labio inferior–. ¿Ben, no era magnífico? Nunca he visto a nadie como él.

–Ten cuidado –le advirtió–. Hay una delgada línea aquí. No vayas a cruzarla. Ya sabes cómo es Richard.

–Richard se puede ir al infierno –respondió–. Quiero conocer mejor al ayudante del señor Vance.

–Pero ten cuidado. ¿De acuerdo?

–¿No oíste lo que dijo el piel roja de Sissy? –comentó Richard de repente y la miró–. ¡Qué insulto!

–Oh, sí –se colocó su elegante sombrero de paja y le sonrió a su hermano–. Me estaba midiendo el cuero cabelludo. Seguro.

–Te pasas la vida en los museos, examinando viejas fotografías y cuadros de indios. Bueno, me alegró de que por fin hayas visto la luz. Los indios no son románticos en absoluto. Son desaseados, ignorantes e impertinentes.

–Y tú eres un clasista –le espetó Sissy con orgullo–. Yo soy estudiante de antropología. Me interesan otras culturas.

–¿En serio? Deberías hablar con Thorn –dijo Jack Lang–. Tiene un amigo antropólogo.

–¿De verdad? –dijo Sissy, entusiasmada.

–Sí. Un hombre llamado McCollum. Viene todos los veranos para hacer excavaciones. Thorn conoce todos los lugares adonde va.

–¡No me lo puedo creer! –exclamó Sissy–. ¡Es mi profesor de antropología! ¡El doctor McCollum!

Trilby se echó a reír.

–¡Y nunca nos lo dijiste! ¡Ni siquiera por carta!

–Quería decírtelo cuando nos viéramos –dijo Sissy–. ¡Me alegro tanto de estar aquí!

–Y yo me alegro mucho de tenerte aquí –añadió Trilby. Miró a Richard, pero él le estaba enseñando algo del paisaje a Julie.

–El señor Vance es muy apuesto. ¿No? –le preguntó Sissy a Trilby.

–Ten cuidado, Trilby, o Sissy se llevará a tu galán del pueblo –Julie se rió con ganas y miró a Richard de reojo.

Éste frunció el ceño.

–Supongo que es bastante salvaje. ¿No? Vivir con mexicanos e indios debe de embrutecer mucho a un hombre.

Trilby se sintió un poco mareada. Julie le estaba dejando muy claras las cosas. Richard era suyo y no iba a permitir que Trilby se le acercara. Notara o no su actitud posesiva, a Richard no parecía importarle, sino que le sonreía con dulzura.

Trilby volvió al coche sin decir otra palabra. En realidad no sabía qué decir. Richard la vio retirarse con preocupación. Iba a empezar a hablar de otra cosa cuando Jack Lang hizo entrar a su familia en el coche y reanudó la marcha. El ruido del motor ahogó cualquier intento de conversación.

A unas millas de Los Santos, una pequeña familia de peones mexicanos estaba entreteniendo a uno de los mandos de Madero. La pequeña cabaña de adobe con techo de paja estaba vacía, a excepción de unos cuantos pollos que arañaban el suelo de barro. Una pequeña hoguera iluminaba el interior de la casa, donde la mujer del peón estaba cocinando tortillas con la minúscula ración de harina que había llevado el maderista.

–Muchas gracias –dijo el joven cuando le sirvieron una cucharada de judías sobre la tortilla. No quería ofender a aquella gente rechazando su hospitalidad. No tenían nada, pero eran orgullosos. No aceptar aquella comida hubiera sido una ofensa irreparable.

–Es un placer servirle –dijo el peón–. Es por gente como nosotros por la que luchan contra los federales.

–Algún día ganaremos, amigo –dijo el hombre de Madero con fervor–. Nuestra causa es justa. Recuperaremos la tierra que nos arrebataron los españoles. Les haremos pagar por lo que le han hecho a México.

–¡Sí! –respondieron los campesinos con emoción.

–Ahora cuéntame qué hay de nuevo.

–Un grupo de gringos ha llegado al rancho de Blackwater Springs. Parece que son ricos de las ciudades del este.

El oficial asintió y frunció el ceño.

–¿No serán como el gringo que visitó el patrón de Los Santos hace poco? ¿Un hombre culto sin dinero?

–No, señor –dijo el peón–. Estos gringos tienen mucho dinero. Mi amigo Juan trabaja en el rancho de Blackwater Springs. Dice que ha visto muchos billetes y monedas de oro con sus propios ojos.

–Bueno, eso es muy interesante –dijo el hombre joven–. Informaré de esto. Y la próxima vez... –sonrió y se puso de pie–. Habrá más harina. Quizá un poco de café también.

–Señor... –llorando, la mujer de la casa se arrodilló y le besó la mano–. Le damos las gracias por su amabilidad. Todas las noches rezaré por usted y la pediré a la virgen que lo cuide y que haga por usted.

–Y por toda nuestra gente –dijo el hombre solemnemente–. No es justo que tengamos tan poco cuando los patrones tienen tanto y siempre quieren más. Y en cuanto a los que los federales les hicieron a los del pueblo. ¡Ay de mí! Recuperaremos nuestra tierra. Daremos de comer a los hambrientos y traeremos de vuelta lo que los invasores se han llevado. ¡Les haremos pagar por los crímenes cometidos! ¡Lo juro!

Muchos recuerdos le revolvían las tripas; atrocidades cometidas por los federales a las órdenes del gobierno de Díaz. Aquellos hombres tenían una fama terrible entre los peones. Torturaban inocentes y mataban a mujeres y niños, pero todo lo hacían en nombre del gobierno de México.

–El gobierno... –dijo el oficial para sí, contemplando aquella cabaña miserable.

Ningún gobierno dejaba que los pobres murieran de hambre ni les robaba lo poco que tenían.

–Vayan con Dios, mis amigos –dijo, quitándose el sombrero–. Transmitiré la información que me han dado a Francisco Madero. ¡Adiós!

Richard dio un paseo por la casa de Jack Lang para estirar sus doloridos músculos. Julie y Sissy estaban descansando porque no soportaban el calor, y Ben estaba en el granero con un viejo ranger de Texas llamado Torrance y el joven Ted, escuchando historias espeluznantes del viejo oeste.

A él no le interesaban esas cosas. Sabía cazar, pero no tenía tiempo para aguantar historietas de viejos decrépitos.

Trilby estaba en la cocina con su madre, haciendo galletas. Él apoyó el hombro contra el marco y se dedicó a observarlas mientras trabajaban. Sus tranquilos ojos azules examinaban a Trilby con atención. Había cambiado mucho desde la última vez. Seguía siendo fea, pero había olvidado lo dulce que era. Julie podía ser un incordio, con su afilada lengua y su naturaleza extravertida. Trilby, en cambio, era todo lo contrario. De alguna forma ella lo hacía parecer más alto, pero lo que más le gustaba era cómo lo hacía sentir con su silenciosa adulación.

–Estamos muy ocupados. ¿No? –les dijo, bromeando.

Trilby se puso roja y sus manos se volvieron torpes al verle entrar en la habitación.

–Me has asustado –le dijo, sonriendo–. Pensaba que estabas descansando.

–Eso es para las damas. Yo ya me he recuperado del viaje, aunque todavía me duelen las extremidades. Algunos pasajeros creían que los mexicanos asaltarían el tren. ¿Te lo imaginas?

–No es tan descabellado como piensas –dijo Mary y lo puso al día sobre los acontecimientos más recientes en México. Habían disparado a un tren del noroeste mexicano y varios pasajeros habían muerto.

–¿Muerto? –repitió Richard, consternado.

–Sí. Ha habido revueltas y tiroteos por todo el país, sobre todo en Chihuahua. Han enviado tropas americanas a Texas para vigilar la frontera y se dice que hay miles de insurgentes en Chihuahua, listos para atacar.

–Y han asaltado el rancho que Madero tiene cerca de Laredo –dijo Trilby–. Él logró escapar, pero se quedaron con muchos de sus caballos.

–Todo el mundo habla de guerra –dijo Mary, preocupada–. Espero que no terminemos en guerra con México por esto –sacudió la cabeza mientras echaba judías en una cacerola y añadía agua hirviendo. Puso la cacerola en el fuego y la tapa encima.

Se secó el sudor con el delantal al terminar.

–Honestamente, hace un calor asfixiante en esta cocina. ¿Trilby, por qué no llevas a Richard al porche y os sentáis en el columpio? Este calor nunca remite, ni siquiera en otoño.

–Hay mucho polvo fuera –dijo Richard–. Prefiero el salón. ¿Vais a hacer té? Ha sido un día muy largo.

–Claro que sí –dijo Mary, sonriendo.

Trilby no dejó pasar el reproche que cruzó la mirada de su madre. A Richard no le iba a gustar la visita. Su rechazo se hacía cada vez más evidente.

Entraron en el salón y Richard hizo una mueca al ver el sofá, que estaba lleno de polvo.

–Es imposible limpiar el polvo –le dijo Trilby–. Lo siento.

–Este maldito desierto... –dijo, sacudiendo la cabeza–. ¿Cómo terminaste aquí, Trilby? Te harás vieja antes de tiempo. Y la compañía... Ese Vance y sus salvajes amigos... ¡Dios mío!

Trilby se negó a defender a Thorn Vance, aunque quisiera hacerlo. ¿Por qué le dolía tanto ver cómo lo criticaban cuando él le había hecho tanto daño a su reputación?

Richard se sentó en el sofá con una mueca y apoyó los pies en él.

Trilby se entretuvo con la falda del sencillo vestido de guinga que se había puesto al volver de la estación. Llevaba el cabello suelto y se había pellizcado las mejillas y los labios, pero Richard la compararía con Julie y entonces saldría perdiendo.

–A Julie no le gusta este lugar –dijo él, reprimiendo un bostezo–. Y no creo que Sissy aguante mucho más. ¿Viste su cara cuando el indio le sonrió?

–Creo que subestimas a Sissy –dijo ella, sintiendo una ola de indignación–. No es una cobarde. Y si ha estudiado a los indios en antropología...

–Es una niña tonta sin cerebro.

Los ojos de Trilby centellearon.

–Es muy culta, y cuando está en su mundo es muy comedida. El salvaje oeste no le gusta a todo el mundo.

–Pobrecita, desde luego a ti no. Pareces cansada, Trilby –dijo, pensativo–. Demacrada, delgada y todo huesos. Creo que deberías volver al este con nosotros.

A ella se le iluminó el rostro.

–¿De verdad?

–¡Claro! ¡Podrías quedarte con alguien! ¿No?

Él se comportaba como si no le importara en absoluto. Trilby se llevó una gran desilusión. Había esperado tanto...Y tenía tan poco... Sonrió, restándole importancia, y volvió a la cocina. Su visita de ensueño se estaba convirtiendo en una pesadilla y él acababa de llegar.

Creía que las cosas no podían empeorar, pero todo fue cuesta abajo desde ese instante. Richard le ponía objeciones a todo, desde el dormitorio hasta el agua del pozo. Había que calentarla en la cocina cada vez que quería darse un baño, y él tenía que hacerlo todos los días.

Jack mencionó que el agua era un bien muy apreciado y Richard no hizo otra cosa que reírse.

Ben no era tan quisquilloso. Se pasaba la mayor parte del tiempo con Teddy, Mosby Torrance y los otros vaqueros, aprendiendo el arte de cuidar vacas. Para sorpresa de todos, aprendió a montar a caballo como un nativo en menos de dos días, e incluso empezó a llevar los distintivos vaqueros, con tanto garbo que uno de los mexicanos llegó a decir que parecía uno más en el rancho. Cuando no montaba a caballo, escuchaba las historias de Torrance en compañía de Teddy. El viejo ranger le tomó aprecio rápidamente y el chico a él también.

Sissy iba a todas partes con Trilby, y Julie siempre iba del brazo de Richard cuando no estaba durmiendo.

–Los indios no van a atacarnos. De verdad que no –le aseguró Trilby a Sissy–. Relájate y deja de buscar facciones.

La muchacha suspiró e hizo una mueca.

–¿Doy esa impresión? No tengo miedo de las facciones –dijo, aunque no pudiera admitir que a quien en realidad buscaba era a un apache en concreto. Había sido una tontería pensar que él la buscaría a ella.

Sissy parecía toda una dama con el cabello recogido en un moño. Llevaba una blusa de corte marinero, falda larga y zapatos de cordones con tacón alto, y las gafas no afeaban su hermoso rostro y sus enormes ojos verdes. Además tenía una sonrisa encantadora.

Sin embargo, estaba muy callada desde su llegada. Ya no era la compañera entusiasta que Trilby había conocido en la niñez. Parecía preocupada.

–Julie parece estar pasándoselo bien –se atrevió a decir Trilby, observando a Julie y a Richard a través de la puerta del vestíbulo. Estaban jugando a las damas en el salón.

–Está loca por Richard –dijo Sissy con tristeza–. Lo siento. Sé que te gustaba. Pero son tal para cual. ¿No crees?

–Supongo –Trilby no quería suponerlo, pero no tenía más remedio.

Sissy le dio un abrazo espontáneo.

–No te preocupes. Te saldrán arrugas en la cara. Todo será como debe ser. ¿Sabes?

Trilby le devolvió el abrazo.

–Me siento tan mal. ¿Se me nota? Yo pensaba que me echaba de menos, pero no ha sido así. Nada ha cambiado, y yo me he hecho demasiadas ilusiones. Bebe los vientos por Julie.

–Lo sé. Yo quería escribirte y decírtelo, pero no pude. Quizá esta visita sea algo bueno. Yo quiero a mi hermano, pero no se merece a alguien como tú, amiga –dijo Trilby–. No es ni la mitad de hombre que Ben.

Trilby se echó a reír.

–Mi cabeza lo sabe, pero mi corazón no escucha. Lo he querido siempre.

–No sé mucho de amor –dijo, con la mirada en el horizonte–. No creo que ningún hombre llegue a quererme. Pero no importa –añadió al ver la cara de Trilby–. No creo encajar en el estereotipo de madre y ama de casa. Soy demasiado rara. Trilby... ¿Crees que podemos ir a dar un paseo por las montañas? –preguntó de repente–. Me gustaría ir en busca de viejas ruinas. El doctor McCollum me dijo que los indios hohokam vivieron en esta zona hace mucho tiempo.

–Es increíble que tu señor McCollum sea amigo de Thorn Vance. Supongo que sabe mucho sobre esta zona.

–Sí, pero no nos dice mucho sobre los apaches –añadió

con gesto ceñudo–. Recuerdo que los otros alumnos hablaron de un apache en concreto que McCollum mencionó en una clase. Ese día estaba enferma y los apuntes que me prestaron no hacían ninguna referencia –miró a Trilby–. Tiene que haber restos en esta zona. Estás cargada de historia.

–Sí, creo que podemos ir a dar una vuelta. Le preguntaré a papá.

–Gracias –dijo Sissy–. Eso sería estupendo. ¿Y de verdad vamos a ir de caza? No quiero disparar a nada.

–No tenemos por qué ir. Eso es para los hombres. Pero ir de acampada sería divertido. ¿No? Muchas veces me he preguntado cómo sería. Nunca he tenido oportunidad. Pero ahora que estáis todos aquí, no creo que sea difícil.

–No. Claro que no. ¡Qué buena idea, Trilby! Me alegro tanto de no haber tenido clases este cuatrimestre para poder venir.

–Yo también me alegro –le dijo Trilby a su amiga sin quitarle ojo a Richard y a Julie–. La facultad seguirá estando ahí cuando empiece el próximo cuatrimestre en enero.

Richard oyó la suave voz de Trilby y vio cómo lo miraba. Estaba disfrutando mucho siendo el centro de atención en aquel tira y afloja entre la pequeña y tímida Trilby y la sofisticada Julie. Levantó la vista y le sonrió. Trilby se sonrojó y él se rió.

–¿Qué es tan divertido? –le preguntó Julie.

–Bueno, el *juego de damas* me ha animado mucho –respondió, refiriéndose a otras damas...

# CAPÍTULO 8

Lisa Morris sufría las miradas llenas de lástima de las otras esposas. Estaba acostumbrada a la vida del ejército, habiendo crecido en un cuartel, y también se había hecho a la idea de aguantar las infidelidades de su esposo, pero él nunca había hecho tanta gala de ello como para convertirse en la comidilla de todo el pueblo.

La única excusa que había encontrado era que debía de estar verdaderamente enamorado esa vez. Si eso era cierto, no tenía por qué negarse a darle el divorcio.

Estaba absorta en sus pensamientos cuando tropezó con un hombre alto, vestido de caqui.

–Tenga cuidado, señora Morris –le dijo una voz grave y ronca.

Unas manos fuertes y firmes la agarraron de los hombros y la soltaron en cuanto recuperó el equilibrio.

Ella se perdió en los increíbles ojos azules del médico de campaña, el doctor Powell. Él era capitán; un hombre completamente distinto de su marido. Era tan cruel que ninguno de los soldados fingía estar enfermo para librarse de una misión. Aquel hombre tenía un carácter fiero cuando le provocaban y un problema con la bebida. Pero con Lisa siempre había sido amable.

Cuando perdió el bebé y su marido se fue de maniobras,

fue él quien estuvo a su lado toda la noche, quien enterró al pequeño, quien habló con ella, quien la escuchó, quien la hizo seguir viviendo...

Aunque todos le tuvieran miedo, Lisa sentía un extraño afecto por él.

–Gracias, capitán Powell. Tenía otras cosas en la mente. Lo siento.

Él respiró hondo.

–Las otras cosas serán la última amante de su marido. Supongo.

Ella se sonrojó.

–No debería decirme una cosa así.

–Alguien tiene que hacerla entrar en razón, señora. ¿Cuánto tiempo piensa aguantar el escandaloso comportamiento de su marido? Debe de haber oído las habladurías.

–Claro –ella titubeó un instante y miró a su alrededor–. He... iniciado los trámites de divorcio. No sé adónde iré...

Los rasgos del capitán se suavizaron.

–Yo sí.

La agarró del brazo y la hizo retroceder hasta un coche.

–Vendrá conmigo.

–¡Capitán Powell!

–Quiero presentarle a alguien –la hizo entrar en el coche y se sentó a su lado.

Le costó un rato arrancar el coche con la manivela y no dejó mascullar comentarios hasta meter la marcha.

Al sentir la caricia del viento, Lisa dejó de preocuparse por cotilleos. El doctor Powell tenía una forma de ser protectora que la hacía sentir como una pluma que flota en la brisa. Que alguien cuidara de ella era toda una ironía. Ella... que se había pasado toda la vida cuidando de su padre y después de David. Era muy agradable tener a alguien que se preocupara de ella, para variar.

El capitán Powell no fue muy lejos. Se detuvo en una pequeña población situada más allá del campamento, cerca del pueblo de Courtland.

–Hemos llegado –dijo. La condujo a una bonita casa blanca cercana a la oficina de correos y llamó a la puerta.

Los recibió una anciana. Todd sonrió y se quitó el sombrero.

–Hola, Todd –le dijo a modo de bienvenida–. ¿Quién es?

–Una joven que va a necesitar un lugar donde quedarse muy pronto. ¿Todavía tienes una habitación libre?

–Claro –dijo la mujer con amabilidad–. Soy la señora Moye. Puedes ocuparte de los quehaceres a cambio de la habitación, si lo necesitas.

–Pero no me conoce... –dijo Lisa

–Conozco a Todd –dijo la señora–. Su opinión sobre ti me basta.

–Todavía no estoy lista...

–Cuando lo estés, la habitación estará libre. ¿Te apetece una taza de té?

–Ojalá tuviéramos tiempo –dijo Todd con cortesía–. Quizá la próxima vez.

–Que así sea. Adiós, querido.

–No me presentaste –le dijo Lisa cuando Todd le abrió la puerta del coche.

–No era buena idea –la miró fijamente–. Estás demasiado delgada, pero sigues siendo encantadora.

Ella se sintió mareada. Nadie la había mirado nunca como lo hacía el capitán Powell. Él la hacía sentir mariposas en el estómago; un cosquilleo por todo el cuerpo.

Todd se aclaró la garganta.

–Mejor será que volvamos al campamento.

–Sí, sí. Claro.

Ella entró en el vehículo. Él la agarró de la muñeca para ayudarla, pero tardó en retirar la mano más de lo necesario. Ella lo miró a los ojos y una llamarada le recorrió las venas. Él era alto y corpulento, pero no era gordo. Tenía las manos enormes y un rostro rudo y anguloso. Su pelo, negro y rebelde, le caía sobre la frente, ancha y sudorosa. No era un hombre atractivo, pero tenía unos labios apetecibles. Lisa bajó la mirada, avergonzada.

–Cuidado con la falda –le dijo él.

Cerró la puerta y rodeó el coche. Ella lo observaba con incertidumbre y deseo.

Él sabía lo que era sufrir. Su esposa y su hijo habían sido asesinados muchos años antes y él se había entregado a la bebida para olvidar. Se lo había contado todo a Lisa aquella aciaga noche tras la muerte de su bebé. Él sabía lo que era perder a un hijo. Su pequeño había muerto durante una revuelta apache, pero ella era la única a quien se lo había contado.

Aquel día el tiempo se había detenido y ambos se habían sentido un poco incómodos después. Tanto así, que habían evitado hablar de lo ocurrido aquel día y nunca más habían mencionado lo que habían confesado. Sin embargo, aquel día había surgido una afinidad entre ellos que no hacía más que crecer. Él la observaba cuando salía del cuartel de su esposo y ella hacía lo mismo. No obstante, ella trataba de no hacerlo. Ambos eran personas honradas, pero... Si no hubiera estado casada...

Cuando llegaron al campamento no había ojos indiscretos a la vista.

–Gracias –le dijo ella, vacilando–. Resulta reconfortante saber que tengo un techo donde guarecerme en caso de necesitarlo.

–Él no podrá detenerte. Lo sabes –le dijo él–. En todo caso, la aventura irá a peor con el tiempo. Él no es más que un temerario y ella está profundamente enamorada. No es mala –añadió–. Es una buena mujer. No es de las que van detrás de hombres casados. Él era quien no la dejaba en paz.

–Ya veo –buscó sus ojos–. ¿La conoces?

Él se puso tenso.

–La conozco. Su familia es muy pobre, pero son honestos y honrados. No están de acuerdo con la relación, pero ella es joven.

–Quizá él también esté enamorado –dijo ella tranquilamente–. Eso explicaría su comportamiento. Gracias por ayudarme.

Él contrajo la mandíbula.

–Me gusta ayudar a la gente que tiene problemas. Que tenga buen día, señora Morris.

Ella lo vio alejarse rumbo al dispensario. Como siempre, llevaba las manos entrelazadas por detrás. Parecía cansado y triste, y Lisa sufría al verle tan solo. Ella también lo estaba.

Decidió hablar con David del divorcio esa misma noche. Posponerlo no iba a servir de nada.

Acababa de servir la cena cuando oyó el estruendo de la puerta. Unos pasos pesados avanzaron hacia la cocina. Ella estaba retirando la cafetera del fuego.

–El capitán Arthur dice que has salido con el capitán Powell –le dijo David con el rostro transfigurado.

Ella se volvió hacia él con toda la calma del mundo.

–Sí. Así es. La cena está lista.

Él guardó silencio durante un momento.

–¿Por qué saliste con él?

–Porque él conoce a alguien que tiene una habitación libre –le dijo ella. Sus ojos tenían una expresión vítrea, como los de una serpiente que está a punto de morder. El cambio en ella era asombroso. Había dejado de ser una mujer tranquila y sumisa para convertirse en una joven testaruda e independiente.

–No es bueno que te vean en compañía de otros hombres.

–¿Y es bueno que a ti te vean en compañía de otras mujeres?

Él se sonrojó.

–Selina no es asunto tuyo.

–Es asunto de todo el campamento. ¿O acaso no sabes

que las esposas de los oficiales se divierten mucho hablándome de ello?

Él se pasó una mano por el pelo.

–No lo sabía.

–No importa, David. Ya no. He hablado con un abogado –dijo ella, tomando aire–. Quiero el divorcio.

Él la miró estupefacto.

–Quieres... ¿Qué? ¡Cómo te atreves!

Ella entrelazó las manos sobre su regazo.

–Es mejor así. ¿No te das cuenta? Si realmente amas a esta chica, y ella te ama a ti... David se quedó sin palabras. Su carrera era la prioridad. Un divorcio pondría en entredicho su hombría, sobre todo si su esposa lo dejaba.

–Tienes que parar el trámite –le dijo, con ojos peligrosos.

–¡No lo haré! David, los dos sabemos que sólo te casaste conmigo para ascender. Me has humillado durante años con todas las mujeres que has querido. Pero esta última ofensa es intolerable. Me has convertido en el hazmerreír. Quiero el divorcio. ¡Y no puedes hacer nada para impedírmelo!

Él perdió la cabeza. Sin pensar más que en vengarse por la humillación que ella quería hacerle pasar, alzó la mano y la golpeó en la mejilla, con tanta fuerza que el golpe la lanzó contra el hornillo.

Ella gritó y se apartó al sentir un latigazo incandescente a lo largo de la cadera. El vestido que llevaba puesto prendió en llamas y ella intentó sofocarlas con las manos desesperadamente.

David se quedó inmóvil un instante, y entonces actuó rápido. Agarró el cubo de agua que estaba sobre la mesa y se lo arrojó sobre la falda. El fuego se extinguió, pero ella quedó gravemente quemada. Su piel chamuscada se veía a través de un hueco negro en la tela.

–Lisa, perdóname. Nunca quise... –empezó a decir él.

Ella le golpeó las manos, llorando de dolor. Sacó una silla y trató de sentarse. El dolor era insoportable.

De pronto se le nubló la vista y todo se oscureció.

Cuando abrió los ojos, al primero que vio fue a Todd Powell. Él tenía una mirada fría y cínica y una manera de hablar que ofendía a todo el mundo. Los hombres le tenían tanto miedo como si fuera un indio, y él disfrutaba de su reputación.

Arrugó los ojos al ver el cardenal que tenía en la mejilla. David estaba detrás de él.

–Le he dado un poco de morfina para el dolor, señor Morris –le dijo Powell–. La quemadura es profunda y probablemente le quede una cicatriz, pero se recuperará.

–¿Puedo llevarla a casa?

Powell se volvió y le miró a los ojos.

–No.

–Yo soy su superior –dijo David.

–No soy tonto ni ciego –contestó el doctor–. Sólo tuve que mirarle la mejilla para comprender... el accidente, coronel Morris. Sus actividades ilícitas son de dominio público. Y también sé que su esposa ha iniciado trámites de divorcio. Nunca volverá a su cuartel. A menos que tenga ganas de comparecer ante un consejo de guerra por su conducta, impropia de un oficial y de un caballero, le recomiendo que no insista más.

–No sabes lo que te estás echando encima –le dijo.

–Llevo mucho tiempo aquí, coronel –dijo Powell tranquilamente–. Cuando usted estaba en Washington, disfrutando de una buena posición, yo estaba aquí en el desierto, arrancando puntas de flecha de los cuerpos de soldados mientras le seguíamos la pista a Gerónimo a través de esta tierra dejada de la mano de Dios.

David se sonrojó.

–Doctor Powell...

–Váyase a casa, coronel –dijo Powell–. No tiene nada que hacer aquí.

David vaciló un momento. Miró a Lisa con ojos arrepentidos y se fue con un portazo.

–Gracias –le dijo a Todd, todavía adormilada.

Él puso la mano sobre su frente.

–Duérmase, señora Morris. No tiene que darme las gracias.

El día de Acción de Gracias pasó sin pena ni gloria. Las mujeres se pasaron el día cocinando y la tarde limpiando.

La reunión había sido agradable, pero Trilby tenía el corazón en otra parte. Las atenciones de Richard para con Julie le habían arruinado la fiesta.

Sissy convenció a Trilby para ir a dar un paseo por el desierto.

–¿Éstas son ruinas hohokam? –le preguntó Trilby cuando bajaron del coche de caballos. Había piezas rotas de cerámica sobre una planicie cercana a una cordillera.

–No lo sé –Sissy se arrodilló y recogió uno de los restos–. ¿No es asombroso? ¿Te das cuenta de que este utensilio fue hecho por seres humanos hace más de mil años?

Trilby siguió abanicándose. Hacía calor ese día y la brisa no servía de mucho.

–Ojalá hubiéramos traído el coche –murmuró Sissy.

–El coche de caballos es más cómodo. Créeme. Pero me alegro de que lo condujeras tú cuando íbamos cuesta abajo.

–Creo que mi alumna lo está haciendo muy bien.

Trilby sonrió. Todavía no podía creer que se hubiera atrevido a salir con Sissy. Por suerte el caballo era muy dócil y no había tenido que conducir.

Miró al cielo.

–Sissy, hay nubes en el horizonte. ¿Recuerdas lo que te dije sobre el peligro de las tormentas secas aunque la lluvia esté a millas de distancia? ¿Te dije lo de la inundación el verano pasado?

–Sí, me acuerdo –con la mente en otra cosa.

–Mejor será que volvamos.

–¡Pero acabamos de llegar!

–¡Sissy!

–Trilby, escucha. Sólo quiero mirar un poco. Esto no es una tormenta seca. ¿Por qué no recoges a Richard en el corral? –añadió, sonriendo–. No quiero irme todavía –suspiró dramáticamente–. Tendrás que ir sola –la miró con ojos pícaros y sonrió–. Será muy duro para ti tener que recogerme a la vuelta.

A Trilby le dio un vuelco el corazón. Por fin tenía una oportunidad de estar a solas con Richard, que las había acompañado hasta el corral para ver cómo marcaban las reses. Las chicas lo habían dejado allí con la promesa de ir a buscarle un rato después. Sissy estaba haciendo de celestina y Trilby se lo agradeció mucho. El único inconveniente era que tendría que conducir el coche de caballos.

Miró al caballo con desconfianza. El animal no se movía cuando dejaban las riendas en el suelo, un milagro del entrenamiento.

–Todavía me da un poco de miedo el caballo –dijo Trilby, preocupada.

–Le gustas. Agita las riendas para que empiece a andar y tira de ellas cuando quieras que pare. Sigue el camino y Richard conducirá al volver.

–Bueno... De acuerdo. Pero no debería dejarte sola aquí.

–No seas tonta. Estaré bien. Incluso tengo esta cosa horrible que nos dio tu padre –agarró la pistola por el mango como si fuera una serpiente–. ¡Ugh!

–Sólo tardaré un par de minutos –prometió Trilby con los ojos llenos de ilusión ante la posibilidad de estar a solas con Richard–. ¡Eres un encanto!

–Lo sé –dijo Sissy, entre risas–. Vete. Haz que Julie se preocupe un poco.

–Podría haber venido con nosotras.

–¿Y estropearse la piel al sol? ¡Qué horror!

Trilby se echó a reír y subió al coche.

–No tardaré mucho.

–No pasa nada si lo haces –dijo Sissy, absorta en su búsqueda.

Trilby llegó al corral de una pieza, pero le dio las riendas a Richard al volver. Un silencio embarazoso se cernió sobre ellos cuando emprendieron el regreso. El camino estaba lleno de baches y ambos saltaban arriba y abajo. Él tenía calor y no estaba de muy buen humor. El olor de las reses quemadas al rojo vivo le había revuelto el estómago y muchos de los vaqueros se habían reído de él.

–Odio este lugar –le dijo, irritado–. Siento tanto haber venido...

Trilby se sintió incómoda.

–Yo esperaba que disfrutaras de la visita. No es tan malo una vez te acostumbras.

–No lo creo –miró al horizonte–. Es como el infierno, y disculpa la expresión. Una tierra baldía.

Trilby bajó la vista.

Él golpeó el lomo del caballo con las riendas para hacerle ir más deprisa.

–¿Te vas a casar con Julie, Richard?

–No lo sé. Es dulce y hermosa, y su familia tiene dinero. ¡Por lo menos ella no está contenta viviendo en medio de un desierto!

Los ojos de Trilby se llenaron de lágrimas.

–¡Oh, maldita sea! ¡Oye, Trilby, no quería decir eso! –Richard tiró de las riendas y detuvo el coche. Le acarició el rostro.

–Lo siento, pequeña. De verdad, lo siento. Trilby...

Él le levantó la barbilla y contempló sus suaves labios temblorosos. Sólo la había besado una vez, mucho tiempo atrás. Su boca resultaba tentadora, y también aquellos ojos grises llenos de lágrimas... Con una sonrisa triste, se inclinó y le rozó los labios en un beso fugaz.

Trilby esperaba fuegos artificiales, pero no sintió nada

parecido a lo que Thorn había despertado en su interior. Aquella certeza la hirió profundamente. ¡Ella lo amaba! ¡Claro que lo amaba!

Levantó el rostro y le devolvió el beso con frenesí, obligándose a sentir lo que debía sentir.

Un jinete que cabalgaba cerca de allí tuvo la certeza cuando los vio. Lleno de furia, se sintió traicionado, homicida...

–Detente –le dijo Naki sin inmutarse, parándolo con el brazo–. Ésa no es la forma.

–Y tú me hablas de control –dijo Thorn en un tono brutal, quitándole el brazo.

–Oh, el control y los juzgados son una buena combinación para mi gente. Algún día os sacaremos a patadas como los mexicanos quieren hacer con los terratenientes españoles en esta revolución que han empezado. Pero nosotros lo haremos legalmente y os derrotaremos con vuestro propio juego.

–Buena suerte.

–Las mujeres son muy volubles –observando a la pareja–. Ésa está fuera de lugar.

–No lo estaría si tratara de encajar –dijo Thorn entre dientes. Con el sombrero inclinado sobre los ojos, tenía un aspecto amenazador–. ¡Maldito sea ese pelele del este! ¿Por qué tuvo que venir justo ahora? ¡Ni siquiera es un hombre! Por Dios, se puso a vomitar al ver cómo marcaban al ganado.

Naki se echó a reír.

–Ya me di cuenta.

–Todos los demás también. ¿Qué es lo que ve en él?

–El pasado –dijo Naki con sabiduría–. Recuerdos que viven en él –miró a su amigo–. Si la quieres, tómala.

–Ésa es tu filosofía. ¿No?

Naki se encogió de hombros.

–Las mujeres de mi raza son fuertes, independientes y fieras, como las mujeres mexicanas. Se ríen de las debilidades masculinas. Ella podría ser igual. Sólo tienes que mostrarle sus debilidades y tus puntos fuertes.

–A veces me sorprendes con tu intuición –dijo Thorn, pensativo–. Vamos. Acabemos con ese encuentro conmovedor.

Naki miró al cielo.

–Se avecina una tormenta. ¿No iba con ella la flaca con gafas cuando salieron?

Thorn arrugó el entrecejo y se preguntó cómo lo sabía Naki. Thorn los había seguido solo durante el viaje. El apache no había ido con él.

–Así es. Su hermano menor me dijo que habían ido a buscar cerámica.

–Iré a buscarla. Las ruinas están muy cerca de aquí.

–Parecía muy asustada cuando te la presenté. Mejor voy yo.

–No. Iré yo –respondió Naki con una sonrisa maliciosa–. Yo la llevaré de vuelta al rancho.

–No te ensañes demasiado.

Naki arqueó las cejas.

–¡Cómo voy a disfrutar aterrorizando a una joven inocente!

–¡Ya lo creo que sí! Recuerda que son los invitados de Jack y yo quiero su agua.

–Y más a su hija, si no me equivoco.

–Fuera de aquí –masculló Thorn.

Naki se echó a reír. Dio media vuelta al caballo pinto y se alejó al trote.

Trilby se había apartado de Richard al ver a los jinetes en la distancia, y no tardó en averiguar quiénes eran.

–¿Qué ocurre? –preguntó Richard, sonriendo. Él pensaba que estaba avergonzada.

Trilby no era tan excitante como Julie, pero tenía los labios dulces y le gustaba mucho besarla. Tenerla hechizada era muy halagador y divertido.

–Es Thorn Vance y uno de sus hombres. El apache, creo –dijo Trilby, nerviosa.

Richard se volvió hacia la colina donde estaban sentados. En ese momento el indio dio media vuelta y se marchó. Vance, en cambio, avanzó hacia ellos. Richard se molestó un poco al ver a aquel tipo arrogante y prepotente.

–Buenos días –dijo, tocándose el sombrero–. ¿Tienen problemas con el caballo o se han perdido?

Trilby se sonrojó.

–Ninguna de las dos cosas. Sólo paramos para hablar –dijo con la voz ahogada.

–Seguro que tiene algo mejor que hacer –dijo Richard, con rabia en los ojos.

Thorn se echó hacia atrás el sombrero.

–Oh, claro que sí –dijo, risueño–. Pero se avecina una tormenta. Creo que deberían irse a casa cuanto antes.

Trilby se acordó de su amiga.

–¡Sissy! La dejé junto a las ruinas.

–Naki fue a buscarla. Estará bien.

–¿El apache? –Trilby estaba horrorizada–. ¡Se va a desmayar del susto! ¡Le tiene miedo!

–Mejor será que se acostumbre a él. Va de acampada con nosotros. ¿Todavía quiere ir? –le preguntó a Richard.

El hombre del este se puso contento.

–Claro. Me aburro mucho, todo el día sentado en casa.

–¿Seguro que le gusta cazar? –preguntó Vance, haciendo referencia a su indisposición mientras marcaban al ganado.

Las mejillas de Richard se encendieron.

–Hay una diferencia muy grande entre cazar y torturar reses.

–Aquí hay muchos ladrones de ganado. Si no marcamos a los rebaños, los perdemos enseguida.

–Estoy segura de que Richard lo sabe –dijo Trilby a propósito.

Él la miró a los ojos, inclinándose sobre el cuerno del sillín. Sus negros ojos brillaron con vestigios de burla y deseo y se posaron sobre los labios de la joven. A ella se le aceleró el pulso y empezó a juguetear con las riendas, temiendo que Richard notara el interés del vaquero en ella.

No obstante, Richard lo notó enseguida. Era interesante ver que aquel hombre la encontraba atractiva y ella a él no. Le puso un brazo alrededor de los hombros y la atrajo hacia sí.

–¿Y cuándo iremos de caza? –le preguntó a Thorn.

El vaquero se irguió sobre la silla de montar.

–Dentro de dos o tres días. Yo lo prepararé todo con Jack Lang y reuniré provisiones. ¿Ha traído su propio rifle?

–Sí, claro –contestó Richard–. Nunca viajo sin mi equipo de caza y acampada.

–Claro que no.

–Siento que tenga tanta prisa, señor Vance –dijo Trilby con toda intención–. Por la lluvia.

–¿Es por eso que tengo tanta prisa? –le preguntó él–. Muy bien. Supongo que sí. Tengan cuidado y no se detengan en los baches del camino. Podría ser fatal. Puedo acompañarlos, si quieren.

–Podemos arreglárnoslas solos –murmuró ella–. ¿Su vaquero apache se ocupará de Sissy?

–Claro.

Richard frunció el ceño.

–Espero que se ocupe usted de mi hermana. No quiero que mi hermana esté a solas con un indio.

–Su hermana estará a salvo. Se lo aseguro.

Richard entendió que Thorn iría a buscarla y se quedó tranquilo.

–Muy bien. Que tenga buen día –Richard agitó las riendas y el caballo salió al trote.

Thorn los vio marchar con gesto divertido.

–Pone la carne de gallina. ¿No crees? –Richard le dijo a Trilby al tiempo que le quitaba el brazo de los hombros–. No obstante, será entretenido ir de caza. Aquí tienes –le dio las riendas–. Conduce un rato. Trata de no pillar muchos baches. ¿Quieres, querida?

Se recostó en el asiento y cerró los ojos. Trilby podría

haber gritado de impotencia. Richard la había cortejado para hacer enojar a Thorn. Todo había sido fingido.

La joven tuvo ganas de llorar.

Al tomar la curva que llevaba al rancho, las nubes se acercaron. Trilby esperaba que Sissy la perdonara.

# CAPÍTULO 9

Sissy estaba cada vez más nerviosa.

Se oían truenos a lo lejos y Trilby no había vuelto. Se acordó de la horrible historia que su amiga le había contado. El verano anterior las inundaciones habían matado a varias personas.

Sissy cruzó los brazos y se aferró a las preciadas piezas de cerámica que había envuelto en un pañuelo. Sólo esperaba que su pasión por el pasado no se convirtiera en su sentencia de muerte.

El ruido de los cascos de un caballo la hizo levantar la vista. Aquél no era el sonido metálico que precedía al señor Lang.

El corazón de la muchacha se desbocó. Los apaches solían montar caballos sin herraduras...

En ese momento el apache al que el señor Vance había llamado Naki apareció en lo alto de la colina. ¡Sissy apenas podía creérselo! Sus ojos se hicieron grandes y el corazón le dio un salto.

La majestuosa silueta del indio se recortaba sobre las nubes. De pronto fue directamente hacia ella y tiró de las riendas.

–Lluvia –le dijo, señalando hacia el horizonte–. Mujer blanca ahogar cuando lluvia venir.

Ella lo miró con un brillo travieso en los ojos. Aquel hombre no era lo que aparentaba ser, pero sí era lo bastante apuesto como para no fijarse en una chica del montón como ella. Sissy suspiró al darse cuenta de que su aspecto era una desventaja en Louisiana, en Arizona y en cualquier otra parte del mundo.

–No me mires como si te alegraras de mi muerte inminente –le dijo, saboreando su exquisito humor negro.

Él señaló su falda larga y gruesa.

–Quizá tú hundir como roca en ese foso –le dijo, arqueando las cejas.

Su sarcasmo aguijoneó el temperamento de Sissy.

–Quizá tú caer de caballo y romper cuello.

Él se rió a carcajadas y cruzó las muñecas sobre el cuerno del sillín.

–Muchas serpientes de cascabel aquí –le dijo, mirándola fijamente.

–Siento decepcionarte, pero las cascabel me dan igual. En el este también tenemos, y son más grandes que las que he visto en Arizona hasta ahora –miró por encima del hombro del apache–. Me gustaría seguir charlando contigo, pero no quiero ahogarme aquí. Mi amiga va a venir a recogerme.

–No pronto –sacudió la cabeza–. Muy ocupada besando hombre blanco.

–¡Oh, Dios! –dijo, preocupada–. ¡Se ha olvidado de mí! ¡Me voy a ahogar!

–Indio salvar mujer blanca. Yo llevar de aquí.

Ella lo miró con desconfianza. Aquello no sonaba real. Los apaches ya estaban en la era moderna, pero algunos seguían viviendo aislados en la Sierra Madre y solían asaltar pueblos mexicanos. Si se estaba quedando con ella, era hora de desenmascararle.

–Escucha –le dijo, desafiante–. No voy a ir a tu tipi a comer mocasines. ¿Crees que he olvidado lo que le preguntaste al señor Vance? ¡No iría contigo ni a la roca de al lado!

Los negros ojos de Naki brillaron.

–Chili –murmuró.

–Chili picante –repitió ella–. Ten cuidado, no te vayas a quemar, hombre rojo.

–Es usted muy enrevesada, señorita Bates –le dijo en un inglés perfecto–. Luego hablaremos de sus arrolladoras metáforas, pero no me gusta el aspecto de esa nube. Suba, antes de que nos ahoguemos los dos.

Sissy arqueó las cejas al darse cuenta de que su corazonada era cierta. La joven se rió y frunció los labios.

–Es el sol. Llevo mucho tiempo aquí fuera. Tú hacer gran broma. ¿Eh?

–Resulta que hablo inglés bastante bien, ahogarse no es ninguna tontería –respondió. Se acercó un poco y le extendió una mano–. Vamos. No tenemos tiempo. Las distancias son traicioneras aquí y el agua puede alcanzarte antes de que te des cuenta. Dos conocidos de Vance se ahogaron en la inundación de verano, y conocían muy bien la zona.

–Sí que hablas bien el inglés –le dijo con timidez.

–Hablo inglés, español y latín. Y un poquito de griego. Pero con el inglés me basta de momento.

Sissy se puso en marcha al oír el ruido de la lluvia. Le alcanzó la mano y él la levantó en el aire para sentarla delante. Su fuerza la fascinaba. Ella estaba acostumbrada a los intelectuales, no a hombres que trabajaban con el cuerpo.

El apache controló al pinto con la presión de las rodillas y la acomodó contra él antes de partir rumbo al rancho de Jack Lang. Olía a viento, pino y desierto, pero no estaba sucio. Tan sólo tenía algo de polvo en la ropa.

–¿Por qué? –le preguntó ella, incómoda con tanta proximidad.

–¿Por qué engañar? –él sonrió con arrogancia–. Me gusta hacer añicos el estereotipo de salvaje ignorante de la mayoría de los blancos.

Ella se sonrojó.

–Ouch.

–Supongo que nunca se os ha ocurrido que hubo grandes civilizaciones en este continente cuando vuestros ancestros europeos se golpeaban en la cabeza unos a otros con palos.

–Los hohokam era muy civilizados. Tenían una sociedad estructurada. Promovían la convivencia pacífica y compartían bienes. Sus ritos de purificación para matar al enemigo eran tan largos que casi nunca iban a la guerra.

–Has estudiado –dijo él, sorprendido–. Sí. Los hohokam vivieron aquí hace unos cuantos miles de años. Irrigaban la tierra y la cultivaban, plantaban semillas, construían ciudades... Eran inteligentes y pacíficos.

–Pero tus ancestros no...

Él se echó a reír.

–No –exclamó ella, pensando que lo había ofendido–. No quería decir eso. Quería decir que no fueron los predecesores de los apaches. ¿No?

–Nadie lo sabe. Los arqueólogos creen que podrían ser los ancestros de los Pima y los Papago. –¿Sabes lo que significa «apache»?

–No.

–Es una palabra zuñi. Significa «enemigo».

–¿Y cómo se llaman los apaches a sí mismos?

–La Gente.

–Yo conocí a una chica cherokee en Louisiana. Me dijo que la palabra «cherokee» significa «Gente del Principio» para ellos.

–«Sioux» también significa «gente». La mayor parte de los indios se llaman así. ¿Cómo pudiste aprender tanto sobre nosotros si los indios te daban tanto miedo?

–No era miedo. Tenía que estar a la altura del estereotipo de la mujer blanca –dijo, bromeando–. Los apaches secuestran mujeres...

Él la miró y arrugó los labios.

–Así es. Imagina lo que les hacemos. ¡Dios mío!

Ella se ruborizó un poco y le fulminó con la mirada.

–Señor Naki...

–En mi lengua me llamo Dos Puños. ¿No suena muy indio?

–Si me dejara de mirar así...

Él la miró con ojos intensos.

–Me gusta cómo te sonrojas. No acostumbro a violar a mujeres blancas, señorita Bates. En realidad, me gusta la piel oscura. Además, es imposible hacer lo que está pensando sobre un caballo.

–¡No estaba pensando en nada!

–Supongo que debería disculparme por haber hecho un comentario tan atrevido, pero ya sabe que somos unos salvajes.

–Imposible, incorregible.

–Incluso nos llaman así en los libros –le dijo, ignorando sus adjetivos–. Nobles salvajes. Como si no tuviéramos cerebro.

Ella se echó a reír.

–¿Y cómo aprendió tantas lenguas?

–Los sacerdotes me escondieron cuando el gobierno trasladó a toda la tribu apache de Gerónimo a Florida después de su rendición. Al final volvieron, pero se quedaron en Fort Sill, Oklahoma, pero yo quería quedarme en estas montañas. Los religiosos descubrieron que no era tonto. Y me enseñaron muchas cosas.

–¿Y sus padres?

–Mi madre murió cuando nací y mi padre murió al escapar de la caballería cuando nos rodearon.

–Lo siento.

–Su gente siempre lo siente. ¿No? –la miró sin verla en realidad–. Se llevaron todo lo que teníamos y nos esclavizaron durante todo el proceso. Prácticamente exterminaron a los apaches chiricahua. Tengo más en común con los campesinos mexicanos que con los blancos, señorita Bates. Yo sé lo que es ser un pueblo oprimido sin los medios para sublevarse.

–Su gente luchó, como luchan ahora los mexicanos.

–Quizá ellos sí ganen. Son bastantes, y Dios sabe que su causa es justa –dijo él con fervor–. Pero los apaches eran pocos y estaban dispersos. ¿Sabe que nos distingue de los blancos, señorita Bates? ¿Sabe cuál es la diferencia entre mi gente y la suya? La avaricia. El hombre blanco quiere controlarlo y poseerlo todo a su alrededor. El apache sólo quiere vivir en paz con su gente. La avaricia nos resulta tan ajena como el honor para la mayoría de los blancos.

Sissy se quedó lívida. Aquella había sido una mañana de revelaciones, pero ésa había sido especialmente inesperada. Aquel hombre era más culto que ella, y muy inteligente. ¡Qué terrible debía de ser tener una mente tan maravillosa y ser tratado como un mono!

–Debe de ser doloroso que la gente te juzgue tan injustamente.

Él buscó su mirada apacible.

–Thorn me dijo que usted me tenía miedo. No quería que viniera a buscarla.

–No le tengo miedo –dijo ella–. Usted no es el único que sabe fingir. Me gustaría que me enseñara cosas de su cultura.

Él soltó una carcajada al acercarse el rancho de Lang.

–Podría llegar a convencerme.

–¿Por qué le llaman Dos Puños?

Él tiró de las riendas.

–Cuando la caballería vino a por nosotros, me lancé a por uno de los soldados con los dos puños.

–Oh.

–Tenía cinco años –murmuró, sonriendo–. Los sacerdotes me apartaron del oficial al que ataqué y él me dejó ir con ellos. Yo nunca lo he olvidado. Es médico. Está destinado en Fort Huachuca. Me visita de vez en cuando.

–Debe de ser un hombre bueno.

–Más que bueno. Los apaches habían matado a su esposa y a su hijo pequeño el mes anterior.

–Debe de ser un hombre muy especial.

–Sí. Ha habido suficientes matanzas por ambas partes como para hacer difíciles las relaciones entre su gente y la mía.

–Supongo –ella movió la mano y se encontró con su pelo negro y brillante. Iba a retirar la mano, pero no pudo resistir el impulso de tocar esas hebras color azabache–. Nunca he visto a un hombre con pelo largo.

El tacto de sus dedos en el cabello era muy turbador. Él le agarró los dedos y le apartó la mano. Sus ojos se volvieron fríos e impenetrables.

–Lo sien... Lo siento –dijo ella, esquivándole la mirada.

Él se sintió culpable por haberle hecho aquel desaire brutal, pero no había sitio para ella en su vida. El blanco y el rojo nunca se mezclaban.

–Es mejor evitar cuando no hay esperanza –le dijo con frialdad.

Cuando Sissy cayó en la cuenta de lo que acababa de admitir, su corazón empezó a latir a mil por hora. Poco a poco, levantó la mirada y encontró algo en sus ojos que había buscado durante toda su vida.

–No –susurró ella a modo de protesta al sentir que había caído en la trampa.

–No –repitió él. Pero subió la mano hasta tocarle el pelo, recogido en un moño.

La hizo inclinarse hacia atrás y sus cuerpos se rozaron durante unos segundos eternos. Sissy se estremeció en una ola de placer repentino.

Él contrajo los dedos y algo puramente masculino tiñó la expresión de su rostro al notar la rendición de la joven.

–Limita la búsqueda de reliquias al perímetro del rancho –le dijo en un susurro–. Porque aquí –enfatizó la palabra agarrándola del pelo–. No hay donde guarecerse durante la tormenta. ¿Lo entiendes?

–Sí –ella tembló por dentro.

Él asintió y la soltó de inmediato.

–Yo tenía una mujer. Era joven, mexicana, y muy, muy hermosa. Vivíamos junto a la frontera con México. Su hermano era un disidente que odiaba al gobierno y simpatizaba con un tal Blanco. Hoy en día es muy conocido gracias a la revolución. Un día un oficial del ejército mexicano se pasó por nuestra casa con su pelotón y el hermano de Conchita, Luis, estaba allí. Llevaban tiempo buscándolo. Mataron a Luis y nos acusaron de ser revolucionarios –sus ojos se oscurecieron de dolor–. El oficial capturó a Conchita y yo fui a por él. Dos de sus hombres me dejaron inconsciente. No te diré lo que le hicieron a Conchita. Afortunadamente, en algún momento murió –su cara se endureció–. Ya no quiero volver a sentir lo que sentí por ella. Trabajo para Thorn Vance y vivo solo. Viviré solo durante el resto de mis días.

Sissy sintió el picor de las lágrimas en los ojos y se le empañaron las lentes. Lloró por él y por la mujer a la que había amado. Lloró por sí misma y por tener la mala fortuna de sentir algo por un hombre que no quería el afecto de nadie.

Lloró por todo el mundo...

–Odio las lágrimas –dijo él, entre dientes.

Ella se quitó las gafas y se secó los ojos con el dorso de la mano.

–Oh, yo también –le dijo entre sollozos–. Así que, por favor, nunca llores delante de mí. Si lo haces me romperé en mil pedazos.

Él no pudo evitar sonreír. Sonreír en medio de tanto dolor... Siguió el rastro de las lágrimas sobre sus mejillas con la punta del dedo y supo que ella nunca lloraba, que no mostraba su debilidad delante de otros.

–Dijiste que era mentira, tu miedo al verme cuando nos conocimos. ¿Por qué?

Ella hizo una mueca.

–Los hombres no se fijan en mí. Soy del montón, flacucha y lista... Yo quería que tú te fijaras... –le dijo, bajando la vista–. Lo siento –se volvió a poner las gafas–. No debería haber fingido.

–Yo estaba haciendo lo mismo –le dijo, muy serio–. Me gusta ver la reacción de los blancos cuando descubren que no soy estúpido.

–Las mujeres también lo son. ¿No lo sabías? Nos han hecho para fregar suelos y tener hijos. Dios nos dio una mente, pero la guardamos en la despensa para que no se pudra.

Él se echó a reír a carcajadas.

–Ya veo que tú también has tenido tu dosis de maltrato.

–Eso es un eufemismo, señor. Cuando dije que quería ir a la universidad, toda mi familia se desmayó. Las chicas bien no estudian, se casan –ella se colocó un mechón de pelo que se había soltado del moño.

Naki echó a andar al caballo.

–Quiero saber cosas sobre la gente que poblaba esta tierra. Quiero saber qué hicieron, cómo era su cultura. ¿No sientes curiosidad? –prosiguió la joven.

–Sí. Ojalá supiera más.

–Podrías ir a la facultad, también.

–¿Un indio en una universidad? –dijo con una expresión de horror.

–Bueno, supongo que tus familiares también se desmayarían.

–No me queda familia.

–Lo siento. La familia está bien, aunque te haga desesperar de vez en cuando.

–Eso me han dicho. Tengo que llevarte a casa –dijo, mirando al cielo–. Es peligroso estar aquí bajo la lluvia.

–Ya me lo has dicho.

Él se rió.

–Así es –él la hizo ponerse cómoda–. ¿Tienes un nombre cristiano?

Ella asintió.

–Alexandra. Mi familia me llama Sissy. Cuando mi hermano Ben era pequeño, ésa era su mejor aproximación a mi nombre.

–Alexandra –sonrió–. Te pega mucho.

–¿Y tú tienes un nombre cristiano?

–Los sacerdotes me llamaban «Hierro». Decían que mi cabeza era de hierro.

–No me lo puedo creer.

–Las mujeres tienen que estar de acuerdo.

–Todos los indios sois salvajes –le dijo, bromeando.

Él sonrió y ella también. Cuando el caballo comenzó a descender la suave colina que llevaba al rancho, ya había empezado a llover.

–No me puedo creer que le hayas permitido que te trajera a casa de esa forma –le dijo Richard a Sissy en un tono altivo–. ¡Un indio, tocando a mi hermana!

–¿Acaso preferías que me dejara ahogarme en el desierto? –le espetó Sissy. El ataque durante la cena la había pillado desprevenida.

Mary y Trilby estaban en el porche a su llegada, pero no le habían dicho ni una palabra. Los hombres habían salido con el ganado, así que no habían sabido del incidente hasta la hora de cenar.

–Esa falta de decoro... –empezó a decir Richard.

–Estoy de acuerdo –dijo Jack, molesto–. Hablaré con Thorn sobre su hombre.

–¿Y por qué no habla con él sobre ello? –le preguntó Sissy–. No es un salvaje ignorante.

Richard empezó con la burla.

–Ni siquiera entiende inglés.

–Habla tres idiomas. El inglés es uno de ellos. Es mucho más culto que tú, hermanito, y no es tan arrogante.

La joven dio media vuelta y se marchó, terminando así la discusión. A sus espaldas, Jack Lang y su hermano siguieron criticando al apache. Y por su fuera poco, la estridente voz de Julie se unió a ellos para criticar a su futura cuñada. ¡Estaba claro que tenía que ponerse del lado de Richard!

Si Sissy esperaba que una noche de descanso disipara los malos humos, estaba condenada a llevarse una gran decepción. Richard y Jack se pasaron todo el desayuno comentando el incidente y Sissy se convirtió en el tema principal de conversación.

–¡Hombres! –exclamó cuando Trilby se reunió con ella en el salón después de lavar los platos.

–¿Dijiste que habla varios idiomas? –le preguntó con curiosidad.

–Sí. Lo educaron los sacerdotes. Es muy interesante –dijo la joven con timidez y se sonrojó.

Trilby no supo qué decir. Ella sabía que su hermano estaba escandalizado por su comportamiento, y su propia familia también, incluyéndola a ella. Sissy era su mejor amiga, pero una parte de ella sabía que Richard tenía razón sobre las relaciones entre una mujer blanca y un hombre de otra raza.

–Sissy, es un indio. A pesar de su educación, es un hombre de otra raza.

–Oh, tú también no –le dijo Sissy con tristeza y se dejó caer en el sofá, vencida–. Ben es el único que no me critica. Es joven, claro. Parece que voy a tener que luchar contra todo el mundo, incluyendo a mi mejor amiga, para ser amiga de Naki.

–No, claro que no –dijo Trilby, fiel a su amiga por encima de todo–. Lo siento.

–Me dijo que habías besado a Richard.

Trilby dudó un instante y después asintió.

–Sí. Supongo que sí. Pero no fue lo que yo esperaba.

–Estás enamorada de él. Debería haber sido todo lo que querías que fuera.

–Pero no fue así –Trilby se sentó a su lado y entrelazó las manos sobre su regazo–. No lo entiendo.

–Yo tampoco, a menos que todas las indirectas de Julie sobre tu rústico vecino sean ciertas. Thorn Vance es muy atractivo, Trilby. Y no te mira como se mira a un vecino.

Trilby se sonrojó.

–Bueno, empezamos mal. Él pensó que yo era algo que no era, y me trató de forma muy poco caballerosa.

–¿En serio?

Trilby miró arriba y abajo.

–Él tiene... mucha experiencia. Yo vi una faceta de él que nunca debería haber conocido. Ahora él lo siente, pero yo ya no me fío de él –hizo una mueca de dolor–. Sissy, yo he querido a Richard durante años. Pero cuando me besó... ¡No sentí nada!

Sissy la tomó de la mano.

–¿Y cuando el apuesto señor Vance te besó, sentiste algo?

–Sí –escondió el rostro entre las manos–. Estoy tan avergonzada. ¡Sentir algo así... por un rufián!

–¿Y cómo crees que me siento yo? Me siento atraída por un piel roja salvaje.

Trilby le hizo una mueca.

–Y yo no te ayudé mucho. Lo... –vaciló un momento y miró a Sissy–. ¡Pero yo pensaba que te daba mucho miedo!

–Yo siempre he querido ser actriz. Era muy atractivo y quería que se fijara en mí. Pero creo que no debería haberlo hecho. No es lo que yo esperaba.

–Lo mismo digo.

–¡Trilby!

Se levantó de la silla al ver entrar a su padre.

–Poneos la chaqueta y el sombrero, por favor –dijo el señor Lang en tono serio–. Vamos a hacerle una visita a Thornton Vance. Quiero que se ocupe de este asunto cuanto antes. Sissy, tengo que pedirte que nos acompañes.

–Pero... –empezó a decir Sissy.

–Por favor, haz lo que te digo –le dijo sin más–. Yo voy en nombre de tu hermano porque conozco mejor al señor Vance.

Trilby no tardó en darse cuenta de que Richard no quería que Vance le rompiera los dientes por haber desafiado a su empleado.

–No me lo perdería por nada del mundo –murmuró Trilby y le sonrió a su amiga.

Thorn se quedó boquiabierto.

–Que queréis... ¿Qué?

–Que eches al rufián del apache –dijo Jack, malhumorado–. No puedo consentir que trate a una invitada mía de esa forma, aunque se exprese como un erudito de Oxford.

–No me trató de esa manera, señor Lang –objetó Sissy–. ¿Por qué no me escucha? ¡Me salvó de la inundación! –se volvió hacia Thorn, exasperada–. ¿Señor Vance, no puede hacérselo entender? No me han ofendido.

–Sí que lo han hecho, querida –argumentó Jack–. Que un salvaje como ése te toque...

–Como parece que soy el tema principal del debate, quizá debería participar en él.

El centro de atención entró por la puerta principal, erguido y digno.Vance lo había llamado para avisarle de la visita de Jack antes de que llegara.

Naki los miró con gesto taciturno; un apache auténtico con el cabello largo hasta los hombros.

Sonrió al ver a Sissy y ella le devolvió la sonrisa.

–Digo que... –empezó a decir Jack, consciente de sus limitaciones físicas. Naki era alto y estaba en forma.

–¿Tiene algún problema conmigo, señor Lang? ¿Y si es así puedo saber por qué? –le preguntó, sosegado y ecuánime.

Su negra sombra se cernió sobre Jack, que se puso rojo como un tomate.

–Es usted muy directo.

–Así nos ahorraremos la discusión –dijo sin bajar la vista ni retroceder. El indio parecía mucho más belicoso que el padre de Trilby–. Quiero saber por qué le molestó que llevara a casa a la señorita Bates.

–No... No fue por eso –le dijo Jack, tartamudeando–. Claro que le agradecemos su intervención.

–Pero hubiera preferido que la salvara un hombre blanco. Desgraciadamente, ésos escaseaban en ese momento.

Jack se dignó a bajar la mirada. Aquel hombre era tan culto como decía Sissy. El padre de Trilby se sintió como un idiota.

–Esperaba esa clase de prejuicios de la gente de Arizona, señor Lang. Pero no los esperaba de hombres del este, más sofisticados y educados que los campesinos.

Jack lo miró a los ojos.

–Los prejuicios son los mismos para todos, señor.

–En el este son los de piel negra los que se convierten en objeto de desprecio, no los de piel roja. ¿O me equivoco? –le preguntó Naki con frialdad–. Gente que estaba en su tierra natal, guerreros.

–Usted expresa los hechos de una forma muy peculiar.

–Antes de que vinieran los españoles, los indios de México eran los aztecas y los mayas. Eran una raza inteligente y orgullosa y tenían su propio sistema de gobierno y culto religioso, además de una estructura económica. Cortés y los españoles, por supuesto, los destruyeron. Los aztecas y los mayas eran salvajes. Pero son los hombres inteligentes, los conquistadores españoles, los que arrebatan tierras a los peones y se las entregan a terratenientes extranjeros, esclavizando a los nativos con el trabajo y ahogándolos con impuestos abusivos. Supongo que ése es un comportamiento muy civilizado.

Jack se aclaró la garganta.

–Señor, usted tiene una visión muy peculiar de las cosas.

–Tengo una visión honesta y sin prejuicios del mundo que me rodea. Baso mi opinión de la gente en el carácter y no en el color de su piel.

–Naki pasa el verano guiando a Craig McCollum por el desierto –dijo Thorn–. Como ven, es un hombre muy sabio. Y aquí no creemos que sea un insulto salvar una vida.

–Pero no hemos terminado –objetó Jack Lang.

–Creo que me corresponde a mí decir si hubo insulto o no –dijo Sissy–. Y yo le digo que no lo hubo. Este caballero me salvó la vida. ¿Cómo puede condenarle por eso? –le preguntó a Jack–. ¿De haber sido Trilby, hubiera preferido que se ahogara en lugar de aceptar la ayuda de un hombre por ser de un color diferente?

A Jack se le agotaron los argumentos.

–Debo decir que preferiría recuperar a mi hija antes que conservar mis prejuicios. Pero tu hermano...

–Mi hermano es un clasista plagado de prejuicios –dijo Sissy sin contemplaciones–. Como todos sus contemporáneos, tiene la mente tan estrecha como un espagueti.

Jack se aclaró la garganta y Trilby se sonrojó. Los ojos de Thorn brillaban.

–Perdón por mi comportamiento –le dijo Jack a Thorn, incluyendo a Naki en la disculpa–. Le agradezco lo que hizo.

–De nada –dijo Naki–. Creo que el desprecio hacia los míos no vale tanto como una vida.

–¿Cómo? –preguntó Jack.

–Mi gente detesta a los blancos, señor Lang –dijo Naki con placer–. Ellos también desaprobarían que tuviera contacto con una mujer blanca, sin importar los motivos.

–¡Pero...! –exclamó Jack.

Naki se rió discretamente.

Un momento después el hombre del este captó la analogía y esbozó una sonrisa.

–Sí, ya veo lo que quiere decir.

–Déjame acompañarte –le dijo Thorn y agarró a Trilby del brazo.

Ella se sobresaltó.

–Por los pelos, ojos blancos –le dijo Naki a Sissy en un susurro.

–Yo tampoco quería armar un lío.

–Él lo sabía.

Ella lo miró sin reservas, buscando sus ojos negros.

–Ya estamos de acuerdo en que sería malo intentar ser amigos en estas circunstancias.

–Muy malo –dijo él.

–Demasiada oposición.

Él asintió.

Ella sonrió con alegría.

–Odio que la gente me diga quién puede ser mi amigo.

Él también sonrió.

–Y yo.

Las nubes de fueron y el cielo se despejó. El corazón de Sissy asomó otra vez en sus ojos verdes.

–No te van a poner las cosas fáciles –le dijo Naki, mirando a los otros.

–No me importa –le dijo, sin darse cuenta de lo que acababa de revelar.

Los ojos del indio relampaguearon de emoción. Naki reconoció aquel sentimiento y apretó los puños.

–¡Sissy! –dijo Trilby en un susurro.

Su amiga fue hacia el porche inmediatamente, seguida de Naki. Ella parecía nerviosa, así que Trilby permaneció a su lado durante la despedida.

Sin saber si Thorn estaba al tanto de lo que estaba ocurriendo, se volvió hacia Naki y miró a su amiga Sissy con preocupación.

Thorn no tardó en encontrarse con sus ojos alarmados.

–No te preocupes –le dijo con un hilo de voz–. Yo me ocupo.

–No lo entiendes –dijo ella mientras Jack ayudaba a a Sissy a subir al coche.

–Sí que lo entiendo. No pasa nada.

Por muy extraño que fuera, sus palabras la tranquilizaron un poco.

El vaquero la besó en el dorso de la mano con deseo y

desesperación. Trilby se sonrojó y le sostuvo la mirada durante un momento interminable.

–¡Sé exactamente cómo se siente! –le susurró con unos ojos tan atormentados como los de Naki.

De pronto le soltó la mano y la ayudó a subir al coche sin decir ni una palabra más.

Durante el camino a casa, Trilby no oyó ni una palabra de la conversación. Todavía sentía cosquillas en el dorso de la mano.

# CAPÍTULO 10

Lisa Morris flotaba entre la realidad y la consciencia. Al recordar el columpio que había en el jardín de su casa, sonrió. Su padre estaba de maniobras, y ella y su madre se habían quedado con su abuela en Maryland. Era una enorme casa victoriana con un grandísimo jardín. El columpio colgaba de las ramas del árbol.

–Me encanta columpiarme –susurró.

–Qué tontería para soñar –dijo una voz sarcástica.

Ella abrió los ojos de repente. Había un hombre delante de ella, alto y enjuto, vestido de militar. No se había afeitado y el pelo, negro azabache, le caía sobre la frente. No había belleza en aquel rostro rudo y sus labios parecían dibujar una mueca eterna. El hombre tenía un vaso vacío en la mano y la chaqueta desabrochada.

–¿Capitán Powell?

–El mismo –dejó el vaso en la mesa. Sus ojos inyectados en sangre la miraron con insistencia–. ¿Cómo se siente?

–Adolorida –Lisa hizo una mueca al intentar moverse y se sonrojó al descubrir que no llevaba nada debajo de la sábana.

–Oh, por Dios. Soy médico –le dijo él sin el más mínimo tacto–. ¿Cree que a mi edad el cuerpo femenino es un misterio?

Ella tragó en seco y agarró la sábana. Estaba algo mareada por las drogas y el costado le dolía por las quemaduras.

–Usted es un hombre –le dijo. Todavía le quedaba algo de modestia.

–Y usted es una mujer casada. Además, es una mujer casada que ha perdido a su bebé.

El rostro de Lisa se nubló. Sí. Él lo sabía. Aquella vez él se había quedado a su lado toda la noche, pero ese hombre no se parecía en nada al cínico que tenía ante sus ojos. En aquel momento no lo sabía, pero aquella noche en particular David estaba con Selina en lugar de haber ido de maniobras, como le había dicho.

–Usted se quedó conmigo –le dijo ella, somnolienta–. ¿Alguna vez le he dado las gracias?

–Soy médico. Es mi trabajo.

Todd Powell nunca iba a dejar que lo acusaran de tener sentimientos y compadecerse de alguien.

Lisa se volvió a recostar con un suspiro entrecortado. Estaba demacrada y débil, pero el hombre que la miraba la encontraba preciosa.

–No te ha dejado marca alguna, excepto la de la cara –le dijo, inesperadamente.

Ella se tocó el moratón.

–Nunca me había golpeado antes.

–No me estaba refiriendo a eso, aunque los desprecio tanto o más por ello. Quería decir que nunca la ha tocado.

Ella le miró el uniforme. Un espeso vello negro sobresalía por encima de los pantalones a medio desabrochar.

Lisa apartó la vista rápidamente. Esa evidencia de masculinidad era inapropiada en ese lugar, a pesar de su profesión.

–¿La pongo nerviosa? –le dijo riéndose. Se sentó a su lado sobre la cama y la hizo volver la cara hacia él–. No le gusta mirarme. ¿Verdad? Soy feo y peludo, la clase de gañán en el que ninguna mujer se fijaría, aunque no estuviera casada.

Ella contuvo la respiración al oírle hablar sin pudor alguno.

–¡Capitán Powell, por favor!

–Él la golpeó –le dijo con brusquedad–. ¡Podría haberle matado por ello! ¡Dios mío, nunca la ha merecido!

Ella lo miró con curiosidad y timidez.

–Es usted muy directo, señor.

–Sí, lo soy. Directo. Y también estoy un poco bebido. Bebo para olvidar lo que los apaches le hicieron a mi hijo y a mi esposa, señora Morris. Me amarraron a un poste y me hicieron verlo.

Ella le tocó la mejilla en un gesto de compasión.

–Lo siento –susurró–. ¡Lo siento tanto!

Al doctor Powell se le quebró la voz. Apoyó la cabeza sobre el pecho de Lisa y comenzó a llorar sin control. Lágrimas calientes cayeron sobre ella; lágrimas que pudo sentir a través de la tela del vestido. Él bebía para ahogar su dolor, pero no era inmune a él. ¿Cuántas veces tenía que pasar por aquel tormento, sin tener a nadie con quien compartir el peso? Lisa lo rodeó con ambos brazos y susurró palabras de consuelo.

Un rato después él levantó la cabeza y se apartó de ella. Parecía estar algo avergonzado.

–Me he compadecido tanto de mí misma. Usted me ha hecho sentir vergüenza. Tengo tan poco que lamentar en comparación con usted...

Él se puso tenso.

–Bebo demasiado. ¿Necesita algo para dormir?

–No, gracias. El dolor no es tan fuerte.

Él asintió y dio media vuelta.

–Capitán... Powell.

Él vaciló un instante, consciente de haber perdido la compostura.

–¿Sí, señora?

–Por favor, ¿podría dejarme una camisa o algo que me pueda poner? –se sonrojó y bajó la vista.

–Lo siento. Hace mucho tiempo que estuve cerca de la última mujer decente –fue a la habitación contigua y regresó con una bata blanca, una muy larga. La puso sobre la cama–. No está en condiciones de ponérsela.

Ella se puso roja como un tomate.

–Señor...

–Doctor.

Lisa terminó aceptando la ayuda. Él era médico y ella estaba demasiado aturdida como para hacerlo sola.

Él deslizó una mano por debajo de su espalda y la ayudó a incorporarse. Lisa gimió, porque cada movimiento resultaba doloroso. Él le había puesto salvia en las quemaduras y se las había vendado ligeramente, pero cualquier tirón en la piel resultaba fatal.

–Sólo quédese quieta y déjeme ayudarla a ponérselo.

Quitó la sábana. Bajo el halo de luz que arrojaba la lámpara, contempló sus perfectos pechos pequeños y su expresión cambió. Ella notó el cambio de actitud y su propio cuerpo reaccionó de una manera inesperada. David nunca la había mirado. La había tomado bruscamente, sin amor, sin siquiera dignarse a mirar su cuerpo desnudo. Pero aquel hombre no sólo la miraba, también le decía que sus ojos la encontraban exquisita.

–Capitán Powell –temblando, Lisa se cubrió con la mano.

Él la miró a los ojos.

–Perdóneme –susurró él–. Perdóneme. Yo... –estiró la bata y la ayudó a meter los brazos por las mangas. Le abrochó los botones con unos dedos tan enormes y torpes que temblaban sin cesar.

La recostó sobre la almohada y volvió a taparla con la sábana.

–Le dolerá durante varios días. Si está decidida a regresar al cuartel, su... su marido tendrá que ayudarla a vestirse hasta que curen las quemaduras.

–No tengo intención de volver a cuartel. Y aunque lo hiciera, mi marido no puede ni verme –dijo ella entre dientes–. Esperaría más ayuda de un completo extraño que de él.

–No puedo imaginarme a un hombre tan ciego como para resistirse al verla desnuda. Y si decirle esto es una indecencia, entonces soy un pecador que necesita salvación.

Dio media vuelta y salió de la habitación. Lisa lo vio marcharse con una expresión de sorpresa. Un extraño cosquilleo recorría su cuerpo produciendo sensaciones que su marido jamás había sido capaz de despertar.

Se aferró a la sábana y cerró los ojos. Aunque su marido no tuviera reparo en engañarla continuamente, seguía siendo una mujer casada y decente. Ella era diferente a David.

Quizá él creyera que había sido un sueño a la mañana siguiente. Quizá, con el tiempo, pudiera llegar a convencerse a sí misma de ello.

Aunque no tuviera derecho, el coronel David Morris estaba fuera de servicio, habiendo pasado la noche en brazos de Selina. Aquella era la primera vez que lo hacía, pero no sería la última. Amaba a esa mujer.

Se dio la vuelta. Su rostro fantasmal resplandecía bajo la luz de la luna, que entraba por la ventana. Sentía vergüenza de su propio comportamiento. No tenía intención de golpear a Lisa. Ella tenía todo el derecho del mundo a estar dolida por cómo la había tratado.

–¿Qué sucede? –dijo Selina desde el sueño.

–Mi esposa me ha pedido el divorcio.

Selina se incorporó de golpe.

–¿El divorcio? –su rostro se iluminó.

–Sí –dijo él con una risotada brusca–. Puedes casarte conmigo si quieres cuando el divorcio sea definitivo.

Selina lloró de alegría. Aquello era más de lo que nunca había esperado.

–Oh, David, seré muy buena contigo –susurró–. Muy buena.

Lo hizo tumbarse a su lado y empezó a demostrárselo

como mejor sabía hacerlo. Su cuerpo se rindió antes de que su mente sucumbiera al delirio. Justo antes de llegar al umbral del placer, David supo que era mejor dejar ir a su esposa. Mucho mejor.

Más tarde, de camino al trabajo, oyó un ruido inquietante. Con gran cuidado paró el vehículo a la sombra de unos árboles y apagó el motor. Normalmente iba a caballo, pero ese día tenía mucha prisa por ver a Selina.

Aguzó el oído. Caballos. Muchos caballos. Desde su escondite, vio a un grupo de hombres mexicanos, a juzgar por sus enormes sombreros. Los jinetes se dirigían a Douglas con paso tranquilo y cautela.

No reconoció a ninguno de ellos, pero sabía que no eran lugareños. Había algo en ellos que los delataba como revolucionarios. Era necesario vigilarlos.

El coronel Morris decidió avisar a la guarnición de Garrison en cuanto llegara a Fort Huachuca para informar del movimiento de tropas. Si estaban operando en territorio norteamericano, la bomba no tardaría en estallar.

Quizá hubiera algo de verdad en aquellos rumores sobre contrabando y juntas locales.

Thorn Vance fue al rancho Lang con la mente revuelta. Naki no le dirigía la palabra por primera vez en mucho tiempo. Sabía que el apache estaba fascinado por la invitada de los Lang, pero no sabía qué hacer al respecto. Si sentía algo por ella, la situación podía llegar a ser delicada, sobre todo por la opinión que el hermano de la joven tenía de los indios. No sabía qué podría salir de aquella relación desafortunada, y tampoco tenía autoridad para mantenerlo lejos de Sissy Bates.

Por otra parte, quizá pudiera hablar con la chica si tenía oportunidad. La excursión a las montañas podía ser un buen momento para hacerlo...

Jack Lang no pareció entusiasmarse con la invitación, pero Richard mostró interés en algo por primera vez desde su llegada.

–¡Fenomenal! ¿Cuándo iremos? –preguntó.

–A primera hora de la mañana –le dijo Thorn–. No quiero estar fuera después del anochecer a menos que estemos de acampada, dada la situación en México.

–Claro. ¿Pero no estaremos cerca de la frontera?

–No –le aseguró Thorn–. Algo más lejos, en todo caso.

–En ese caso, yo me apunto. ¿Y tú, querida? –le preguntó a Julie, que se había recostado contra su hombro con una pose coqueta.

–Lo estoy deseando.

Trilby debería haber sentido celos. Quería sentirlos. Pero cuando sus ojos se encontraron con los de Thorn, el corazón le dio un vuelco. Al mirar aquellos labios rústicos, sintió unas ganas incontenibles de besarlos. Tanto así, que no pudo evitar clavarse las uñas de los dedos en la palma de la mano.

Se dio la vuelta para estirar un mantel sobre la mesa. La mirada de Thorn le abrasaba la piel.

–¿Vas a traer a Samantha? –le preguntó Mary.

–No esta vez. Va a quedarse con mi primo Curt y su esposa en la ciudad.

Thorn no mencionó que Samantha le había rogado que la dejara ir. Parecía que no quería quedarse con sus tíos.

¿Cómo no se había dado cuenta antes?

–Qué bien. Te echará de menos. Claro –dijo Mary.

Thorn no estaba de acuerdo, pero era demasiado educado para decirlo en alto.

–Vendré a recogerlos a primera hora.

–Thorn, puedes llevar mi coche también, si lo necesitas –dijo Jack.

–Iremos a caballo. Me temo que es la única forma de llegar. Si alguno de ustedes no sabe montar...

–¿Pero qué dice? –dijo Richard con una carcajada–.

Ben, Sissy y yo crecimos entre caballos y Julie monta como un nativo.

–Pero Trilby no sabe –dijo Thorn.

–Puedo aprender –dijo ella con gesto serio.

–Claro que puedes. Yo te enseñaré.

La joven tuvo una súbita visión. Las manos de Thorn sobre las suyas, sobre su cuerpo... Una ola de calor le recorrió el cuerpo.

Empezó a abanicarse de inmediato.

–Yo intenté enseñarla –dijo Richard, celoso ante el ofrecimiento de Thorn–. Es muy lenta...

–Eso es injusto, Richard –dijo Sissy–. No tenías paciencia ni dejabas de gritarle. No eres un buen maestro. Seguro que Thorn será más paciente.

–Tan paciente como sea necesario –dijo él, con la mirada fija en Trilby.

Mientras observaba aquel juego de miradas, Richard decidió ponerle una piedra en el camino al señor Vance. No quería que Trilby se enamorara perdidamente de ese ranchero rústico. Tenía que impedir que aquello prosperara.

–Richard, estás muy pensativo –murmuró Julie.

–¿Sí? Me pregunto por qué –la miró y sonrió.

La prima de Nueva Orleans se derritió allí mismo y él se propuso sacar partido de aquel flirteo escandaloso. Ya era hora de ver si la chica podía hacer realidad todas las promesas que brillaban en sus ojos.

La pequeña caravana emprendió el camino a primera hora de la mañana. Trilby estaba incómoda en la silla de montar; tan nerviosa que el caballo estuvo a punto de salir al galope.

Los demás ya le sacaban una gran ventaja.

–Bueno, muy mal, Trilby –le dijo Thorn con cariño. Bajó del caballo y la tomó en brazos.

Ella se aferró a él, ajena a las curiosas miradas de los hombres de Thorn al pasar por su lado.

–¿Qué... qué haces? –le preguntó.

–Voy a ponerte delante de mí. No te muevas. Vas a molestar a Randy –le dijo, llevándola hacia su caballo.

–¿Quién es Randy?

–Mi caballo –la colocó sobre la silla de montar y subió detrás de ella. Sus brazos ágiles la rodearon para acceder a las riendas y Trilby sintió el poderío de su cuerpo.

Guió al gran caballo bayo hacia la senda que conducía a las montañas y puso el brazo alrededor de su cintura para sujetarla mejor.

–¿Estás bien? –le preguntó al oído.

–Sí –susurró ella.

Apoyó la barbilla sobre la curva de su hombro.

–Hueles a flores, Trilby –dijo, respirando hondo–. Dulces y frescas.

–Thorn... –le dijo, temblando por dentro.

Él extendió la mano sobre su vientre y la atrajo hacia sí. Ella tendría que haberse rebelado ante aquel atrevimiento, pero todo lo que hizo fue estremecerse al sentir el contacto.

–¡Dios! –exclamó él, enloquecido–. ¡Qué momento para sucumbir, Trilby!

–Yo no... He sucumbido –dijo en voz baja, pero tenía los ojos cerrados y su cuerpo palpitaba de deseo.

Él espoleó al caballo y galopó hasta alcanzar a los otros. Sólo era un hombre consumido por deseos que no podía satisfacer si apagar.

Julie y Richard iban uno al lado del otro y charlaban animadamente. Sissy iba al lado de Ben, en silencio.

–¿No vino Naki contigo? –le preguntó Trilby.

–Ya está allí, echando un vistazo. ¿Sabes que está loco por Sissy?

–Y ella por él. Pero no pasa nada. Sissy es una buena chica.

–Seguro. Pero Naki es un hombre. Un hombre hecho y derecho. Al fin y al cabo es humano, y la desea. No la dejes sola. No sé si lo saben ya, pero hay algo muy fuerte entre ellos. Solos en el bosque, nada los detendría.

–Son adultos –dijo ella lentamente.

–Y nosotros también –susurró y se acercó más a ella–. ¿Vas a fingir que no estás nerviosa sabiendo que estoy tan cerca?

Ella tragó en seco y cerró los ojos.

–No... deberías... –dijo, incapaz de terminar la frase.

–Debo –le dijo él–. Dios, Trilby, estoy sufriendo. ¿No lo ves?

–No... soy yo –dijo ella, herida–. Crees que soy algo que no soy. Todavía crees que soy una mujer sin escrúpulos.

–Eso no tiene nada que ver con lo que siento. Trilby, sé que no eres lo que yo sospechaba. ¡Te lo he dicho una docena de veces!

–¡Pero me tratas como a una ramera!

–Te trato como un hombre que te desea –le dijo con un hilo de voz–. Te deseo. No es porque crea que eres una mujer sin moral. Es porque te quiero con todo mi ser. Sueño con estar contigo, con ser tuyo para siempre. Eres parte de mí, Trilby.

–No está bien sentir esto –dijo ella–. Está mal, Thorn.

–No lo está –le dijo él, tan tenso como ella–. Desde el día de la fiesta he intentado decirte que no está mal. Lo que sentimos es algo especial. ¿Por qué no lo admites de una vez?

–Yo... quiero a Richard –susurró ella.

–Richard es sólo un hábito –dijo él con frialdad–. Un hábito que vas a perder en cuanto descubras que está loco por su prima.

–¡No lo está!

–Abre los ojos y mira. Son inseparables. Él se moriría si ella se lo pidiera. Quizá no se haya dado cuenta, pero ella lo tiene en sus manos de seda.

Él tenía razón. Ella sabía que era así, pero Richard era el único escudo contra lo que sentía por el vaquero.

–Son primos –alegó, intentando razonar.

–Y tú debes de saber que los primos pueden casarse.

–No quiero hablar de ello.

–Eso es, Trilby. Esconde la cabeza en la arena. Pero no podrás negar lo que hay entre nosotros por mucho tiempo. Lo sé. Y tú también.

Ella lo sabía, pero no iba a admitirlo. Se puso derecha y no cedió ni un milímetro durante el largo viaje hacia las montañas.

Acamparon cerca de un arroyo. En esa zona del bosque los árboles eran frondosos y hacía fresco. Ya había anochecido, pero el lugar estaba a bastante altura y era, por tanto, más seguro.

Se suponía que Trilby no debía saberlo, pero había oído a Thorn y a Torrance hablando de ello.

Las tiendas de las mujeres fueron colocadas junto a la hoguera y los hombres pusieron las suyas alrededor. Así podían protegerlas en caso de hallarse en un aprieto.

–No querías traernos –le dijo Trilby a Thorn después de la cena.

Thorn estaba tumbado sobre una manta encima del sillín. Se había quitado el sombrero, las espuelas y los zahones, pero todavía llevaba la pistola.

–Cierto. No quería venir hasta aquí con México a punto de estallar justo a la vuelta de la esquina –le dijo mientras escuchaba al mexicano que tocaba la guitarra.

Naki no se acercaba al campamento y Sissy se había dado cuenta. Además, la ignoraba por completo y se había comportado como si lo hubiera ofendido la única vez que se había atrevido a hablarle.

–¿Por qué accediste a traernos? –le preguntó Trilby a Thorn.

Él se volvió hacia ella. Estaba sentada en una pequeña roca, observándolo fijamente.

–Porque no me gustaba cómo mirabas a Bates. Es un pepele de ciudad. Un inútil. Crees que lo quieres porque es el único hombre soltero que has conocido. Pero yo estoy aquí ahora, y te quiero.

–Yo no le quiero, señor Vance.

Los ojos de Thorn relampaguearon y su boca dibujó una sonrisa burlona.

–Claro que sí.

Ella apartó la vista y no volvió a mirarle. Volvió junto al grupo con piernas temblorosas y se sentó junto a Sissy.

Las canciones del mexicano hablaban de corazones rotos y sueños tristes...

# CAPÍTULO 11

Sissy fue al arroyo a por agua para el café. En noviembre hacía frío por la noche y había nubarrones en el cielo que presagiaban lluvia.

Por dentro la joven se sentía como un día lluvioso. Al agacharse para llenar el cazo en el río, oyó algo. Era un sonido musical, un hechizo en la quietud. El mexicano seguía tocando la guitarra en la distancia, pero esa melodía estaba cerca. Muy cerca.

Se puso en pie y escuchó. La música parecía acercarse. Levantó el recipiente y echó a andar por la senda boscosa, alejándose del riachuelo. Al llegar a unos árboles palo verde, distinguió una silueta humana apoyada sobre un tronco.

Naki llevaba una colorida manta sobre los hombros y estaba tocando la flauta. Ella, todavía enojada por su indiferencia, siguió de largo, pero él se interpuso en su camino.

–¿Se supone que tengo que sentirme halagada cuando me has ignorado toda la noche?

Él esbozó una sonrisa tímida.

–No solemos prestar atención a las mujeres cuando hay otros presentes. ¿No lo sabías?

–¿Una... una costumbre?

–Eso es. Los hombres y las mujeres ni siquiera se miran

en el campamento. Cualquier muestra de afecto hacia el sexo opuesto se considera de mala educación.

–Oh.

–No lo sabías. Tienes mucho que aprender –se acercó a ella con paso amenazante–. Los hombres apaches dejan de bañarse juntos cuando dejan la adolescencia. Incluso cuando van a nadar, llevan taparrabos. Modestia, timidez... Son típicas de los apaches.

Ella lo miró.

–¿Y... la flauta?

–Hacer el amor –dijo él suavemente.

Ella se sonrojó. Las manos que sostenían el cazo se entumecieron.

Él le dio la flauta y le quitó el peso de encima para después dejarlo en el suelo. Se abrió un lado de la manta.

–¿Y eso... significa algo? –le preguntó ella–. ¿Ese gesto?

–Mucho.

Ella buscó cobijo en sus brazos y él la envolvió en la manta.

–¿Y ahora qué? –susurró ella, notando la cálida cercanía de su cuerpo.

–Ahora podemos hablar hasta que nos descubran, o puedo tocar para ti.

Ella le devolvió la flauta y sonrió.

La música, suave y pacífica, quedó grabada en su mente para siempre. Debería haber habido estrellas y una luna llena, pero sólo había nubes y una suave llovizna que acababa de empezar a caer.

No le importaba ahogarse. Había viajado a otro tiempo, a otro lugar. Cerró los ojos y apoyó la mejilla sobre el hombro de él.

–Alexandra.

–¿Sí?

–Suéltate el pelo.

Ella se quitó las horquillas y una cascada de rizos negros le cayó sobre los hombros. Le llegaba hasta la rodilla.

–Sí –dijo él, acariciándolo suavemente–. Sí. Es maravilloso. ¿Nunca lo llevas así?

–No sería... correcto.

–¿Más tabúes?

–Puede ser.

Naki deslizó la palma de la mano sobre las hebras de seda y ella rozó el cabello del indio con las puntas de los dedos. Él se inclinó y le rozó la mejilla con la suya propia.

–Los apaches... no besan. ¿Verdad? –susurró ella.

–Nunca después del matrimonio. Antes, casi nunca –se acercó a sus labios–. Pero yo estuve casado con una mujer mexicana. A ella le encantaba besarme y me enseñó cómo hacerlo.

Las últimas palabras se ahogaron en los labios de Sissy. Sus bocas se fundieron en un beso y Naki la rodeó con los brazos.

Ella contuvo la respiración.

–No has hecho esto antes. ¿Verdad? –le preguntó él.

Ella tragó en seco.

–Bueno... En realidad no –confesó–. Ya ves. No soy hermosa, pero soy culta.

Él sonrió con dulzura.

–¿Te molesta que te bese?

Ella sintió un cosquilleo por dentro.

–Oh, no. No.

Naki le levantó la barbilla con el pulgar.

–Si te beso despacio, ¿te dará menos miedo?

–No... tengo miedo –dijo ella con voz insegura–. De verdad, no lo tengo.

–Las mujeres apaches son puras –susurró él–. Como tú.

Ella se rindió esa vez. La boca de él estaba caliente y húmeda, y la suave presión que ejercía sobre sus labios era irresistible.

Sissy le agarró la camisa y gimió en voz baja. Ambos enredaron las manos en el cabello del otro y sus cuerpos empezaron a palpitar de deseo. Para ella aquello era una sensación nueva y deliciosa. Sólo deseaba estar más y más cerca de él, sentir su potente pectoral contra los pechos.

De pronto él levantó la cabeza. El tacto de su cuerpo femenino lo había dejado sin fuerzas. Las piernas le temblaban porque la deseaba con locura.

Pero no podía ser. Tenía que escapar o hacerla suya para siempre.

La hizo apartarse un poco y volvió a envolverla en la manta. Entonces siguió tocando la flauta con el aliento roto. Sissy se aferró a él, temblando de arriba abajo.

–¿Cómo se llama esto? –le preguntó, indicando la postura que tenían.

–Los blancos lo llamáis «cortejo». Es algo muy solemne. Normalmente.

–Como te he dicho, nunca he besado a nadie.

–Sí. Ya me di cuenta –contestó él con sequedad.

–Lo haré mejor cuando aprenda –le dijo ella, a la defensiva.

–Ya lo haces muy bien, pero mejor será que paremos ahora, por el bien de tu pureza.

–¡Oh!

Él la miró, extrañado.

–¿Te he ofendido? No se suele hablar de estas cosas. ¿Entiendes lo que pasa cuando un hombre y una mujer que se gustan pasan demasiado tiempo a solas?

–No soy tan estúpida.

Él suspiró, cansado.

–Ya estamos en una situación muy difícil. No quiero empeorar las cosas haciendo una imprudencia –la hizo mirarle a los ojos–. Alexandra, pase lo que pase, no puede haber un niño... Jamás habrá un niño.

Ella hizo una mueca de dolor, pero asintió, muy a su pesar.

–No es mi deseo –prosiguió Naki–. Pero un niño que pertenece a dos culturas no pertenece a ninguna. La mezcla de razas no es buena.

–¿Entonces por qué me has envuelto en tu manta?

–Me refería a tener hijos –buscó sus ojos en la oscuridad–. No puedo resistirme a ti.

–Yo tampoco.

Él gimió suavemente y apoyó la mejilla sobre la cabeza de Sissy.

–No hay esperanza.

–Lo sé –dijo la joven.

No obstante, ni ella se movió ni él la dejó ir. Segura en sus brazos, Sissy se dejó empapar por la fría llovizna.

Sissy no tuvo más remedio que irse a dormir, y poco después cayó el aguacero. Trilby estaba casi dormida cuando una gotera en la tienda la despertó. Se suponía que ella y Sissy iban a dormir juntas, pero en el último momento Julie había insistido en que la hermana de Richard durmiera con ella y Trilby se había quedado sola, con la sospecha de que todo era parte de la estrategia de Julie para ponerla nerviosa.

Tenía la ropa empapada. Se había acostado con una falda larga y una blusa de corte marinero y no podía soportar la idea de dormir mojada. Abrió su neceser y sacó ropa limpia, pero no tenía dónde cambiarse. El agua seguía entrando.

Con la idea de cambiarse en la tienda de Julie y Sissy, salió a la oscuridad. Una enorme sombra negra la hizo gritar.

–¿Qué demonios estás haciendo? –le preguntó Thorn–. ¿Por qué no estás dormida?

–Estoy empapada. Por eso –dijo Trilby–. Debo de haberme movido sin darme cuenta.

–No creo. Ven conmigo. Creo que me he convertido en parte del plan sin querer. Si es el caso, voy a ayudarte.

–No entiendo –dijo Trilby.

Él tiró de ella bajo la lluvia y la joven se dejó llevar.

–Lo entenderás muy pronto.

Ella esperaba que se detuviera en la tienda de Sissy, pero no lo hizo, sino que siguió hasta la de Richard. Había una lámpara encendida en el interior y dos sombras hablaban en susurros en el interior.

Sólo había tres mujeres en el campamento. Sissy era su hermana, así que sólo podía tratarse de Julie. Trilby se disgustó tanto que no supo adónde iba hasta estar dentro de la tienda de Thorn.

La joven se quedó de pie, sujetando la ropa seca con fuerza. Él la había engañado.

Thorn se quitó el sombrero y el chubasquero. Encendió una cerilla y la miró a los ojos.

–La reina de la tragedia –dijo–. Ahora lo sabes. ¿No? Sabía que ocurriría. Vi a alguien moverse y por eso me levanté. Es evidente que tu amiga Julie te agujereó la tienda para hacer que salieras. Ahora debe de estar de vuelta en su tienda, riéndose a carcajadas.

Trilby sintió una ola de vapor en la cara.

–¡Oh! –exclamó, furiosa.

Él apagó la cerilla.

–¿Te molesta que luche tanto para conseguirlo? ¿No sabes lo doloroso que puede ser querer a alguien como ella quiere a tu lánguido amor?

–¡No sé qué quieres decir!

Él le tapó la boca con la mano antes de que dijera todas las palabras.

Ella se quedó sin aliento, pero él no hizo caso de sus intentos de forcejeo. Unos brazos poderosos se cerraron a su alrededor y Trilby dejó de luchar. Él era fuerte y los labios que la devoraban estaban hambrientos.

–Tú lo deseas tanto como yo. No hagas ruido, Trilby –le susurró mientras le rozaba los labios–. Estate quieta, o alguien podría oírnos a pesar de la lluvia.

Él la levantó un poco y comenzó a besarla de nuevo. El placer que le daba era tan arrollador que no había lugar para las disputas. Trilby se relajó en sus brazos y le devolvió las caricias. En el fragor de la pasión, él la acostó en el suelo, pero ella no protestó. Lo que él le estaba haciendo era demasiado bueno.

Un momento después, Trilby sintió el cuerpo de Thorn sobre el suyo propio, pero no dijo nada. Pesaba mucho, pero la presión de sus fornidos músculos le aliviaba el ansia que sentía. La joven se movió un poco para sentir el roce donde más lo necesitaba y soltó el aliento al notar la urgencia de un cuerpo masculino completamente excitado. Ella no sabía que los hombres cambiaban de esa forma. Ni siquiera sabía cómo ocurría.

La dureza de su miembro viril se le clavó en la entrepierna. Trilby sabía lo que eso significaba y se puso un poco tensa.

Él volvió a besarla y deslizó una pierna entre las de ella muy lentamente. El suave ritmo de sus caderas la hizo sentir una extraña tensión adictiva que no tardó en empezar a disfrutar. Conteniendo el aliento, se agarró a él con ambas manos y, sin palabras, le rogó que siguiera adelante.

Él sonrió una vez más y la besó con ardor. Trilby arqueó la espalda, en busca de sus dedos. Quería sentir sus caricias en los pechos sin barreras. Quería que le quitara el corpiño y tocará su piel caliente, que abriera los labios y besara sus pezones duros...

Mientras pensaba en ello, sintió el movimiento del aire sobre la piel y los labios de Thorn la besaron donde más lo deseaba. Ella tembló y se aferró a él.

La lluvia martilleaba sobre la lona de la tienda, ahogando así los gritos de la pasión.

Él susurraba algo con la voz ronca, pero Trilby no distinguía las palabras. Sus dedos dejaban un rastro de placer sobre la piel de la joven, calmando el dolor que sentía, el ansia que la consumía.

De pronto, Thorn metió las dos piernas entre las de ella y, sujetándola con firmeza, la penetró, invadiendo su cuerpo como nadie lo había hecho antes. Nada la había preparado para sentir la desnudez masculina de aquella forma... Nada la había preparado para la realidad de un encuentro sexual.

Trilby gritó con toda su alma al sentir una punzada de dolor. Él susurraba cosas ardientes junto a su oído mientras su miembro traspasaba la barrera de su virginidad y la poseía por siempre jamás...

# CAPÍTULO 12

–¡Thorn! ¡No puedes!

Pero él sí podía, y quería. Ya estaba en camino, en busca de la satisfacción más absoluta, ciego de pasión, presa de la desesperación... Thorn gritó y su cuerpo se contrajo al tiempo que su miembro se derretía en un mar de placer. Sujetándola con fuerza, empujó sin cesar hasta alcanzar la cumbre del clímax.

En ese momento, su mente se oscureció y una ola de éxtasis lo hundió en las profundidades de su femenino refugio.

–¡Oh... Dios mío! –exclamó, absorto.

Aguantó un instante y entonces se desplomó sobre ella, devastado.

Ella derramó lágrimas de fuego porque sabía que él estaba en el paraíso. Sin embargo, la escalada había sido dura y dolorosa para ella. De repente sintió frío. El sudor de Thorn le helaba los pechos desnudos y la entrepierna le dolía como si se hubiera desgarrado

Además, el peso de él se hacía insoportable y había una extraña humedad en el suelo.

Él sintió sus lágrimas cuando empezó a besarla con ternura.

–Por favor –dijo Trilby, incómoda–. Déjame.

–No, pequeña –le dijo él–. Todavía no.

Deslizó la mano sobre el muslo de ella hasta encontrar su flor secreta y comenzó a separar los pétalos mientras la besaba con pasión.

Ella contuvo el aliento y trató de empujarle, pero no tardó en rendirse a aquel tacto exquisito que embriagaba sus sentidos.

–Lo sé –susurró él–. Te dolió y estás decepcionada. Pero te prometo que la próxima vez no dolerá. ¿Qué sientes ahora? –le dijo mientras la acariciaba.

Ella gimió y se estremeció.

–¿No te gusta, Trilby? ¿No quieres más? Y también puedo darte...

Los segundos se convirtieron en minutos y ella comenzó a morderle los labios con un hambre insaciable, palpitando al ritmo de la tensión que crecía por momentos; una tensión mágica, una tortura... maravillosa.

Le clavó las uñas en los brazos y, aunque no pudiera ver su rostro, sintió su respiración entrecortada.

–Oh... Por favor, Thorn –se le ahogó la voz–. Por favor... Por favor... Hazme tuya...

–Pronto –dibujó la palabra con aliento sobre sus labios–. No debemos precipitarnos. Debemos ir despacio para que tu cuerpo se acostumbre al mío poco a poco.

Aquellas palabras la atravesaron de pies a cabeza. Trilby hundió las uñas en su espalda y le susurró algo al oído con un gran esfuerzo.

Él comenzó a mordisquearle los pechos, chupando y lamiendo todo el dulzor de sus pezones de caramelo. Una súbita urgencia la hizo guiar la mano de Thorn hasta el punto más sensible. Su comportamiento la haría avergonzarse después, pero en ese momento sólo quería tirar la barrera que le impedía rendirse al placer. Sólo un poco más... Un poco... Se estremeció y unos gritos suplicantes le desgarraron la garganta mientras se ahogaba en un océano de gozo.

En ese instante, él la penetró y ella vio fuegos artificiales. No había dolor. No había pasado, ni futuro... Sólo estaban él y ella.

Las convulsiones de placer la dejaron a merced de sus potentes caderas, que la sacudieron hasta hacerla perder la razón.

Él la tuvo en sus brazos durante un largo tiempo. El agua encharcaba la tierra alrededor de la tienda, pero ninguno de los dos se movía.

–Tengo... Tengo que volver a la tienda, Thorn –dijo ella. Las lágrimas corrieron por sus mejillas, pero él las secó con sus besos.

–No llores. Me has dado tu virginidad –le susurró al oído–. Yo lo sentí, Trilby. Lo sentí.

Ella contuvo el aliento y él volvió a besarla, despertando un nuevo deseo en ella. Su cuerpo, aunque adolorido, todavía pedía más.

Trilby le empujó, pero sucumbió a la suavidad de la piel de su espalda.

–No –le susurró él–. No, Trilby. De nuevo no. No debemos. Ahora te haría daño.

Ella comenzó a sollozar, pero él la abrazó con fervor y la meció en sus brazos hasta hacerla calmar.

–Tienes que casarte conmigo –dijo finalmente–. Lo sabes. ¿No?

–Thorn...

–Puede que te haya dado un hijo, Trilby.

Ella dejó de respirar. A oscuras, en sus brazos, se imaginó cómo sería ser la madre de un hijo suyo. Recostó la cabeza sobre su pecho y pensó en la imprudencia que había cometido. Sí. Podía estar embarazada. Y no estaban casados.

–Oh... Oh, Dios –dijo la joven, con la voz entrecortada.

–Confía en mí. Deja de luchar contra mí. Te quiero más que a mi propia vida. Puedo darte todo lo que quieras, todo lo que necesites. El matrimonio no es el fin del mundo, y ahora no tenemos elección –le dijo, solemne.

–No hay elección –repitió ella, mareada.

Ya no quedaba esperanza de encontrar la felicidad junto a Richard, aunque se hubiera engañado a sí misma pensando que podría llamar su atención con Julie alrededor. Ya no podría tenerle jamás. Thorn la había convertido en algo muy distinto de una dama. Le había mostrado una oscura parte de su propio ser que la asustaba.

Él, en cambio, tenía otras cosas en la mente. Había conseguido a Trilby y, además, podría tener acceso al agua de su padre. Acababa de vivir la experiencia sexual más increíble de toda su vida. Todos sus planes habían salido a pedir de boca sin esfuerzo alguno.

No obstante, le había arrebatado las ilusiones a la joven y no se sentía muy orgulloso de ello.

–Samantha puede ser tu pequeña dama de honor. Y Sissy también, si se queda para la boda. ¿No te gustaría?

Ella se mordió los labios. Samantha, matrimonio. Niños... Pero Thorn no había mencionado el amor ni una sola vez. Sólo había dicho que la deseaba.

¡Se había dejado llevar por sus emociones como una idiota!

–Debe ser pronto –añadió él–. Muy pronto.

Ella se sonrojó.

–Oh... Dios –susurró.

Él la besó en la frente.

–Deja de hablar como una mujer deshonrada. Vamos a casarnos, Trilby. Hemos hecho el amor, pero no es el fin del mundo. ¿De acuerdo?

–De acuerdo –repitió ella, ausente.

Intentaba consolarla, pero era inútil. Se sentía como una mujer deshonrada de todos modos. Las cosas que se habían dicho el uno al otro... Se levantó y comenzó a vestirse.

Ya con la ropa puesta, Thorn la agarró del brazo y la acompañó fuera. Encendió un quinqué y la llevó a la tienda de repuesto que había preparado.

–Está seca por lo menos.

Ella lo miró por primera vez desde que habían hecho el amor. Parecía distinto. Más joven y vital. Ya no quedaba nada de aquel rictus rígido al que estaba acostumbrada. No obstante, parecía incómodo. Tal vez se estaba arrepintiendo tanto como ella de aquel frenesí.

En cualquier caso, no parecía feliz. Quizá nunca había pretendido casarse con ella, pero era un hombre de honor y ambos habían dejado que las emociones los llevaran demasiado lejos.

Ella le había prometido casarse, a pesar de lo que creía sentir por Richard. Pero... ¿Y si lo amaba en realidad? Le había arrebatado la felicidad.

En aquel momento le había parecido bien, pero no había sido más que un egoísta impetuoso.

–Trata de no preocuparte –le dijo, tranquilamente–. Tendremos una buena vida juntos, Trilby. Yo cuidaré de ti y de tu familia. Lo juro. No te arrepentirás.

Sí que lo haría. Trilby se dio cuenta de que no había más que deseo entre ellos. Él no la amaba. Además, Richard seguía teniendo un lugar en su corazón. A pesar de haberla traicionado con Julie, él había sido su mundo durante mucho tiempo.

La vergüenza y la culpa le aturdieron el alma.

–No me odies –le dijo él.

–También fue culpa mía –Trilby no sabía lo que sentía. La habían criado en la creencia de que las mujeres soportaban los arranques de lujuria masculina para tener niños, pero acababa de descubrir que eso era una mentira. Las mujeres también podían sentir placer.

–No puedes echarte atrás. No podemos dejar que nuestras familias sufran por nuestros errores, si hay consecuencias.

–Tú ya tienes a Samantha.

–No me importaría tener más de un hijo. Y creo que a ti tampoco. En cuanto regresemos, debemos pedir permiso y hablar con el sacerdote.

–Puede que Samantha no me acepte.

–Samantha te adora. No pongas objeciones –le dijo, esquivando su ojos. Era difícil mirarla de nuevo, después de la pasión que había estallado entre ellos. Nunca había tocado a Sally de esa manera y jamás la había deseado tanto como para no poder parar.

–Voy a entrar –le dijo Trilby con timidez–. Tengo que entrar –repitió, nerviosa.

–Estarás cómoda aquí. Que duermas bien, Trilby. Si te sirve de algo, siento que las cosas hayan llegado tan lejos.

–Yo también –dijo ella con frialdad–. Buenas noches.

Él se despidió con un gesto y la dejó sin siquiera mirar atrás.

Exhausta y triste, la joven entró en la tienda y echó la cortina.

Thorn se quedó fuera un momento. No debía haberlo hecho. Sólo había conseguido herirla desde su llegada y la expresión de su rostro lo atormentaría toda la vida. ¿Por qué reaccionaba así con ella? Era como si la amara...

Thornton se burló de sus propias tonterías. Debía de estarse ablandando con la edad.

Trilby pasó la noche en vela y la mañana la encontró desganada y llena de culpa. Sin embargo, no resultó ser la única que se sentía apesadumbrada. Julie parecía herida y Richard estaba molesto, de muy mal humor. De hecho esquivaba a la muchacha constantemente, dejándola con lágrimas en los ojos.

Lo que ella no sabía era que su primo le había perdido el respeto en una sola noche. Con insinuarse de una forma tan explícita sólo había conseguido darle la impresión de ser una chica fácil, y un hombre de mundo como él jamás hubiera aceptado casarse con una mujer que tuviera la más mínima experiencia.

Richard miró a Trilby y se sintió culpable por haberla

ignorado en favor de la prima de Nueva Orleans. Ella era la clase de chica a la que todo hombre quería, la chica con la que todos deseaban casarse. Sí. Trilby era su media naranja, y no era demasiado tarde para arreglar las cosas. Julie podía patalear y protestar todo lo que quisiera, pero nadie le prestaría atención. Él ya no la quería y le traía sin cuidado que lo supiera.

Cuando se reunieron alrededor del desayuno, Richard se sentó al lado de Trilby y se dedicó a colmarla de atenciones.

–Me he comportado un poco mal contigo. ¿Verdad? –le dijo tranquilamente–. Lo siento, Trilby. Estaba encandilado con Julie, pero me han abierto los ojos –dijo, lanzándole una mirada de desprecio a la otra chica.

Julie se sonrojó y apartó la vista. Nunca había pensado que Richard pudiera reaccionar así a su impulsividad. Ella sólo había querido que Trilby los oyera juntos y probar sus besos. Pero él la había echado de su tienda nada más marcharse Trilby. Su comportamiento indecoroso le había hecho ver cómo era en realidad y no quería tener nada que ver con una desvergonzada.

Julie había vuelto a la tienda que compartía con Sissy y había llorado hasta quedarse dormida, pero por suerte para ella la hermana de Richard ya se había acostado y no se había enterado de nada. No obstante, Trilby sí lo sabía y Julie odiaba los ojos de pena con que la miraba tanto como las atenciones de Richard hacia ella.

Trilby se imaginaba cómo le habían abierto los ojos, pero eso no era algo de lo que pudiera hablar con un hombre, así que bajó la vista y probó los huevos revueltos. Todo lo que creía sentir por Richard había muerto de repente.

Thorn había ido a ver a los caballos y al volver se encontró a Richard sentado al lado de Trilby.

Con una rabia salvaje, limpió y cargó el rifle, procurando mantenerse lejos. Trilby lo echó en falta y empezó a pensar que había perdido el interés tras haberla hecho suya. Quizá hubiera decidido no casarse con ella, y eso era aterrador. ¿Qué iba a hacer si estaba embarazada?

A lo largo del día, Thorn continuó ignorándola, a no ser por alguna que otra mirada fiera. Sin embargo, a Trilby no se le pasó por la cabeza que se tratara de celos ante el súbito interés de Richard. Ella había asumido que la despreciaba por su comportamiento de la noche anterior y comenzó a esquivarlo, lo cual no hizo sino empeorar la situación.

Los hombres se fueron a cazar por la tarde, y Trilby y Sissy se quedaron con Julie, que seguía sumida en la más profunda tristeza. La joven de Nueva Orleans se encerró en su tienda y se negó a hablar con nadie.

Trilby terminó contándole a Sissy lo ocurrido.

–¿Pasaron la noche juntos? –preguntó Sissy.

–Francamente no lo sé. Estoy casi segura de que Julie le hizo algo a mi tienda para que se filtrara el agua. Thorn vino a ayudarme y los dos la oímos hablando con tu hermano. No sé si pasó algo, pero Richard parece muy enojado con ella.

–Ahora ves cómo es mi hermano en realidad. ¿No?

Trilby asintió.

–Eso me temo.

–Por fin.

–Voy a casarme con Thorn. Por lo menos, creo que sí. Me lo ha pedido.

–¡Enhorabuena! Thorn cuidará de ti.

Trilby se encogió de hombros.

–Él no me ama. Me refiero a Thorn. Creo que ningún hombre me ha amado. Pero Thorn tiene dinero y nos llevamos bien. Espero que nos vaya bien.

–¿Y tú lo amas?

Trilby la miró sin esperanza.

–Eso no importa.

–Claro que sí.

–¿Adónde fuiste anoche después de la cena?

–Me dieron una serenata. ¿No oíste la flauta? –le preguntó Sissy, entusiasmada.

–¿La flauta?

Ella asintió.

–Es una costumbre apache –su rostro se entristeció–. No sé qué vamos a hacer. Él siente lo mismo que yo, pero vivimos en un mundo que no aprueba los matrimonios entre razas distintas.

–Pobre.

Sissy suspiró.

–Tengo la peor suerte del mundo. ¿No?

–Pero ayer te ignoró todo el día.

Sissy sonrió.

–Otra costumbre. Son una gente fascinante. Le dije que el doctor McCollum es mi profesor. Estaba impresionado. Voy a dar otro curso de arqueología en primavera y podré venir con toda mi clase. Les pedimos préstamos a nuestras familias para pagar el viaje. Nos quedaremos dos semanas y volveré a verle de nuevo –dijo en voz baja. Sissy ya sentía el dolor de la despedida.

–¿Lo ves? Tienes una ilusión.

–Oh, sí. Pero antes hay una despedida –dijo ella, desanimada–. No sé cómo voy a hacerlo. Le amo –susurró con frenesí–. ¡Trilby, lo quiero tanto!

Trilby no supo qué decir, así que le dio un efusivo abrazo. No obstante, la preocupación por su amiga no desapareció.

–Bueno –le dijo un momento después–. Vamos a recoger los platos. Voy a buscar agua al arroyo.

Sissy se secó las lágrimas y forzó una sonrisa.

–De acuerdo.

Con un rifle en la mano, Richard era el hombre más salvaje que Thorn había visto. Incluso su hermano Ben se puso nervioso al verle disparar sin ton ni son hacia la maleza.

Thorn agarró el cañón en el último segundo para evitar una desgracia. Richard había apuntado a uno de los hombres por error.

–Tenga cuidado –dijo el vaquero–. Si sigue disparando así, le quitaré el rifle.

Richard se indignó.

–¡Inténtelo, señor!

Thorn ni siquiera pestañeó.

–No voy a dejar que hieran a mis hombres. Si no guarda ese rifle, lo haré yo –puso la mano sobre el mango de su pistola y no dijo una palabra más.

Richard se rió, nervioso.

–Es una broma, claro.

–No.

–No hubiera disparado a nadie. ¡Por el amor de Dios!

–Me alegra oír eso. ¿Seguimos adelante?

El hombre del oeste reanudó la marcha con su propio rifle en la mano. Su paso tranquilo intimidaba tanto como la pistola que llevaba en el flanco. Naki, que estaba a su lado, le lanzó una fría mirada a Richard antes de dar media vuelta y seguir a Thorn.

–¡Dios sabe que me habría disparado! –le susurró Richard a Ben.

Ben no estaba tan seguro.

–Mejor será que tengas cuidado con la próxima diana –le dijo tranquilamente–. El señor Torrance me ha hablado de Thornton Vance. Sí. No dudaría en apretar el gatillo si le obligan. Ha matado a muchos hombres. ¿Sabes?

Richard se puso pálido.

–¡Un salvaje como ése no debería andar suelto!

–Es un salvaje rico –respondió Ben–. Y un peligroso enemigo. Si hirieras a alguien de forma accidental, podría hacer cualquier cosa.

Richard captó el mensaje y se sintió intimidado por

Thorn Vance. Aquel hombre tenía un lado fiero que no quería conocer.

Durante el resto del día se comportó como el invitado modelo, e incluso llegó a ocultar su desprecio por el indio, al que tampoco le daba la espalda. Por muy amplio que fuera su vocabulario, tenía una mirada tan salvaje como el mismo desierto.

Ben fue el único que cazó un ciervo de cola blanca. Lo arrojó sobre la silla de montar y cabalgó hasta el campamento con orgullo. Los hombres lo felicitaron por haber conseguido una pieza tan bella y deliciosa, y su hermano comentó que la cabeza quedaría muy bien en la pared de la chimenea en su casa de Louisiana. Trilby, en cambio, ni siquiera lo miró. Ella amaba a los animales.

Sissy abrazó a su hermano y alabó sus habilidades.

Julie seguía encerrada en su tienda, así que Sissy le llevó la cena, pero la joven no quiso comer. Richard sabía lo que pasaba, pero le traía sin cuidado. Ya era una mujer adulta y era ella quien había invadido su tienda la noche anterior. Si era tan descarada, tenía que atenerse a las consecuencias. Él no tenía culpa de nada.

El hombre del este se sentó junto a Trilby y comenzó a charlar animadamente. Habiendo olvidado el incidente con Thorn, se puso a alardear de otras expediciones de caza y del enorme gamo que había matado en una ocasión.

Sin embargo, Thorn no se dejó impresionar. El vaquero se había sentado a cierta distancia con una taza de café negro en las manos, sin dignarse a mirar a la joven siquiera. Llevaba todo el día sin dirigirle la palabra y al final se fue a dormir después de dar una vuelta por el perímetro del campamento. Al marcharse no se despidió de ella.

Trilby se quedó con Richard, intentando aliviar la aflicción que la consumía por dentro. Resultaba extraño pensar que hubiera pasado de ocupar un lugar en su corazón a servirle de escudo contra el desprecio de Thorn.

Se estaban preparando para pasar la noche cuando algo rompió la quietud que reinaba tras la lluvia. Trilby había vuelto a su tienda y estaba casi dormida cuando unos ruidos la despertaron.

Una figura alta entró en la tienda y se arrodilló a su lado. Ella se levantó de golpe y él le tapó la boca.

–Tranquila –dijo Thorn con urgencia–. Vístete tan pronto como puedas. ¿Sabes disparar?

Ella se estremeció.

–N... No –contestó, asustada.

A la luz de la lámpara exterior, Trilby distinguió a Mosby Torrance.

–Torrance, reúne a los otros –le dijo Thorn por encima del hombro.

–Sí, señor.

El hombre mayor se alejó y en ese momento Trilby vio el destello del Colt del 45 en la mano de Thorn.

–¿Qué ocurre?

–Mexicanos. Naki estaba vigilando por las montañas y se topó con un grupo que venía a tendernos una emboscada. Puede que tengamos que salir a toda prisa. Espero que tus amigos tengan agallas, Trilby. Todo depende de eso.

–Sissy y Ben se levantarán rápido. El resto... No sé.

–No sabes si tu amado tendrá agallas. ¿Verdad? –le preguntó con frialdad–. Creo que se hincará de rodillas y suplicará si se ve acorralado, pero no dejaré que le pase nada de todos modos.

–¿Y qué pasa con Sissy?

–Naki la protegerá con su vida. Creo que ya lo sabes.

–A Richard no le gustará.

–¡Maldito Richard! ¡Levántate!

Ella hizo lo que le había ordenado. Como todavía estaba vestida, sólo tuvo que ponerse los zapatos y una chaqueta. Estaba temblando cuando Thorn la sacó de la tienda en dirección a los árboles, donde Mosby Torrance y Naki habían reunido a los otros.

–Digo que esto es una tontería. No oigo nada –masculló Richard.

–No oirás nada, hasta que te corten el cuello –le aseguró Thorn–. Esos hombres son revolucionarios y están desesperados. No tienen nada. Si pueden secuestrar a alguno de ustedes y pedir rescate, lo harán sin dudar.

–¿No puede hacer nada el ejército? –preguntó Ben.

–No hay suficientes para lidiar con tanta cantidad de revolucionarios –le explicó Thorn–. La frontera es muy larga. Vamos. Muévanse rápido y con cautela. Bajaremos por el lado de atrás de la montaña. Espero que no nos encontremos con ellos. Si no podemos, me temo que habrá un tiroteo.

–Yo me ocuparé de las mujeres –dijo Mosby Torrance, reuniendo a Sissy, a Julie y a Trilby–. No te preocupes –le dijo a Thorn con el revólver en la mano–. Nada pasará por delante de mí.

–Le creo, señor –dijo Ben y sonrió.

–Gracias a Dios que dejamos a Teddy en casa –dijo Trilby–. No quisiera que hubiera estado aquí.

–Se enfadará por no haber estado –dijo Torrance con una carcajada–. Vamos, señoras.

Sissy le lanzó una mirada preocupada a Naki, aun sabiendo que no se la devolvería, y siguió a los otros. El indio tenía un enorme cuchillo en el cinturón y un rifle en la mano.

–¿Cuántos? –le preguntó Thorn?

–Por lo menos diez –respondió Naki–. Todos a caballo.

–Volviste al campamento solo. ¿No? ¡A lo mejor te siguieron hasta aquí! –exclamó Richard.

Naki se volvió hacia él con exasperación.

–Señor Bates, incluso un salvaje ignorante tendría que justificar haber contribuido a la muerte de su patrón.

Richard se sonrojó. Era desconcertante oírle hablar un inglés tan correcto. ¡Ni siquiera tenía acento!

–¿Podemos correr más deprisa que ellos? –preguntó Ben.

–¿Con estas mulas de carga? –preguntó Naki con ironía.

Thorn lo fulminó con la mirada.

–Adelante. Insulta a mis caballos.

–Creo que acabo de hacerlo. A pesar de la inexperiencia de tus invitados, hubiera sido más aconsejable traer caballos de verdad.

–¿Es culpa mía que algunos de ellos pudieran caerse de los caballos de verdad en menos de cinco minutos? –enfundó la pistola con destreza–. Vamos. Ben, Richard y tú... Id junto a Torrance y, por favor, cubrid el rastro.

–¿Y dónde vas usted? –preguntó Richard.

Thorn esbozó una sonrisa terrorífica.

–Vamos a darles la bienvenida a nuestro campamento.

Richard se burló de su ironía, pero fue con los otros. Cuando llegó adonde estaba Torrance, tomó la mano de Trilby como si fuera su protector. Thorn lo fulminó con la mirada, pero no era momento para los celos. Le hizo señas a Naki y se adentraron entre los árboles.

–¿De verdad van a darle la bienvenida a los mexicanos, señor Torrance? – preguntó Sissy de camino hacia los caballos.

–No, señora. Matarán a tantos como puedan y apresaran al resto para poder escapar.

Sissy contuvo la respiración y miró hacia lo alto de la colina.

–El apache no es un insensato, señorita Bates –dijo Torrance.

Ella se volvió hacia él.

–Estaba preocupada por los dos.

–Sí, señora. Por aquí.

Sissy fue tras él, intentando seguirle el ritmo. Mucha gente en el rancho pensaba que el señor Torrance ya era demasiado viejo, pero ella no pensaba lo mismo. Había mucho más en él de lo que parecía a primera vista.

Trilby no volvió la vista atrás. Tenía miedo de que su rostro la delatara. Thorn había ido por ella primero...

–Estarás bien –le dijo Richard, sonriendo–. Yo cuidaré de ti.

–Eres un mentiroso, Richard –le dijo Julie con la voz entrecortada. La muchacha ya no estaba hermosa, sino demacrada y molesta.

Él se volvió y la miró a la cara.

–La mayoría de los hombres juzgan a una mujer por lo que es. Las mujeres que se comportan como una cualquiera se rebajan a sí mismas.

Julie soltó el aliento y se puso roja.

–¡Cómo te atreves! ¿Cómo has podido decir una cosa así? Yo te quiero. Sólo quería que supieras que te amo. ¡No es como si nunca hubiera pasado nada!

–Tu comportamiento fue intolerable. Te rebajaste. No importa el motivo.

Julie escondió el rostro en las manos y comenzó a llorar.

–Eso ha sido una crueldad –le dijo Sissy a su hermano–. ¡No eres un caballero!

–¿Y tú cómo te atreves a hablarme de moral cuando dejaste que ese indio te pusiera sus sucias manos encima?

Los ojos de Sissy relampaguearon.

–¡Eres un bastardo! –le dijo.

–Por favor –dijo Trilby–. Estamos en una situación peligrosa. No es el momento de pelear entre nosotros.

–Trilby tiene razón –dijo Richard, forzando una sonrisa para ocultar la rabia que sentía contra su hermana por su inesperado arranque de ira–. Volvamos al rancho mientras podamos.

–Espero que Thorn y Naki estén bien –dijo Sissy, avergonzada.

–Y yo –dijo Trilby.

Poco tiempo después llegaron adonde estaban los caballos y sin perder ni un minuto emprendieron el camino de vuelta por la senda que bajaba de la montaña. A lo lejos se oyó el eco de un disparo, seguido de muchos. La lucha había empezado.

Trilby empezó a rezar al imaginarse a Thorn herido y rodeado de enemigos.

«No le pasará nada. No le pasará nada...», repetía sin cesar volviendo la vista atrás.

# CAPÍTULO 13

El primer disparo salió de detrás de un árbol. Thorn giró sobre sí mismo y descargó su arma, hiriendo a un hombre con aspecto de pordiosero que llevaba un colorido poncho sobre los hombros.

–¡Mira! –dijo Naki rápidamente.

Tres mexicanos más avanzaban a través del claro que había entre rocas y árboles, disparando sin cesar. Naki contraatacó y derribó a uno de ellos.

Thorn mató a otro y tanto él como el indio tuvieron que ponerse a cubierto. El tercer hombre había empezado a disparar a diestro y siniestro.

Hubo un breve murmullo en español y se oyeron muchos pasos.

–¡Maldita sea! –masculló Thorn–. ¡Mira lo que has hecho!

–¿Yo? –preguntó el apache.

–Eso es. No te hagas el inocente –volvió a cargar el arma.

–Si resbalas sobre una roca, no es mi culpa –le dijo Naki mientras vigilaba desde detrás de una roca.

–Bueno, normalmente sí que lo es.

Una bala pasó silbando y arrancó un trozo de la roca detrás de la que se habían agazapado.

–Malditos pordioseros –dijo Thorn.

–Deberías avergonzarte de usar descalificativos raciales.

Thorn fulminó a Naki con la mirada.

–Salvaje sanguinario.

Naki miró al cielo.

–Y yo que pensaba que podría reformarte. ¡Mira! –giró el rifle y disparó por encima del hombro de Thorn, justo antes de que una sombra con un poncho artesanal matara a su amigo.

Se oyó un gemido y un golpe seco.

–Gracias –dijo Thorn, casi sin aliento.

En ese momento Trilby cruzó sus pensamientos, pero él hizo un esfuerzo por concentrarse en lo que estaba haciendo. Tenía que protegerla a ella y a los otros.

Naki le leyó la mente.

–Nos van a acorralar si no hacemos algo, y no sabemos si irán a por los otros. ¿Dónde está ese pavo real del este tan presumido?

–¿Y ahora quién usa descalificativos raciales?

–Bueno, es un presumido –alegó Naki–. Voy a dar un rodeo y me acercaré por detrás.

–Ten cuidado.

–Soy apache. ¿Quién crees que inventó lo de tener cuidado?

Unos segundos después Naki se desvaneció como un fantasma entre las sombras, arrastrándose entre la maleza y usando los árboles y la piedras como escudo.

Había tres mexicanos agazapados detrás de dos enormes rocas, vigilando. Los revolucionarios discutían entre ellos sobre la mejor estrategia.

Más a favor de Naki. Mientras gritaban no podían oírle acercarse.

Sacó el cuchillo de la vaina y esperó con los cinco sentidos en alerta.

Uno de los enemigos gesticuló violentamente y dijo que iba a hacerlo solo.

Aquellas iban a ser sus últimas palabras...

Al alcanzar los árboles donde se escondía el indio, éste lo mandó junto a sus ancestros con un movimiento eficaz.

Naki limpió el cuchillo en los pantalones del mexicano y se puso el sombrero y el poncho rápidamente. Con la cabeza baja y el rifle en la mano derecha, salió al claro y se dirigió hacia los otros dos, que estaban hablando del rescate. Naki escuchó un momento y se dio cuenta de que salvar a pobres compatriotas mexicanos era menos importante que llenarse los bolsillos de dólares americanos.

Los hombres giraron sobre sí mismos y comenzaron a disparar.

–¡Chihuahua! ¡Es Juan! –gritó uno de ellos.

Ambos le dieron la espalda de nuevo.

–Lo siento, compadres –dijo Naki, quitándose el sombrero–. Pero no me llamo Juan.

Cuando reaccionaron era demasiado tarde. Naki puso el rifle en posición y derribó a los dos hombres con disparos certeros.

Thorn lo llamó al llegar al claro.

Naki levantó la vista. Una vez más había vuelto a ser el amigo culto y tranquilo de siempre; lejos había quedado el legendario apache con su presa.

–Veo que los encontraste –dijo Thorn.

–Afortunadamente, los encontré a tiempo –se puso en pie y guardó el cuchillo.

–Había dos más, pero han huido. Yo los dejé marchar.

Naki le lanzó una mirada.

–Fueron mexicanos los que mataron a tus padres.

–Sí, pero yo tengo tan poco de asesino despiadado como tú. Sólo mato en defensa propia.

Antes de que Naki pudiera contestar, oyeron unos ruidos y se dieron la vuelta, listos para disparar.

Era Richard, seguido de los otros.

–¡Por el amor de Dios, las mujeres atrás! –gritó Thorn.

–¿El apache despellejó a alguien? –preguntó Julie, como era de esperar.

–No, el apache no despellejó a nadie –contestó Naki, enojado–. Los apaches no despellejan ni asaltan trenes. Estamos en 1910, por el amor de Dios.

Trilby miró al frente y sintió un ataque de náuseas, tan fuerte que corrió hacia los árboles y vomitó con violencia. La imagen de los cadáveres era demasiado repulsiva.

Sissy avanzó un poco. Sus ojos estaban llenos de curiosidad.

–¡No! –le gritó Naki con gesto feroz–. Vuelve.

–No se atreva a mangonear a mi hermana –le dijo Richard–. Ven aquí, Sissy –le dijo.

–Él no puede mangonearme, pero tú sí. ¿Verdad? No soy una debilucha. Si no están muertos, podría ayudarlos.

–Están bien muertos –dijo Naki con frialdad.

Sissy miró alrededor por última vez y regresó junto a los otros.

–¿Cómo has podido mirar eso? –le dijo Julie–. Es salvaje.

–Estoy de acuerdo –dijo Richard con prepotencia–. ¿Era necesario masacrarlos?

–Ellos tenían las mismas oportunidades de masacrarnos a nosotros –dijo Naki sin rodeos–. ¿Quiere saber lo que le habrían hecho a las mujeres? –añadió, con una fría sonrisa.

Sissy ya lo sabía.

–Richard, ya basta –le dijo su hermana antes de que replicara.

–¿Es que has olvidado tu lugar?

–Mi lugar... está donde yo quiera. No tienes derechos ni autoridad sobre mí. Que no se te olvide.

–Madre se enterará de tu comportamiento –dijo él, amenazándola.

–¿Y crees que me importa?

–Supongo que no, viendo de quién te rodeas.

Sissy alzó la mano y le dio un bofetón. Él se tocó la cara, perplejo.

–¡Me has golpeado!

–Sí, y lo he disfrutado mucho. ¿Y ahora nos vamos, querido hermano?

Él no dijo ni una palabra más y ella volvió por donde había llegado sin mirar a nadie, respetando así la costumbre apache.

Naki sonrió para sí y fue a ayudar a Thorn a enterrar a los mexicanos.

–Tendremos que decírselo a los militares –dijo Thorn después–. Esto podría desencadenar algo muy desagradable. No me gusta que los revolucionarios mexicanos crucen la frontera así como así, por mucho que simpatice con su causa. Apuesto a que habían pensando en un secuestro.

–Sí, así es. Pero no eran parte de las fuerzas revolucionarias. Los oía hablar –Naki le contó lo que había oído.

Thorn miró a Trilby y se estremeció al pensar lo que hubiera ocurrido si los renegados hubieran logrado su objetivo.

Rápidamente reunieron a los otros y recogieron el campamento. Por suerte, la acampada había terminado sin convertirse en una tragedia.

–¿Estás mejor ahora? –le preguntó Thorn a Trilby, ya en camino.

Ambos compartían caballo.

–Sí.

Él la miró con interés. Parecía más joven, frágil y vulnerable.

Lo único que deseaba era tomarla en sus brazos y huir con ella a las montañas, para siempre.

–Decía en serio lo de casarnos.

–Lo sé, pero... No tienes por qué...

–No seas tonta. Quiero hacerlo. Dentro de tres semanas será Navidad. Podríamos casarnos antes, si quieres.

–Eso... estaría bien. ¿Viviríamos en Los Santos?

–¿Dónde si no? Es mi hogar. Mío y de Samantha.

Trilby sintió que un muro se cerraba a su alrededor. Realmente no había salida.

Ni siquiera se atrevía a mirarle a los ojos.

–Podría volver al este...

Los ojos de Thorn la atravesaron.

–¿Y hacer qué? ¿Qué harías si de verdad estuvieras embarazada? ¿Fingirías que has adoptado un niño? ¿Y dónde vivirías, Trilby?

Ella hizo una mueca.

–Es tan difícil –la mirada de Trilby rebotó contra Richard, que iba con Julie una vez más.

Apenas hablaban, pero él la miraba de vez en cuando. Ella ya no se comportaba como una coqueta vanidosa.

–¿Por él? –le preguntó Thorn, mirando a Richard–. Ni siquiera vas a ser una de las candidatas cuando se decida.

–Lo sé muy bien –dijo ella con sequedad.

–Entonces asume los hechos. Tú y yo nos acostamos juntos y tú eras virgen. En mi mundo, eso significa que te casas conmigo. Estamos haciendo lo correcto para enmendar el error. ¿Es que eso no sirve de nada? –le preguntó con dulzura.

Ella levantó sus enormes ojos grises hacia él.

–Ésta no es una decisión repentina por tu parte, Thorn. No sé si planeaste lo ocurrido, aunque fuera de forma inconsciente. He oído rumores. ¿Sabes?

–¿Qué rumores?

–Los pozos de Los Santos están envenenados aquí y en las tierras de México. Necesitas el agua de nuestra finca. Casarte conmigo soluciona todos tus problemas. –le dijo, desafiante.

Él asintió.

–Sí, así es –dijo con honestidad–. Pero tienes que entender que te quiero. Nadie podría confundir mi interés con avaricia.

–Lo sé. Pero eso significa que nunca volveré a casa –le

dijo, como si hablara consigo misma–. Tendré que quedarme contigo –escondió el rostro entre las manos.

–No lo hagas –dijo él, enojado y herido al ver su falta de entusiasmo–. Casarte conmigo no es el fin del mundo, Trilby.

–¿No lo es?

La expresión de Thorn se volvió de hielo al oír aquel insulto. Hubiera querido recordarle que ella se había entregado a él sin reservas, pero habría sido injusto. Tenía las manos atadas. Ella se casaría con él, pero su corazón seguiría perteneciendo al hombre del este...

Lisa Morris seguía en la enfermería dos días después. Estaba un poco mejor, pero no lo bastante como para marcharse. Tendría que irse a casa de la señora Moye, y todavía no estaba preparada para ello.

Era agradable descansar oyendo quejarse al irritable Todd Powell mientras hacía las tareas de casa. El buen doctor no dejó de gruñir hasta terminar el guiso, y cuando por fin lo hizo, la carne estaba media cruda y las verduras quemadas. Por suerte el caldo estaba bien condimentado.

Le llevó un bol a Lisa y no quedó satisfecho hasta que ella se lo tomó todo.

Él le había dicho que estaba demasiado delgada, que saltaba a la vista que había perdido mucho peso.

–Su marido ha dicho que no pondrá objeciones al divorcio. Parece que tiene intención de casarse con la mujer de Douglas.

Ella asintió.

–No me sorprende –se recostó en la almohada con un suspiro–. Es mejor así. Nos convertimos en enemigos mucho antes de que perdiera al niño.

Él dejó el bol a un lado y le tomó el pulso, que resultó estar un poco acelerado.

Powell sonrió al ver el efecto que producía en ella y se puso el estetoscopio en los oídos.

–Tosa –le dijo al tiempo que deslizaba el aparato por debajo de la bata que llevaba.

Ella hizo lo que le pedía, pero el tacto de su mano la hizo sentir mareos. Su corazón se estaba volviendo loco, y él podía oírlo.

Él levantó la cabeza y la miró, consciente de su nerviosismo. Poco a poco, apartó los dedos del estetoscopio hasta tocar su pecho desnudo.

Ella contuvo la respiración, pero no se movió. El doctor entreabrió los labios mientras exploraba la suave curva de sus senos y pronto llegó a uno de los pezones, duros y turgentes.

–Oh, Dios mío –susurró, acariciándolo con el pulgar y el índice.

Ella temblaba por todo el cuerpo.

Retiró el aparato y puso las manos sobre los botones de su bata de franela. Ella puso las suyas encima y presionó con fervor.

Entonces él la ayudó a incorporarse y le bajó la bata hasta la cintura, con cuidado de no lastimarla.

Lisa permaneció en silencio. Hechizada, contemplaba sus propios senos mientras él rozaba su sedosa piel con las puntas de los dedos.

Era una mujer menuda, pero sus pechos eran firmes y perfectos.

–Nunca... había disfrutado –susurró ella.

Él la miró a los ojos.

–Eres hermosa –le dijo–. Tan hermosa.

Ella vio adoración en su mirada.

–Suavemente –le dijo Todd, inclinándose sobre ella para probar sus pezones.

Comenzó a lamerle los pechos con frenesí, sediento de ella.

Ella enredó las manos en su cabello y tiró con fuerza, dejándose llevar por el gemido que acaba de escapar de su boca. Entonces él la tumbó en la cama y disfrutó de las delicias de su cuerpo durante unos minutos interminables, haciéndola suspirar y gemir bajo la calidez de su boca, entregada al abandono.

Al tocarle los muslos ya no pudo mantener el control. Ella jadeó suavemente y le invitó a poseerla por completo. Él la miró un instante y estrelló sus labios hambrientos contra los de ella al tiempo que la rozaba con su miembro rígido.

Lisa se puso tensa al sentir su potencia varonil y dejó escapar el aliento.

–Déjame darte placer –le dijo él de repente–. Te quiero... tanto. Déjame enseñarte cómo debería ser.

Ella lo miró a los ojos con vergüenza, pero no tardó en rendirse a sus caricias. De pronto, se sobresaltó y el miedo invadió la expresión de su rostro.

–No te resistas, querida –le susurró él con ternura–. Oh, Lisa, no luches contra mí –le dijo al tiempo que unía sus cuerpos para siempre.

Todd jadeó al sentir la primera embestida de placer desde la muerte de su esposa.

La primera oleada de movimiento pilló a Lisa por sorpresa. Olas de placer incontenible hicieron vibrar el cuerpo de Lisa mientras él empujaba con locura, y una extraña tensión empezó a crecer en su interior. Ella nunca había experimentado nada parecido; nunca había sentido ese fuego en el bajo vientre que la hacía arder de pasión.

–¡Todd! –gritó, asustada.

–Oh, sí –susurró él–. Sí, sí, mi amor... Sí.

Ella arqueó la espalda y comenzó a temblar al ritmo de sus poderosas embestidas. Pequeños gritos escapaban de su garganta y su cuerpo terminó derritiéndose en un mar de caramelo.

Él le susurraba cosas al oído; cosas secretas, vergonzosas. Su voz, ronca y erótica, le acariciaba la piel en el cuello.

Lisa se dio cuenta de que no había vivido de verdad hasta ese momento...

Más tarde, él la hizo calmar con palabras suaves y caricias dulces, y no se separó de ella hasta el amanecer. Al despertar, Lisa se convenció de que había sido un sueño.

Ninguno de los dos volvió a mencionarlo, pero ella se marchó sabiendo que no estaría sola cuando su divorcio se hiciera efectivo.

Él también lo sabía...

# CAPÍTULO 14

Trilby no fue capaz de hablar con su madre de lo ocurrido durante la acampada. Ni siquiera se lo dijo a Sissy. El peso de la conciencia se hacía cada vez más insoportable a medida que pasaban los días, y los invitados no hacían más que darles trabajo a ella y a su madre. Sissy y Ben eran los únicos que ayudaban en las tareas del hogar. Richard, en cambio, creía que todo el mundo tenía el deber de servirle, y Julie se pasaba el día encerrada en su habitación.

A pesar de la alegría que sentían por el compromiso de su hija, Jack y Mary Lang se habían horrorizado al enterarse del ataque de los mexicanos.

–Esta tierra salvaje –había dicho el padre de Trilby a su esposa–. Ojalá nunca se me hubiera ocurrido venir aquí. Ahora no nos podemos permitir la vuelta a casa, y todo es por mi culpa. Podrían haber matado a Trilby y a los otros.

–Pero no fue así, gracias a Thorn y a ese apache tan agradable –dijo Mary–. Deja de preocuparte –le dio una palmada en el brazo–. Todo está bien.

–¿Lo está? –se preguntó él–. Se habla mucho de las atrocidades que se cometen a lo largo de la frontera. Es como una bomba de relojería.

–No estamos muy cerca de Douglas–. Seguro que no pasará nada.

–Ojalá yo estuviera tan seguro –dijo y no pudo evitar cambiar de tema–. Debo decir que nunca pensé que lo harían –dijo, sonriendo–. Todas esas peleas... Pero me atrevo a decir que van a intentarlo en serio. Me alegra que Trilby haya escogido bien.

–Creo que Thorn también lo ha hecho –dijo Mary, riéndose al ver la cara roja de su esposo, que acababa de darse cuenta de haber subestimado a su hija.

Richard, Ben y Julie hicieron las maletas ese mismo día para marcharse al día siguiente.

–No aguanto ni un día más –dijo Richard con una sonrisa a modo de disculpa–. El oeste no es lo mío. Echo de menos la civilización.

–Eres un clasista, Richard –dijo Sissy–. Bueno, vete si quieres, pero yo no me perderé la boda de Trilby.

–Fue un poco precipitado. ¿No crees?

–Thorn dijo que llevaban planeándolo mucho tiempo, pero se decidieron durante la acampada –añadió Ben.

Richard no se dio por vencido.

–Él se está aprovechando de ella. Podría venir con nosotros y alejarse de él mientras pueda. La vida en el desierto no es para ella.

–La vida con Thorn es buena para cualquier mujer, querido hermano –dijo Sissy entre risas–. Él cuidará de ella. No te preocupes.

–Antes era mi chica –dijo Richard, molesto.

–¡Qué estupidez! Si no has hecho otra cosa que flirtear con Julie desde tu llegada –dijo Sissy en voz baja para que Julie no la oyera desde el salón, donde esperaba después de haber hecho la maleta–. Tú la arrojaste a los brazos de Thorn, y yo me alegro. Es el doble de hombre que tú.

Richard montó en cólera.

–Mejor será que no me enteré de que asistes con ese maldito indio que tanto te gusta.

–Ese maldito indio te salvó la vida –le recordó ella–. En cuanto a mis asuntos personales, no tienes derecho a decidir en ellos. Yo no tengo que rendirte cuentas.

–¡Bah!

–No te olvides de escribir. Dile a nuestra madre que volveré a casa después de la boda –añadió con alegría, guiñándole un ojo a Ben.

–¡Madre se pondrá furiosa!

–No, no lo hará. Ella estaba a favor de que fuera a la universidad cuando tú y papá os burlabais de mí. Un día seré arqueóloga. Espera y verás.

–El lugar de una mujer está en casa –dijo Richard, emulando a su progenitor.

–Quizá fuera así. Pero ya no. Y en cuanto tengamos una educación ya no podréis mantenernos todo el día en la cocina.

–Oh, Dios. Vamos a hacer la maleta, Ben. No puedes discutir con nada que lleve falda –dijo Richard.

Ben se encogió de hombros y esbozó una sonrisa sincera para su hermana.

Julie apenas hablaba. Se había vuelto una persona completamente distinta, una mera sombra triste. Miraba a Richard con ojos fríos, pero él era tan vanidoso que no parecía darse cuenta.

En la estación, Thorn estuvo al lado de Trilby durante las despedidas. Todavía disgustado, Richard le estrechó la mano a su antigua pretendiente.

–Que seas muy feliz, Trilby –le dijo, lanzándole una fría mirada al hombre que estaba a su lado–. Seguiremos en contacto. ¿No?

–Oh, vas a tener que venir a vernos el próximo año –dijo Thorn con gesto serio–. Organizaré otra acampada.

–Bueno, sí. Eso sería estupendo –sostuvo la mano de Trilby más tiempo del necesario.

Ella ya estaba fuera de su alcance. Sentía no haberle dedicado más tiempo mientras era posible, pero Julie lo había hecho estar ciego. Ya no había remedio. Trilby pertenecía a ese gañán y sólo Dios sabía qué sería de ella.

–Adiós, Trilby –le dijo con dulzura–. Te echaré de menos. Lo sabes.

Ella sonrió a través de las lágrimas. No lloraba por perder a Richard, sino por dejar ir el pasado. Él había sido parte de su infancia, su adolescencia... En el fondo de su corazón siempre había sido Richard, su chico del oro, del que ya no quedaba más que desilusión. Se había dejado engañar por los sueños de una chica estúpida, pero él no se parecía en nada a la dulce imagen que ella tenía de él. Trilby se estaba despidiendo de todo lo que había creído amar. Sus sueños de amor habían sido reemplazados por el matrimonio con un hombre al que no le importaba nada más que el derecho al agua de su padre.

–Oh –susurró entre sollozos.

Richard, siempre vanidoso, pensó que se lamentaba por perderlo a él y estuvo a punto de decir algo, de no haber sido por un oportuno movimiento de Thorn. Una fiera mirada en sus ojos le hizo desistir.

–Si alguna vez me necesitas, estaré ahí, Trilby –le dijo con frialdad y, soltándole la mano, fue hacia el tren.

Ella podría haberse reído ante aquella fanfarronada, pero estaba demasiado triste. Su corazón se rompía en mil pedazos y no le importaba que Thorn lo viera. Él le había tendido una trampa.

El vaquero se daba cuenta de todo, pero no encontraba las palabras adecuadas para expresarse. Quería disculparse por haberla acorralado y también quería sacar a Richard del tren y arrojarlo contra un cactus. Sin embargo, ninguna de las dos cosas era posible. Era obvio que Trilby amaba a Richard y lo odiaba a él por hacer que su amor fuera imposible.

La soltó bruscamente y se puso a liar un cigarrillo mientras ella se despedía de Ben y, con menos efusividad, de Julie. Un momento después el tren se alejaba de la estación con un chorro de vapor, y unos minutos más tarde, tan sólo era una mancha oscura en el horizonte.

El viento frío cortaba la piel, incluso en Arizona...

La boda se celebró tres semanas después. Mary y Jack habían tratado de convencer a los novios para que esperaran hasta la primavera, pero Thorn parecía estar muy impaciente; tanto así, que Mary llegó a sospechar que hubiera algún motivo en especial para ello. Claro que nada podría haber pasado en las montañas. Había demasiada gente para cometer una imprudencia. Quizá sólo se tratara de Thorn, que amaba a Trilby y temía perderla en favor de Richard. Sí. Eso tenía que ser. Pero... Richard se había ido de vuelta a Louisiana. ¿Y entonces por qué estaba Thorn tan preocupado?

La pregunta quedó sin respuesta. Trilby se puso ante el altar con el rostro que ninguna novia desearía lucir el día de su boda. Sombría y tensa, repitió los votos matrimoniales sin emoción alguna, como una sonámbula. No había alegría ni en su actitud ni en su expresión, y cuando Thorn, tan rígido como ella, se inclinó para besarla, le ofreció la mejilla.

La distancia entre ellos era hostil y la recepción no ayudó a paliar la tensión, sobre todo cuando Curt se acercó para felicitar a la novia.

Trilby le sonrió, como todavía no lo había hecho con su marido.

–Gracias, Curt –le dijo, suavemente.

–Siento que las cosas hayan empezado tan mal para ti en este lugar –le dijo–. Espero que seáis muy felices. Lo digo de verdad.

–Y yo.

Sissy lo miró con curiosidad.

–Es agradable.

–Sí, lo es.

Trilby notó que Samantha se ponía nerviosa y corría junto a su padre cuando Curt le hablaba, pero la conversación de su amiga la hizo olvidar las sospechas rápidamente. Sonrió al ver lo elegante que estaba Sissy con un vestido de encaje rosa.

–Estás muy guapa –le dijo al ver que por primera vez llevaba el cabello suelto.

–Hay alguien a quien le gusta así –suspiró y miró alrededor–. No está aquí. Claro. Está haciendo lo correcto evitándome. Al final oiré una flauta en mitad de la noche y yo saldré a buscarle. Él me dará cobijo en su manta, hablaremos de culturas milenarias y recitaremos sonetos de Shakespeare.

–No hablarás en serio.

–Oh, claro que sí. No hay esperanza, Trilby –dijo ella, con la voz apagada–. No hay futuro para nosotros, pero no puedo alejarme de él. Cada segundo es muy valioso. Tengo que irme a casa mañana.

–Podrías venir y quedarte conmigo –dijo Trilby, intentando buscar una solución.

Sissy se rió sin alegría.

–¿En tu luna de miel? Claro que podría –hizo una mueca–. ¿Cómo se te ha ocurrido una cosa así? ¿Qué diría Thorn?

–No me importa.

Su amiga le tomó las manos.

–No le tienes miedo. ¿Verdad? No sé mucho más que tú sobre el tema, pero he leído mucho. No dolerá mucho, y si amas a un hombre se supone que es muy agradable, a pesar de lo que dicen los mayores –le susurró en un tono cómplice.

Trilby se sonrojó porque ya sabía demasiado, aunque no pudiera admitirlo.

–No le tengo miedo –dijo, mirando a su alto marido, que charlaba con un grupo de invitados.

–Pero Samantha sí –dijo Sissy, mirando a la niña, que estaba sola junto a la mesa de los refrescos, intentando pasar desapercibida–. Me da pena. Es como yo a esa edad. Y como tú también –añadió con una sonrisa triste–. Ninguna de las dos era muy extravertida que digamos.

–Yo cuidaré de ella –dijo Trilby–. No ha recibido mucho amor. Su padre no es la clase de hombre que cree en el cariño.

–Podría darte una sorpresa. A mí me parece un hombre muy profundo, un hombre que esconde lo que siente para que no le hagan daño. No fue feliz en su matrimonio. ¿Verdad?

–No. Creo que no.

Sissy asintió.

–Bueno, puede que esto sea lo mejor para los dos. Sin duda estarás mejor con Thorn que con mi hermano, Trilby. Creo que tú también lo sabes. ¿Verdad?

–Sí, lo sé. Richard ha sido una parte muy importante de mi vida. Supongo que echaba tanto de menos el pasado que lo confundí con él.

–Estás mejor con Thorn. Si Richard se hubiera casado contigo, te habría dejado en casa para ir detrás de otras mujeres. Ni siquiera puede serle fiel a una novia. ¿Cómo sería lidiar con un hombre así en el matrimonio?

–Sería terrible. Creía que lo amaba. ¿Sabes? He emprendido este viaje para convencerme de que nunca le había amado.

–Puedes aprender a amar a Thorn. Es un hombre de verdad. No creo que tengas muchos motivos para arrepentirte.

–Eso ya se verá –agarró del brazo a Sissy y fue buscar un poco de ponche–. Vamos a tomar algo.

Más tarde, Samantha se acercó a Trilby.

–Sólo quería darle la enhorabuena –le dijo con timidez–. Me alegro de que se casara con mi padre. Espero que sean muy felices.

–Y yo espero que tú también lo seas. Quiero que seamos amigas.

–¿Va a tener muchos niños? –preguntó la niña, resignada.

Trilby se sonrojó.

–Luego hablamos de eso. ¿De acuerdo?

La niña sonrió.

–De acuerdo.

–Tendremos mucho tiempo para conocernos mejor. Quiero ser tu amiga, Samantha. De verdad.

–¿Usted ama a mi padre, señorita Lang? –le preguntó con una voz madura–. Quiero decir... Madre –le dijo, algo incómoda.

–¿No sería más fácil si me llamas Trilby?

–Mi padre me dijo que tenía que llamarla madre.

–Entonces hagamos eso delante de él –sonrió–. Y cuando estemos las dos solas, me llamas Trilby.

Los oscuros ojos de la niña se iluminaron.

–Está bien.

Trilby se echó a reír.

–Será nuestro secreto.

–Sí, claro. ¿Trilby, podrías ayudarme con los deberes? No quiero vivir con el tío Curt ni tampoco ir al colegio en la ciudad –le dijo, preocupada.

–Seguro que podemos hacer algo. No me gusta la idea de que vayas a Douglas con tantos problemas en la frontera. Hablaré con tu padre.

–Gracias –miró a Trilby con ojos preocupados–. ¿Tengo que irme a casa del tío Curt esta noche?

–Me temo que sí. ¿No te gustan la tía y el tío?

Samantha se cerró en sí misma.

–Me caen bien. Dicen que podré volver a casa mañana.

Trilby estaba empezando a ablandarse cuando recordó que ésa era su noche de bodas. Sólo Thorn y ella sabían que no era su primera noche juntos.

–Entonces te veo mañana. ¿No? –le dijo y forzó una sonrisa.

Las despedidas se prolongaron más allá de media noche, pero Trilby y Thorn se quedaron solos al final. Ella se había puesto un sencillo vestido gris en vez del camisón de noche. De haberlo hecho, su recién estrenado marido podría haber interpretado su atuendo como una descarada invitación a la cama.Y eso era lo último que deseaba en ese momento.

Él no se había cambiado. Todavía llevaba los pantalones negros y una inmaculada camisa blanca con una corbata tejana. Sin embargo, sí se había quitado la chaqueta y ya había empezado a desabrocharse la camisa.

–Estoy cansado. ¿Y tú? –le preguntó–. No me acordaba lo mucho que cansaba estar casado.

Eso la hizo recordar que no era su primera vez.

–Sí. Cansa mucho –le dijo, contemplando las burbujas del champán.

Él reparó en la copa que tenía en las manos.

–¿Sabes por qué tienen esta forma las copa de champán?

Ella lo miró de pronto y volvió a examinar la copa.

–¿No? ¿Por qué?

Él esbozó una leve sonrisa.

–¿Seguro que quieres saberlo?

–Sí, claro.

Él se inclinó hacia adelante y comenzó a acariciar su propia copa de una forma muy sensual.

–Fueron hechas a partir de un molde de los pechos de María Antonieta.

Trilby dejó caer la copa de champán.

Él se echó a reír y dejó la copa en la mesa. Entonces se levantó y fue hacia ella con los ojos velados de deseo.

Ella se puso en pie rápidamente.

–Mejor será que limpie todo esto –dijo, pero él la tomó en brazos como si no pesara más que una pluma.

–No hasta que hagamos el amor –le dijo con la voz ronca y comenzó a besarla.

Trilby hubiera querido resistirse, pero el tacto de sus labios era embriagador. Tan sólo unos segundos después se rindió a sus caricias y le puso los brazos alrededor del cuello.

–Te he deseado tanto, Trilby –le dijo él, tumbándola en la cama–. Sólo sueño contigo.

Trilby permaneció inmóvil bajo la tenue luz de la lámpara de queroseno, observando cómo se quitaba la camisa. Sus pechos subían y bajaban al ritmo de su errática respiración.

Iba a decirle que apagara la luz cuando él arrojó a un lado la camisa, dejando al descubierto lo que las manos de Trilby ya conocían. Thorn era musculoso y muy, muy varonil. Trilby quedó tan fascinada con aquellos poderosos pectorales que ni siquiera se dio cuenta de que se estaba quitando los pantalones.

Cuando comenzó a bajárselos, destapó toda la plenitud de su potencia masculina y Trilby se quedó sin aliento.

–Ahora lo sabes –le dijo él en un tono ligeramente amenazante.

La joven apartó la vista, esperando el sonido de una carcajada que no llegó. Unos pasos pesados se acercaron a la cama y Thorn se sentó a su lado.

–La lámpara, Thorn –susurró ella cuando él empezó a quitarle el vestido.

–No quiero apagarla, Trilby. Quiero que me veas. Quiero verte en el momento más íntimo de todos.

–Pero... –ella se sonrojó.

La desnudó de cintura para arriba y la hizo recostarse de nuevo para quitarle el resto de la ropa. Ella trató de cubrirse, pero él se lo impidió.

Después de unos segundos embarazosos, Trilby se quedó quieta, expuesta a su mirada posesiva y hambrienta.

–Thorn, por favor...

–Siempre lo he hecho en la oscuridad –le dijo él, mirándole los pechos–. Esta vez, quiero verlo todo, cada segundo. Nunca he deseado a nadie como te deseo a ti –cubrió uno de sus pezones con los labios y lamió hasta hacerlo endurecer.

Ella contuvo el aliento al recordar aquel placer y enredó los dedos en su cabello azabache. Estaba a su merced, como el más exquisito de los banquetes.

Thorn deslizó la otra mano a lo largo de sus muslos, las caderas, el vientre... Los segundos se convirtieron en minutos perezosos que no parecían tener fin y las manos de él invadieron rincones secretos que la hacían gemir sin cesar. Él la invitó a explorar su masculino cuerpo y le enseñó cómo tocar para darle placer.

–¡Esto es... indecente! –exclamó ella mientras él se tumbaba entre sus piernas y le agarraba las caderas.

En ese momento se miraron fijamente y comenzaron a fundirse en uno solo. Trilby sintió la convulsión en el cuerpo de Thorn y también pudo verla en sus ojos crepusculares y en sus facciones contraídas.

–Sí –susurró él, bajando la vista y contemplando el punto donde sus cuerpos se unían lentamente–. Mira, Trilby.

Ella lo hizo y exhaló una bocanada de aire al ver la crudeza de aquella comunión tan íntima. Él se detuvo un instante. Buscó sus ojos turbados y así, al ritmo de la brisa de verano que agita los árboles en una danza sensual, se abrió camino dentro de su cuerpo húmedo y fresco.

–Es maravilloso –le susurró–. Contigo, esto es algo mucho más profundo que un acto de lujuria.

Aquellas palabras tan tiernas ablandaron el corazón de Trilby y relajaron la tensión que la atenazaba. Ella puso las manos sobre las mejillas de Thorn y le acarició los labios con los pulgares mientras él recuperaba el aliento.

Thorn comenzó a temblar y ella sintió que algo crecía en su interior.

–Acéptame –le dijo él con el aliento.

De pronto él llegó a la posesión absoluta y empezó a empujar con frenesí, lanzando latigazos de placer que la hacían levantarse del colchón en un delirio de pasión.

Así, Trilby perdió la razón y se sumergió en un volcán que escupía chorros de luz y desenfreno.

Él la llenaba por completo. Era tan simple como eso...

Finalmente Thorn rodó a un lado y se acostó boca arriba con la mirada perdida; una mirada que ocultaba una revelación arrolladora.

La amaba con toda su alma... Sólo ese sentimiento podía explicar la fiebre que ella encendía en su cuerpo y en su mente.

Trilby seguía a su lado, con los ojos abiertos y el aliento agotado. Sumida en la resaca del placer, todavía se sentía parte de él.

–Te saldrán moratones –le dijo él al ver las marcas que su voracidad había dejado en aquel cuerpo delicado–. Lo siento. No quería ser tan brusco contigo.

–Al final, era casi imposible no serlo –dijo ella, apartando la mirada.

–Te he dado placer. ¿No? –Thorn leyó la respuesta en el rubor que teñía de color sus mejillas–. ¿Te han enseñado que las mujeres no pueden disfrutar de los momentos íntimos?

–Sí. Dicen que sólo las mujeres de baja moral sienten placer con un hombre.

–Tú no tienes nada de inmoral –le besó la mano con ternura–. Gracias por el placer que me has dado.

–Thorn...

Él se inclinó sobre ella y la besó en los párpados.

–Déjame hacerte mía de nuevo –susurró, deslizando los labios sobre sus mejillas hasta llegar a su boca.

–¡Pero no estaría bien!

–¿Por qué no?

Mientras ella trataba de encontrar un argumento, él volvió penetrarla y la poseyó con una destreza sutil que la hizo perder el juicio por segunda vez.

Cuando volvieron a hablar, Trilby había saciado su sed de placer por completo.

–Nunca pensé que pudiera ser tan bueno –le dijo él, adormilado.

Se acurrucó a su lado y tiró de las mantas.

–Duerme, pequeña.

–Mi ropa –dijo ella.

Él la hizo volverse hacia él justo antes de apagar la luz.

–Por la mañana, desearemos amarnos mucho más que ahora.

Ella se puso roja, anticipando el momento.

–No es ningún pecado querer hacer el amor conmigo –le dijo él, sonriendo–. Dios nos dio el placer para aumentar la alegría del matrimonio y la felicidad que dan los hijos. Disfruta conmigo, Trilby. Y déjame disfrutar contigo. No hay nada de qué avergonzarse.

Trilby cedió. Una parte de ella aún estaba resentida por la trampa que él le había tendido, pero cuando estaba en sus brazos, lo deseaba con todos sus sentidos y se olvidaba de todo lo demás.

Con un pequeño suspiro, apoyó la mejilla sobre el hombro de Thorn y cerró los ojos.

–Sí, eso es –susurró él–. Duerme. Te he dejado exhausta. ¿Verdad?

Justo antes de perderse en el sueño, Trilby pensó que aquél era el cansancio más maravilloso que jamás había sentido.

Lejos de la casa de los Lang, dos siluetas contemplaban la luna. Una suave melodía llenaba la quietud de la noche.

–¿Cuál era esa canción? –preguntó Sissy cuando Naki terminó de tocar la flauta.

–Otra canción de amor –dijo Naki–. El repertorio es muy amplio. Los hombres siempre tratan de convencer a las mujeres para que cuiden del fuego, cocinen y sean las madres de sus hijos.

Hijos... Ella nunca los tendría, porque los mestizos no eran bienvenidos en el mundo. Ese pensamiento la hizo entristecer.

–Si fuera una apache, podría vivir contigo.

–Tendría que pagar por ti con varios caballos. Y tu hermano nunca estaría de acuerdo.

–Mi hermano es un hombre despreciable.

–¿Tu padre es como él?

Ella suspiró.

–Eso me temo. Pero mi madre es como yo. Ella cree que las mujeres deberían usar la cabeza. Cree que las mujeres deberían tener derecho al voto –añadió con una sonrisa.

–Los apaches no podemos votar –dijo él y se rió un instante–. Es nuestro país y se nos niega el sufragio.

–Hay muchas injusticias que corregir.

–Desde luego.

Sissy guardó silencio y disfrutó de los últimos momentos en sus brazos.

–Tengo que irme mañana.

–Una decisión muy sabia. Cada día que pasa se me hace más difícil separarme de ti.

–Para mí también es difícil.

Él recorrió la línea de su barbilla con el pulgar y la hizo mirarle a los ojos.

–Te gustaría hacer el amor conmigo. ¿Verdad?

–Sí –respondió ella con honestidad.

–Y a mí contigo –suspiró–. Ojalá fueras apache.

–Ojalá fueras blanco –Sissy lo besó en la comisura de los labios–. Naki, podrías venir a Louisiana conmigo.

Él puso un dedo sobre sus labios.

–Nunca digas mi nombre. Es tabú entre nosotros. Un nombre tiene poder.

Ella sonrió.

–Sois muy supersticiosos.

–Es mi legado –Naki le tocó el cabello–. No puedo irme de aquí. En el este no sería más que un mono de feria o una vergüenza. Yo pertenezco a este lugar.

–Podría quedarme.

–¿Y vivir en una primitiva choza en una reserva? –le dijo con dolor–. Te tratarían como a una plaga. Muchos de los míos odian a los blancos.

Ella gimió de impotencia.

–¿Por qué tiene que ser así?

–¿Quién sabe? Nosotros estamos hechos el uno para el otro. No sé cómo nos encontramos, pero mi vida estará vacía sin ti.

–Y la mía sin ti.

Naki la besó con ternura y desesperación.

–Oh, así no –le dijo ella, tirándole del pelo.

Él le agarró la mano y la apretó con fervor.

–Así es mejor. Para que podamos despedirnos sin cruzar la línea.

–Yo me arriesgaría...

–El niño pagaría las consecuencias. Y el precio sería muy alto.

Ella desistió.

–Tienes razón. Claro. ¿Por qué tienes razón siempre?

–Oh, porque yo soy más inteligente y superior.

Ella se echó a reír y le dio un manotazo en el pecho.

–Eres un presumido.

–Ésa es la consecuencia inevitable cuando una mujer hermosa e inteligente se arroja a mis pies.

Ella le dio un beso.

–Así es –le dijo y se acurrucó a su lado, decidida a no sucumbir a las lágrimas aunque su corazón estuviera a punto de romperse en mil pedazos.

Naki sintió el eco de ese dolor en su interior. Dejarla ir era la única cosa sensata que podía hacer, pero no resultaba fácil. Hasta ese momento nunca había conocido la soledad verdadera, ni siquiera tras la muerte de Conchita.

La vida sin Alexandra sería dolorosa, muy dolorosa.

Un minuto después, volvió a llevarse la flauta a los labios, pero esa vez no tocó una canción de amor, sino un canto fúnebre para llorar a un ser querido.

# CAPÍTULO 15

Tranquila, pero triste, Sissy se fue al día siguiente. Thorn y Trilby la llevaron a la estación en el Ford, y aunque Naki no diera señales de vida, Trilby sabía que estaba cerca.

Y así fue. El apache la vio marchar desde lo alto de una colina cercana a la estación.

–¡Mira! ¿No es un indio? –dijo una mujer.

–Sí –dijo su marido con desprecio–. Este lugar está plagado de ellos. ¡Salvajes ignorantes y sucios! ¡Este mundo estaría mucho mejor sin ellos!

Sissy agarró su bolso de mano con fuerza para no insultar a la pareja.

Sus ojos divisaron a un jinete solitario en la distancia que se hacía más y más pequeño a medida que avanzaba el tren. Entonces dijo «adiós» en silencio y las lágrimas le nublaron la visión.

Cuando volvió a abrir los ojos, sólo pudo verlo en su corazón. Aquel recuerdo de amor era para toda la vida...

Thorn llevó a Trilby al rancho y la dejó con Samantha mientras se ponía la ropa de trabajo. Todavía no se sentían cómodos el uno con el otro a pesar de la magia de la noche anterior.

–Voy a trabajar –le dijo, ya cambiado. Agarró el sombrero y miró a Trilby con impaciencia–. Volveré a casa a mediodía.

–Muy bien –dijo ella sin siquiera mirarle.

Él le levantó la barbilla, obligándola a hacerlo.

–¿Por qué te empeñas en tratarme como a un extraño? ¿Vas a decirme que no disfrutaste en mis brazos anoche?

Ella titubeó un momento y se sonrojó.

–Eso no es un tema de discusión –dijo, tartamudeando.

–Lo es. Estamos casados.

–Da igual.

–Remilgada –dijo con un pequeño suspiro–. De acuerdo. Guárdate tus secretos. Algún día los sabré todos –arrugó los ojos–. Echas de menos a tu amiga. ¿No?

–Sissy y yo hemos sido amigas durante muchos años. Yo siempre pensé que sería su cuñada algún día.

En cuanto dijo aquello deseó no haberlo hecho. Al ver la expresión de Thorn se tapó la boca con la mano y empezó a sentir mareos.

–Entonces es a él a quien echas de menos, no a su hermana. Debería haberlo sabido –dijo con amargura y dio media vuelta, herido.

Un minuto después volvió a hablar con una voz pausada.

–Bueno, parece que la lujuria no es sustituto para el amor, por mucho que intente engañarme a mí mismo –le clavó la mirada a Trilby y esbozó una sonrisa sarcástica–. Sueña con tu amor perdido, Trilby. No me importa. Pero no susurres su nombre en mi cama.

–¡Eso ha sido una grosería, Thorn!

–Y yo te devolveré el favor –le dijo, deseando herirla–. Trataré de no susurrar el nombre de Sally en tus brazos. ¡Por muy dulce que seas, no eres nada a su lado!

Dio medio vuelta y se marchó. Sus palabras se habían clavado como un puñal en el alma de Trilby, que acababa de darse cuenta de lo mucho que lo amaba, aunque él hubiera admitido que todavía estaba enamorado de su primera esposa.

La joven se sentó en una silla y recogió los pedazos de su corazón.

Thorn tenía tierras en México y estaba preocupado por ellas. La caballería de Fort Huachuca llevaba varios meses en la frontera y un regimiento del octavo de caballería había acampado en los corrales de Douglas. Los pozos se estaban secando y el caudal de los arroyos disminuía. Thorn contaba con el agua de Jack para el ganado sediento y también barajaba la posibilidad de recortar pérdidas y deshacerse de los terrenos mexicanos.

Los revolucionarios estaban tratando de expulsar a todos los extranjeros, que poseían gran parte de sus tierras, y aunque los hacendados no fueran hostiles, los querían fuera del territorio. La hacienda de Thorn podía ser atacada en cualquier momento. De hecho ya le habían robado docenas de cabezas de ganado y también caballos.

Él no se lo había dicho a Trilby, pero Jorge sí. El mexicano le había puesto al día sobre los problemas de su marido.

–Es muy bueno con nuestra gente, señora –le dijo Jorge en una ocasión–. Para nosotros él es el jefe, el patrón. Da de comer a los pobres y nos da tierras para cultivar. Cuando el gobierno nos quitó las tierras, ni siquiera podíamos dar de comer a nuestros hijos. Mucha gente emigró a las ciudades, pero no había trabajo y acabaron en la calle, mendigando. Yo le digo, señora, que un viento de cambio azotará México y se llevará a Díaz. Madero aliviará las heridas cuando esté en el poder. ¡Lo sé!

–Por el bien de tu gente, Jorge, eso espero –dijo Trilby, tranquilamente–. Pero si es bueno con la gente que trabaja sus tierras en México, ¿por qué le atacan los mexicanos?

–Fueron los federales y los rurales, señora. Los campesinos que trabajan para Díaz y sus depredadores. Son nuestros enemigos. Asesinos... Mi gente odia a los españoles y a los norteamericanos. Todos los que tienen poder sobre nosotros son hombres blancos. Pero Madero, que Dios lo bendiga, ha dicho que los sacaremos de México y que recuperaremos el país que nos han robado. Los gringos ricos que tienen las fábricas y las minas ya no podrán esclavizarnos.

–En Louisiana algunos granjeros trabajan para hombres ricos. Se les llama jornaleros, porque trabajan la tierra del hombre rico a cambio de un jornal. Pero el pobre granjero suele endeudarse más aún y obtiene una miseria por su trabajo.

–Sí –Jorge asintió–. Así funciona todo hoy en día. ¿No? Los pobres terminan esclavizados por los ricos. Nos quieren hambrientos para que dependamos de ellos. Pero las cosas cambiarán. Esos jornaleros... ¿Por qué no se rebelan como hemos hecho nosotros? ¿Por qué no matan a los ricos terratenientes?

Trilby trató de imaginarse una revuelta semejante en su estado natal y sonrió.

–Supongo que ni siquiera se les ocurriría. Espero que tus compatriotas consigan la independencia, Jorge.

–Y yo, señora. Ha habido muchas muertes. Y habrá más –se encogió de hombros–. No es justo que los hombres tengan que matar y morir por un poco de harina y unas judías.

Trilby pasó el resto del día pensando en las palabras de Jorge. Los periódicos no hablaban de otra cosa que la escalada de violencia en México. Pascual Orozco, el líder de los insurgentes en el oeste de Chihuahua, había hecho un llamamiento a todos los mexicanos para que se alzaran contra Díaz. La lucha en esa provincia era encarnizada y los dueños del tren mexicano del noroeste tenían muchos problemas para encontrar maquinistas dispuestos a cubrir las rutas de la zona. Miles de hombres, insurrectos y federales, estaban listos para atacar y la frontera estaba bajo la vigilancia continua de las tropas de caballería e infantería. Todo el mundo estaba nervioso.

Trilby estaba tan ensimismada que Samantha tuvo que preguntarle dos veces sobre los preparativos de Navidad.

–Oh, tendremos un Belén –dijo Samantha, refiriéndose a la costumbre mexicana de representar el nacimiento de Cristo con figuritas esculpidas en madera–. Pero me encantaría tener un árbol de Navidad. Mi madre siempre ponía uno grande, pero nunca me dejaba decorarlo. ¿Puedo ayudarte?

–Claro –dijo Trilby, sonriendo.

Era la primera vez que notaba algo de entusiasmo en la niña.

Comenzaron a preparar la Navidad con una ilusión moderada, haciendo caso omiso de los rezongos de Thorn mientras hacían cadenetas de palomitas y arándanos, y recortaban coloridos ornamentos de papel.

–No creo que tengas motivos para quejarte a menos que te pongamos adornos en la silla de montar –le dijo Trilby con gesto serio.

Ella sólo trataba de hacer una broma, pero Thorn había atravesado demasiadas tormentas emocionales como para tomarse las cosas a la ligera, y huía de cualquier intento de acercamiento por parte de la joven.

–¿Va a venir alguno de tus hombres a la cena de Navidad? –le preguntó, en un intento desesperado por entablar conversación.

–Todos tienen familia y se toman el día libre para pasarlo con ellos. Naki no tiene familia y es cristiano, así que suelo invitarlo a cenar.

–Será bienvenido.

–Pero partió hacia las montañas después de la boda y nadie lo ha visto desde entonces.

Trilby estaba segura de que la desaparición del apache tenía que ver con Sissy. Si la relación entre ella y Thorn hubiera sido más cordial, se lo habría dicho.

–Si vuelve a tiempo, ¿no te importará tener a dos salvajes en la mesa?

Ella se sonrojó, pero no levantó la vista.

–He hecho tarta para el postre –dijo ella con entusiasmo, ignorando la puya sarcástica–. Es de limón.

–No voy a quedarme a cenar.

Cuando Samantha y ella volvieron a quedarse solas, Trilby reparó en todo el tiempo que Thorn pasaba fuera de la casa. Durante algunas semanas había confiado en que pudieran llegar a entenderse tan bien como lo habían hecho aquella noche mágica que habían pasado juntos el día de la boda. Pero conforme pasaba el tiempo, parecía poco probable que las cosas fueran a mejorar. Él pensaba que echaba de menos a Richard, y ella había decidido dejarle creerlo en venganza por lo que le había dicho de Sally.

Sin embargo, no podía evitar preguntarse si no estaban ocultando sus verdaderos sentimientos para no herirse el uno al otro. Ella había tratado de acercarse, pero él la esquivaba y se negaba a hablar de cosas personales.

Trilby se rindió por fin. No era que no le importara, pero él había dejado muy claro que no quería nada más de ella.

Una semana antes, un hombre y su preciosa esposa se habían perdido y habían parado en Los Santos para pedir orientación. La actitud de Thorn hacia la joven había sido caballerosa y tierna, y Trilby se había pasado el resto del día molesta. En otro tiempo, antes de que Richard destruyera sus sueños de felicidad, él había sido así con ella.

Había llegado una carta de Sissy. Su amiga hablaba de volver al rancho con la clase de arqueología del profesor McCollum en primavera. No mencionaba a Naki, pero Trilby era capaz de leer entre líneas.

Aquella noche que habían pasado en la tienda de campaña parecía tan lejana... A Trilby se le aguaron los ojos al ver la distancia que había entre ellos.

Thorn vio su expresión de tristeza y miró por encima del hombro de ella para leer la carta. La letra de Sissy era preciosa y muy legible. La joven hacía referencia a Richard y a una debutante que lo tenía encandilado. Como no podía ser de otra forma, el vaquero pensó que ésa era la noticia que había hecho entristecer a su esposa.

–Entonces ha encontrado a una nueva. ¿No? Qué pena me das, Trilby –le dijo con frialdad.

Ella se quedó en blanco durante un segundo y, al caer en la cuenta de lo que estaba pensando, le clavó la mirada, furiosa.

–¿No tienes nada mejor que hacer que mortificarme?

Él arqueó una ceja.

–Disculpa. Seguro que te pasas la vida comparándome a ese tipo del este, deseando que estuviera a su altura. Qué pena que tenga que depender de la caridad de sus familiares para vivir. ¿No es así, querida?

–¿Qué quieres decir?

–¿Va de casa en casa porque quiere? Creo que Sissy dijo que sus padres tendrían que hacer un gran esfuerzo para pagar su educación porque no estaban muy bien económicamente.

A Trilby nunca se le había ocurrido eso. Sí. Richard viajaba mucho, y siempre se hospedaba en casa de un pariente rico. Nunca había pensado en él como un parásito, pero Thorn sí lo había hecho.

Trilby se llenó de orgullo.

–La forma de vida de Richard es cosa suya.

–Afortunadamente, tú no tienes que compartirla con él. ¿Te gustaría vivir de tus parientes con tal de guardar las apariencias?

–No me gustaría –dijo ella en voz baja.

Él asintió.

–Ni a mí. Nos parecemos en el orgullo –de repente la agarró del pelo y la hizo voltear la cara.

Sus ojos repararon en los labios entreabiertos de Trilby, que por una vez parecía a su merced.

–Qué desperdicio –susurró al tiempo que devoraba sus labios con un beso brusco.

Ella gimió ante aquella inesperada ola de placer. ¡Había pasado tanto tiempo!

Se acercó un poco más, pero él la soltó y se incorporó de golpe. Su mirada estaba llena de burla.

–¿Tanto lo echas de menos? –le preguntó–. ¿Tanto que incluso yo te sirvo como sustituto? Qué pena que no te fueras con él.

Ella tragó en seco, temblorosa.

–¡Qué pena que me sedujeras!

Él pensó en ello un instante y sacudió la cabeza lentamente.

–No. No estoy de acuerdo con eso. Fue maravilloso. Sólo me arrepiento de que no te quedaras embarazada.

Ella se ruborizó y bajó la mirada, incómoda.

–A mí... no me habría importado.

Él titubeó un momento y casi llegó a creer que ella se estaba ablandando.

–Podría darte un hijo, si quisieras –le dijo y contuvo el aliento en espera de la respuesta.

Ella se mordió el labio inferior. La tentación era arrolladora.

Lo miró a los ojos.

–Tú... aún amas a Sally –le dijo–. No... No quiero que un niño sea el fruto de tus engaños. Tú me usaste como sustituta de tu esposa.

–¿Nada más es eso? ¿O es porque no soy el pelele del este?

Ella abrió la boca para decirle la verdad, pero antes de que pudiera articular palabra, Samantha entró en la habitación con más adornos de papel. La niña todavía se mostraba un poco tímida con su padre, pero al estar Trilby presente, se sentó a su lado y comenzó a charlar animadamente sobre los adornos.

Thorn suspiró con cansancio y las dejó solas, pero pasó el resto del día pensando en lo que Trilby había estado a punto de decirle.

–Me gusta el rojo. ¿Y a ti, Trilby? –había puesto pegamento en el papel para hacer las cadenetas mientras Trilby recortaba los adornos.

–Me gusta mucho. Es muy colorido. Como la Navidad. ¿No crees?

–Oh, sí –Samantha se mordió el labio y miró a Trilby con ojos confusos–. ¿Trilby, crees que vendrá el tío Curt en Navidad?

–Si quieres que vengan, seguro que vienen.

–¡No, no quiero! –gritó la niña–. ¡No quiero que venga! ¡No quiero que venga aquí!

Trilby se sobresaltó y dejó a un lado las tijeras.

–¿Pero por qué, cariño?

Los ojos de la pequeña se llenaron de lágrimas.

–Ella me encerró en la alacena.

–No te entiendo.

–Los vi besándose. A mi madre y al tío –dijo la niña con tristeza–. Estaban en la cama y no llevaban ropa puesta. Yo abrí la puerta y mamá me gritó. Entonces me golpeó y me encerró en la alacena. ¡Me dejó allí una hora, Trilby, y había una rata! –la niña se estremeció–. Me mordió, pero ella no me dejó salir. ¡Mira! –se bajó las calzas y le enseñó una cicatriz en la pantorrilla. A juzgar por el tamaño, debía de haber sido un buen mordisco.

–¡Oh, Dios mío! –dijo Trilby, estrechándola en sus brazos–. ¡Dios mío, lo siento mucho!

Samantha lloró hasta desahogarse por completo. Era agradable tener a una persona que la escuchaba y le daba abrazos.

–¿No se lo dijiste a tu padre? –le preguntó Trilby mientras le secaba las lágrimas con un pañuelo.

–Ella me dijo que no lo hiciera –le dijo la niña, entre sollozos–. Me dijo que la próxima vez haría algo mucho peor que encerrarme en la despensa. El tío Curt me miraba como si me odiara mucho. Y todavía me mira así. La última vez que le vi me preguntó si le había dicho algo a mi padre.

Me da miedo –se enjugó las lágrimas–. No me gusta quedarme con el tío Curt. No me gusta y yo tampoco le gusto a él. No deja de decirme que no me atreva a decirle lo que vi a mi padre.

–Ya no tendrás que volver a quedarte con él –le prometió Trilby–. ¡Nunca más!

–Pero papá dijo que...

–No importa lo que haya dicho –respondió ella–. Yo hablaré con él.

–¡Pero no puedes decírselo! –dijo Samantha, suplicando–. ¡No puedes! Él amaba a mi madre, Trilby.

«Como no me ama a mí», pensó ella.

Le levantó la barbilla.

–Samantha...

–No debes –dijo la niña, insistiendo–. Es un secreto.

Trilby miró la cicatriz que la niña tenía en la pierna y se preguntó qué otros castigos habría tenido que soportar mientras su madre retozaba con el primo de su marido. Habiendo experimentado la maestría de Thorn en la cama, no podía comprender cómo Sally había preferido a otro.

–Entonces no volveremos a hablar del tema –le prometió y sonrió.

Pero Samantha no se dio cuenta de que no había prometido no decírselo a Thorn.

Después de la cena, la joven aprovechó uno de esos escasos momentos que pasaban juntos en el salón para hablarle del asunto. Dormían en habitaciones separadas y llevaban vidas independientes. De hecho, tenían tan poco trato que bien podían haber sido dos extraños, a pesar de estar casados.

–No debes obligarla a quedarse con él –le dijo Trilby–. ¿Lo entiendes ahora? Realmente le tiene miedo, Thorn.

–No me lo puedo creer –le dijo, molesto–. Sally y Curt engañándome... ¡No!

–Siento que hayas tenido que enterarte así –dijo Trilby

con ecuanimidad; las manos entrelazadas sobre su regazo–. Pero Samantha tiene miedo de que le invites en Navidad. Tiene una horrible cicatriz en la pierna de la mordedura de la rata, Thorn.

–¡Una mordedura de rata! –parecía horrorizado.

–Ella gritó, pero tu esposa no la dejó salir. ¿Nunca viste la herida? –le preguntó con tranquilidad.

–Me enseñó un corte. Sally dijo que se había caído sobre un trozo de hojalata. ¡No tenía ni idea!

Trilby se sintió culpable. Él parecía verdaderamente afectado. Sí quería a su hija, aunque no lo demostrara mucho. Y también quería a Sally. La joven sentía celos de su primera esposa, pero no le habría hablado de su infidelidad de no haber sido necesario. Lo había hecho por Samantha.

–No sé si le hizo algo más. Perdóname, pero parece que tu esposa fue lo bastante cruel como para encerrarla en una despensa con una rata...

–Entonces puede que haya hecho otras cosas –añadió él, cabizbajo–. Estaba ciego.

–Amabas a tu esposa. No te lo habría dicho, pero tu hija le tiene mucho miedo a Curt.

–Y yo la he dejado en su casa muchas veces últimamente –se puso de pie y empezó a caminar por la habitación. Agarró un daguerrotipo de Sally y lo miró fijamente–. Era una mujer preciosa. Samantha nunca fue lo bastante guapa para ella. Odiaba a la niña, y a mí. Yo sabía que no era feliz, pero tomarla con la niña... ¡Es monstruoso!

–Ojalá no hubiera tenido que decírtelo.

–Samantha nunca me dijo nada.

–Tenía miedo de que no la creyeras.

–¿Me tiene miedo a mí también? –le preguntó con una mueca de dolor.

Ella fue hacia él, tratando de ignorar el mensaje que le mandaban los sentidos. Tan sólo deseaba acariciarlo y colmarlo de besos.

–Thorn, pasas muy poco tiempo con ella.

–Parece que ella lo prefiere así. Se comporta como si fuera un extraño.

–Y lo eres.

–Una niña pequeña necesita una madre –dijo él, implacable–. Ella y yo no tenemos nada de qué hablar, nada en común.

Trilby no sabía cómo actuar. Él no la escuchaba.

–Curt no sabe que Samantha ha hablado conmigo.

–No esperes que guarde el secreto, Trilby. ¡Maldito sea! Incluso dejó que sospechara de ti en lugar de decirme la verdad. ¿Qué daño habría hecho? Ella estaba muerta.

–Tú la amabas. ¿Verdad?

–A mí manera, pero, sí. La amaba –dijo finalmente, sin dar explicaciones.

La expresión de su rostro no invitaba a indagar más.

–Hablaré con Curt. Dile a Samantha que nunca más vendrá por aquí.

–Tú le tienes aprecio.

–Un hombre no es un hombre si se acuesta con la esposa de otro –le dijo en un tono de hielo–. Si... si sirve de algo... –añadió con un ligero titubeo–. Siento haberte tratado así. Sally me dijo... Bueno, ya sabes lo que me dijo. Obviamente sólo trataba de protegerse a sí misma.

–Yo me di cuenta. A veces las mujeres hacen cosas increíbles, Thorn. No significa que no te quisiera. Quizá sólo buscará algo de emoción.

–¿A riesgo de perder una hija, un marido y su reputación? –soltó una carcajada–. Parece que vivo en un mundo de ensueño. ¿La gente es lo que parece alguna vez?

–No lo creo –dijo ella, recordando a Richard–. ¿Me traerás un árbol?

Él tardó unos segundos en contestar. Esos suaves ojos grises le dejaban sin fuerzas.

Una inesperada sonrisa le tiró de los labios.

–¿Qué clase de árbol quieres? –le preguntó.

Ella sintió un cosquilleo por todo el cuerpo al ver cómo la miraba.

–Que no sea un palo verde.

–De acuerdo –se inclinó y le rozó la frente con los labios–. No te preocupes. Yo me ocupo de Curt.

Se marchó antes de que Trilby pudiera decirle qué clase de árbol quería y regresó con un pino desvencijado. Por suerte, los adornos caseros de Trilby y Samantha le dieron un toque especial.

Trilby hizo muchos dulces y pasteles navideños y Samantha la ayudó a decorarlos. Al llegar la festividad, tenían una gran variedad de delicias para regalar a las familias de los empleados.

En Nochebuena todos se pusieron sus mejores galas para sentarse a la mesa.

–¿No está bueno, padre? –preguntó Samantha refiriéndose al pavo que había preparado Trilby–. Yo la ayudé.

–Ya lo creo –dijo Trilby, sonriendo–. No podría haberlo hecho sin ti.

Thorn miró a su hija. La niña adoraba a Trilby porque ella era dulce y amable; tanto como no lo era con él. Su esposa llevaba mucho tiempo evitándolo y él a veces se preguntaba si aquellas dos noches que habían pasado juntos habían sido fruto de su imaginación.

Pero no servía de nada mirar atrás. Ella echaba de menos a Richard y él se mataba a trabajar cada día para no caer en sus brazos de nuevo. Sin embargo, era difícil no perder la cabeza.

En realidad ya la había perdido en una ocasión. Había ido a casa de su primo y, sin mediar palabra, le había roto la nariz ante la atónita mirada de su esposa.

No obstante, lo más duro de todo era hacer frente a los propios errores. Nunca había sospechado de Sally, pero ella había metido a Curt en su cama cada vez que lo sacaba a él.

Al principio se habían querido, pero la falta de lealtad de su difunta esposa había sido un duro golpe para su autoestima. Thorn ya no estaba seguro de ser capaz de volver a confiar en su propio criterio. Samantha había pagado un precio muy alto por su ceguera.

¿Lo culpaba su hija por lo que había sufrido a manos de su madre? Ojalá hubiera podido preguntárselo.

–Padre, no has comido nada –le dijo Samantha con timidez.

–¿Qué? No. Supongo que no –probó el pavo y le sonrió a la niña–. Está muy bueno.

–Gracias –murmuró Trilby.

Él no contestó. Después de comer, se recostó en la silla y lió un cigarrillo.

–McCollum podría venir un poco antes de lo esperado para hacer unas excavaciones.

–¿Tu amigo arqueólogo?

–Sí. Va a traer a algunos estudiantes. Pueden quedarse en la barraca de los empleados.

–¿Va a venir Sissy con el grupo? Ella no me ha dicho nada en las cartas, pero no asistirá a su clase hasta enero. ¿La dejará venir de todas formas?

–No lo sé. Ya veremos –la miró fijamente–. Te gustó. ¿No? –añadió con una fría carcajada–. Es civilizado –se incorporó y le sonrió a Samantha antes de salir.

Trilby levantó la vista, pero él siguió de largo sin dignarse a mirarla.

No estaba dispuesto a que volvieran a romperle el corazón...

Abrieron los regalos esa misma noche. Trilby le había hecho un vestido de encaje amarillo a Samantha, y la pequeña se puso muy contenta al verlo. Para Thorn había una corbata de seda hecha a mano.

Él le regaló una muñeca rubia, un juego de té y un parchís a su hija. Para Trilby había comprado una cajita de música.

Esa noche se sentaron junto al árbol de Navidad y escucharon tocar la guitarra a los vaqueros mexicanos. Aquel momento hubiera sido idílico, de no haber sido porque Trilby echaba de menos a su familia. En Nueva Orleans la Navidad era un acontecimiento alegre y divertido que reunía a toda la familia.

Más tarde llamó a sus padres y esbozó una sonrisa al enterarse de que iban a hacerle una visita al día siguiente. Por lo menos no se sentiría tan sola.

Trilby les deseó buenas noches y se llevó la cajita de música a su habitación. Era de madera, con forma redonda, y tenía unos adornos dorados y verdes en la superficie. Dentro había un espacio para guardar polvos sueltos.

Al girar la manivela empezó a sonar la dulce melodía de un vals vienés.

Trilby la escuchaba extasiada cuando llamaron a la puerta. Thorn entró en la habitación y se detuvo junto a la puerta.

–Sólo quería darte las gracias por hacer que la Navidad fuera divertida para Samantha. La he descuidado un poco últimamente. Esta noche se lo pasó muy bien.

–Y yo –dijo ella.

–Voy a estar unos días fuera –le dijo de repente–. Es necesario. Tengo cosas que hacer en las tierras de México. Se está volviendo peligroso mantener la hacienda.

–Mis padres y Teddy vienen mañana –dijo ella, lentamente–. ¿No... vas a esperar a verlos?

–¿Para qué?

Los ojos de Trilby se apagaron.

–Entiendo –le dijo–. Les daré saludos de tu parte.

Aquella actitud impasible lo sacó de quicio.

–¡Eres tan condenadamente correcta, Trilby! Aunque fuera una sola vez, me gustaría verte furiosa y rabiosa.

–Me enseñaron a comportarme con educación –dijo ella, a la defensiva.

–Sí, como el anémico niño de ciudad al que amas –le espetó él con frialdad–. Sólo Dios sabe qué ves en él. Sois tan correctos que ni siquiera podríais hacer el amor. Apagaríais las luces y os desnudaríais en la oscuridad para no sentir vergüenza delante del otro.

–¡Por lo menos él no es un salvaje!

La expresión de Thorn se endureció con aquel ataque.

–A veces eso no te importa en absoluto. ¡De hecho a veces te encanta!

Ella agarró la cajita de música y se la tiró a la cabeza. El regalo de Thorn impactó en la pared y cayó al suelo con un estruendo melódico.

Trilby lo miraba desde unos ojos en llamas.

–¿Cómo te atreves a tratarme así? –le dijo, ahogándose–. ¡Como a una mujer de la calle!

–Dios, ojalá lo fueras. Una mujer de la calle es honesta con lo que siente y hace. Tú eres tan estirada que ningún hombre de verdad se te acercaría. Richard Bates era tu tipo, Trilby. Me arrepiento mucho de haber perdido la cabeza y de haberte obligado a casarte conmigo. Lo lamento mucho más de lo que te imaginas.

Thorn miró la cajita de música, que yacía en el suelo, hecha añicos. Había pasado horas buscando algo que le gustara, algo que le recordara a su mundo, a su estilo de vida. Pero Trilby se lo había tirado a la cara.

No era más que basura para ella. Nada más que basura.

Con una violenta patada la arrojó contra la pared, destruyendo lo que quedaba de ella. Entonces miró a su esposa con ojos feroces y salió dando un portazo.

Trilby recogió los pedazos de la cajita con manos temblorosas y rompió a llorar. Era tan hermosa... Nunca habría esperado un regalo así de Thorn. Él le había dado un presente maravilloso y ella la había destrozado sin remedio.

Sus padres fueron a verla al día siguiente. Thorn se había marchado a primera hora de la mañana, sin despedirse.

–Volverá pronto, querida –le dijo Mary Lang, al ver su mirada de desolación–. ¿Eres feliz?

–Por supuesto –dijo Trilby, devolviéndole la sonrisa–. Vamos. Tomemos un café y te leo la carta de Sissy.

# CAPÍTULO 16

Thorn regresó a casa de muy mal humor, sombrío y taciturno. Trilby se disculpó por el incidente de la caja de música, pero él apenas la escuchó y empezó a evitarla deliberadamente.

Trilby estaba muy arrepentida por lo ocurrido y a veces trataba de reunir el coraje suficiente para explicárselo todo, pero le faltaban agallas. El día de Año Nuevo pasó sin pena ni gloria y un invierno crudo y blanco se cernió sobre ellos.

La lucha en México se hacía cada vez más virulenta y las tropas se apiñaban a lo largo de la frontera. Dos días antes de Navidad, los insurgentes habían secuestrado un tren cerca de Juárez, y los pasajeros habían sido abandonados junto a las vías. Los rebeldes habían volado puentes y ferrocarriles, e impedían las labores de reparación. En Guzmán habían robado una locomotora y un vagón, y el jefe de los insurgentes, Pascual Orozco, acababa de secuestrar un tren en Chihuahua, asalto en el que habían muerto ciento cincuenta insurgentes.

A principios de febrero enviaron un pequeño destacamento de soldados a San Bernardino para custodiar la frontera y empezó a correr el rumor de que Orozco planeaba atacar Juárez. Había tres líderes rebeldes en ese momento y todos eran bien conocidos entre los habitantes de Douglas. Los principales eran Bracamento, Cabral, y un tal Arturo «Red» López, que hablaba inglés perfectamente y solía actuar de intérprete. El coronel José Blanco estaba al frente de las fuerzas revolucionarias de Chihuahua y su disputa con Orozco se había convertido en el tema de conversación principal en los asentamientos de rebeldes. Se rumoreaba que varios norteamericanos luchaban con los rebeldes a las órdenes de López, y Thorn estaba seguro de que uno de ellos era Naki, que había desaparecido del rancho tras la marcha de Sissy. Trilby esperaba que su esposo estuviera equivocado. Si herían al indio su amiga no podría soportarlo.

No se alejaban mucho de casa, porque los ataques habían aumentado cerca de la frontera, sobre todo desde la llegada de veinte mil tropas norteamericanas que patrullaban toda la frontera con México desde Texas hasta Arizona. Aquél había sido el mayor despliegue de tropas y navíos de guerra que se había llevado a cabo en los Estados Unidos en tiempos de paz y el rumor de una guerra con el país vecino corría como la pólvora, aunque el presidente Taft hubiera declarado que eran falsos.

Sin embargo, a pesar de las maniobras del ejército norteamericano en la frontera, los granjeros y habitantes de las ciudades siempre tenían armas cargadas al alcance de la mano y nunca olvidaban rezar sus oraciones. Tanto así, que el número de fieles religiosos había crecido vertiginosamente.

En marzo, el conflicto empeoró. Trilby y Samantha se mantenían ocupadas, cosiendo y limpiando, mientras que Thorn vigilaba sus rebaños con creciente preocupación, además de ocuparse de la contabilidad y ayudar en las reparaciones de la granja para la cosecha de primavera.

Ya había vendido las tierras de México cuando estalló una revuelta en Agua Prieta con la llegada de un grupo de insurrectos a las órdenes de «Red» López. Por suerte, los rebeldes se retiraron nada más entrar y se oyeron rumores de que Madero había resultado herido en combate en Chihuahua. Fue entonces cuando Díaz revocó la pena de muerte de los insurgentes apresados en un último intento por terminar con la rebelión.

Los periódicos anunciaron que quince norteamericanos habían sido secuestrados en Casas Grandes. Se creía que los rehenes habían sido asesinados cuando Díaz había amenazado con condenar a muerte a todos los insurrectos.

Thorn masculló un juramento al oír las noticias y llamó de inmediato a sus contactos en Washington. Así supo que el presidente Taft le había pedido a Madero que averiguara qué había sido de los cautivos, de los que todavía no se conocía su identidad.

McCollum había llamado a Thorn después del intento frustrado de atacar Agua Prieta, y éste lo había convencido para que retrasara la visita hasta abril. Sin embargo, Trilby se había llevado una gran decepción. La visita de su amiga le habría alegrado un poco la vida. Thorn siempre estaba hostil o sarcástico y apenas hablaban.

Poco a poco la joven cayó en una triste rutina y la chispa de la felicidad se apagó en su mirada. Se había desanimado mucho al descubrir que no estaba embarazada, pero sabía que era mejor así. Un niño habría sufrido las consecuencias de su mala relación con Thorn. Él no le había dicho ni una palabra cuando se lo había dicho. Su rostro, carente de expresión, no había delatado ni uno solo de sus pensamientos.

Por otra parte, Trilby estaba ganando terreno con Samantha. La niña tenía una mente despierta y le gustaba estudiar. Con el fresco de la primavera, se sentaban en el columpio del porche y repasaban las lecciones del día.

De alguna forma, aquella fue una de las épocas más felices en la vida de Trilby. Tenía el control de la casa y Samantha le hacía compañía. Había veces en que llegaba a olvidar que alguna vez había estado en los brazos de Thorn y vibrado con sus besos. Él a veces dormía en la barraca, cuando había que reunir al ganado para marcarlo y vigilar a los ladrones.

En el invierno hubo menos ataques, pero en cuanto la primavera tiñó de verde el campo, los robos de ganado se incrementaron.

Los destacamentos que estaban apostados en Douglas debían de haber aumentado las patrullas a lo largo de la frontera y por ello habían crecido los brotes de violencia. El coronel David Morris vigilaba la situación y estaba listo para apoyar a las tropas de Douglas si era necesario.

Lisa Morris consiguió el divorcio y el doctor Powell empezó a visitarla con frecuencia sin tener que preocuparse por las apariencias. Ella nunca estaba sola cuando lo veía, pero sabía lo que él sentía por ella y la señora. Moye se había dado cuenta del afecto entre ellos.

–El divorcio es definitivo –le dijo Lisa al doctor Powell. Ella se mostraba un tanto reservada.

–Sí, lo sé –él se recostó en la silla y la miró fijamente–. Parece que tiene intención de casarse con la mujer de Douglas. Por lo menos, eso es lo que dicen en el cuartel.

–Espero que sea feliz con ella.

–¿Ha hablado con él?

–A través de su abogado. Sólo me dijo que estaba dispuesto a correr con los gastos. Ha sido un gesto por su parte.

–Teniendo en cuenta el daño que le ha hecho, era su deber.

Lisa notó la rabia que había en su voz y sintió un calor repentino en el vientre. Él no había dicho nada del futuro. ¿Acaso se lo estaba pensando dos veces? Parecía tener ciertas reticencias aunque ella hubiera hecho todo lo posible por resaltar su soltería recién recuperada.

–Usted sabe que yo estuve casado. Mi mujer y mi hijo fueron asesinados por apaches.

–Sí.

Powell apartó la mirada y comenzó a juguetear con el sombrero.

–Llevo mucho tiempo muerto por dentro. Nunca he querido... comprometerme.

Ella entrelazó las manos y se le cayó el alma al suelo.

–Claro.

Él levantó la cabeza y sus ojos relampaguearon.

–Pero ahora sí que quiero –le dijo–. ¡Es lo que más deseo, señora!

Ella se sonrojó al ver el ímpetu de sus sentimientos y buscó sus ojos en silencio.

El doctor Powell se puso en pie.

–Podría haberme expresado mejor. He sido un poco brusco. Le pido perdón.

Ella también se levantó.

–No es necesario –le dijo, mirándolo con ojos felices–. Me alegra mucho que haya...

Él se acercó un poco, cansado de observar las normas del decoro y de la presencia de la señora Moye.

–¡Oh, Lisa! –le dijo con fervor–. Yo quiero mucho más que palabras. ¡Mucho más!

Ella se quedó sin aliento y un temblor le recorrió el cuerpo.

Él cerró el puño sobre el ala del sombrero y masculló algo mientras luchaba contra el impulso de estrecharla entre sus brazos y comérsela a besos.

–¡Debo irme! –le dijo con brusquedad–. Tengo que unirme al destacamento en Douglas. Ha habido algunos problemas y no queremos bajar la guardia.

Ella sintió el deseo que él no podía ocultar y apartó la mirada.

–Sí, lo sé. Oh, Todd, ¿tendrá cuidado? –susurró, preocupada.

Aquella simple pregunta le hizo sentir un desenfreno de placer. Su mirada se posó sobre el corpiño de Lisa y ella sintió cómo se le hinchaban los pechos.

Sus pezones endurecidos se dibujaron en la tela y Todd gimió de deseo.

Rápidamente ella cruzó los brazos, temerosa.

Él le agarró la mano y se la llevó a los labios.

–Sí. Tendré cuidado. Es muy amable al preocuparse... por mí. Que tenga un buen día, señora Morris –le dijo en un tono sofocado, aunque deseara decir cosas muy distintas que el decoro le impedía expresar.

Ella también pensaba en esas cosas, pero él ya estaba al otro lado de la puerta.

–Buenos días, capitán Powell –susurró.

Él la miró por última vez y fue a cumplir con el deber. La viuda Moye no dijo ni una palabra, pero sonrió.

Por fin llegó abril. Habían publicado una orden de búsqueda y captura para «Red» López por un asesinato en Fronteras, después de ser acusado de desorden público en Douglas por el cónsul mexicano. Sin embargo, los agentes de la ley habían negado que López estuviera borracho y no lo habían arrestado.

Teddy leyó la noticia y sonrió. López era un héroe en la mente juvenil del muchacho. Siempre que aparecía algo sobre él en los periódicos, iba a contárselo a Trilby, entusiasmado.

Gracias a él supieron que López se había convertido en «El Capitán», una leyenda local. Thorn lo conocía, pero casi nunca hablaba de nada que tuviera que ver con la revolución.

Trilby se preguntaba cuántas cosas ocultaba sobre la situación de México.

Los estudiantes de arqueología llegaron la primera semana de abril. Del tren sólo bajaron McCollum y un puñado de jóvenes.

–Traté de convencer a la señorita Bates –dijo el profesor en un tono jovial–. Pero salió a relucir el tema de la chaperona y su madre pensó que era incorrecto que viajara rodeada de tantos hombres jóvenes. Ella no puso objeción alguna –añadió.

A Trilby le quedó muy claro el mensaje: Sissy no había querido ir.

–Tengo algunas cartas de la señorita Bates y de su hermano para usted –le dijo McCollum y se las entregó con una sonrisa–. Le manda todo su cariño.

–¿Y cómo están todos? –preguntó Trilby en general. Thorn estaba detrás de ella con cara de pocos amigos.

–Creo que el joven Ben está pensando en volver para probar suerte con lo de ser vaquero –se rió–. Y Richard... –vaciló un instante y miró a su amigo.

–Adelante. Habla –dijo Thorn.

–Él... eh... le mandó una carta a Trilby.

–Si no te importa quiero verla.

–A mí sí –dijo Trilby, fulminándolo con la mirada–. ¡La carta es mía!

–Y tú eres mi esposa –le dijo él, ciego de rabia–. ¡Y yo pongo los límites cuando se trata de cartas de amor de otros hombres!

McCollum se sintió incómodo. Bates había insistido en que llevara la carta y él no había querido negarse.

–Tendré que buscarla –le dijo a Thorn–. Está en la maleta.

–Entonces cuando lleguemos a casa –dijo el vaquero, intentando recuperar la compostura.

Trilby no sabía por qué Richard le había escrito una carta personal sabiendo que estaba casada, pero lo que más la preocupaba era la ira desmesurada de Thorn. ¡Ella no le había pedido que le escribiera!

McCollum sonrió a modo de disculpa.

–Soy arqueólogo, no diplomático –le dijo a Trilby–. Espero no haber causado problemas.

–No. Claro que no –dijo ella–. Usted estudia cosas antiguas. ¿No es así? ¿Como los esqueletos de dinosaurios?

–Eso es paleontología, no arqueología.

–Le meterá cabeza abajo en una kiva si dice cosas como ésa –dijo uno de sus estudiantes–. Tiene muy mal humor para ser un hombre de ciencia –le dijo, bromeando–. ¿No es así, señor McCollum?

–Si quiere aprobar mi asignatura, mejor será que me trate con el debido respeto –dijo McCollum–. ¡De rodillas, joven! ¡Pida perdón!

Trilby empezó a mirar alrededor, tapándose del sol con la mano.

–¿Qué está buscando?

–Hombres con redes.

McCollum se echó a reír.

–¡Vaya! Usted tiene sentido del humor, señora Vance. No me cabe duda de que lo necesita, viviendo con Thorn.

El vaquero le lanzó una mirada furiosa.

–Es fácil tratar conmigo.

McCollum asintió.

–Tan fácil como tratar con una cascabel.

Trilby no pudo aguantar la risa y Thorn masculló algo sobre guardar el equipaje.

–Bueno, yo te ayudo –dijo McCollum.

–No es tan gruñón cuando se le conoce mejor –dijo el estudiante llamado Haskins con una sonrisa.

–Yo le conocí en otra ocasión –dijo Trilby, con educación–. ¿Está casado?

–Viudo –dijo Haskins–. Tiene un hijo de doce años que vive con su hermana. No se llevan muy bien.

–¿Le agrada? Me refiero el señor McCollum.

–A todos nos agrada. Es muy sabio, y a pesar de sus maneras bruscas, es un buen hombre –señaló al resto del grupo–. Éstos son los demás. Harry, Sid, Marty y Darren. Son buena gente. Es nuestro último año, no el primero. La asignatura de arqueología es sólo un repaso para la mayoría de nosotros, y en este viaje queremos hacer un estudio antropológico de los apaches de la zona, combinado con una pequeña escapada a las viejas ruinas hohokam. ¡El doctor McCollum dice que estaremos hartos de la arqueología y la antropología cuando haya acabado con nosotros!

–Señor Haskins, no me cabe la menor duda –dijo Trilby y sonrió.

# CAPÍTULO 17

Trilby hubiera querido echarle un vistazo a la carta de Richard antes de llegar a Los Santos, pero con McCollum y los estudiantes en el coche, y algunos más en un coche alquilado, fue totalmente imposible. En cuando llegaron al rancho, Thorn pidió ver la carta.

McCollum le ofreció una silenciosa disculpa a Trilby y le entregó la carta a Thorn con cierta reticencia. Entonces dijo que tenía que hablar con Haskins y los dejó solos.

–Es mía –dijo Trilby.

Sin dejar de mirarla ni un momento, Thorn la abrió.

–Y tú eres mía. No dejaré que otros hombres te escriban cartas mientras estemos casados.

La carta era fácil de leer y estaba llena de arrepentimiento y disculpas para Trilby. Richard decía que todavía le atormentaba la expresión de su rostro el día de la partida, y pedía que le escribiera pronto para saber que se encontraba bien. Habiéndose casado con un salvaje, seguramente necesitara un hombro para llorar y él le ofrecía el suyo. Se arrepentía mucho de haberla tratado de aquella manera. De hecho estaba recapacitando sobre su forma de vida y sabía que había cometido un terrible error al darle la espalda.

Thorn sintió una oleada de náuseas. Le entregó la carta a su esposa con la mirada sin vida.

—Te manda sus condolencias —le dijo sin más—. Saber que estás casada con un salvaje es un peso sobre su conciencia.

Dio media vuelta y fue a buscar a los estudiantes de arqueología para mostrarles sus habitaciones.

Ella jugueteó un momento con la carta, mirándola sin verla en realidad. La expresión de Thorn le había dado ganas de llorar. Ella había dejado de creerle un salvaje mucho tiempo atrás, pero él no lo sabía porque ella no había tenido agallas para decírselo.

Más tarde, McCollum llevó a los estudiantes a un yacimiento cercano, donde habían aparecido restos de cerámica y algunas puntas de folsom de los indios del Paleolítico, los cazadores de la Edad de Hielo, que se alimentaban de los mamuts y mastodontes que habitaban América del Norte en el pleistoceno, doce mil años antes. En el camino de regreso, iban a parar en la reserva apache para hacer una investigación cultural.

Trilby estaba preocupada por Thorn. Aunque no supiera lo que sentía por él, esperaba que aún la quisiera. Siempre había esperanza. Pero a veces hacía falta un poco de ayuda. Había dejado que las cosas fueran a peor entre ellos sin hacer nada al respecto. En otro momento había creído estar haciendo lo correcto, dándole tiempo para asimilar la infidelidad de Sally y Curt. Quizá había hecho mal.

Sus padres y Teddy siempre iban al pueblo los sábados y ella los llamó cuando Thorn se fue para pedirles que se llevaran también a Samantha.

—Escoge algo bonito, Samantha —le dijo Trilby, que le había encargado comprar tela para hacerle un vestido nuevo.

—Sí, Trilby —dijo la niña con una sonrisa.

Samantha sonreía a menudo y se encontraba mucho más a gusto con su padre, que siempre sacaba tiempo para leerle una historia.

Trilby estaba muy orgullosa de ello. Por lo menos había logrado acercarle a su hija.

–¿No te sentirás sola? –le preguntó la niña.

–Tu padre vendrá a cenar muy pronto. Voy a hacerle un pastel.

–Le gusta mucho el chocolate.

–Y a una niña que yo conozco también.

Samantha se echó a reír y se fue con los Lang.

Trilby horneó la tarta y después se puso un bonito vestido azul claro con encaje y volantes. Se soltó el cabello y se puso un poco de perfume.

Cuando Thorn llegó, estaba muy cansado. Había pasado toda la mañana en una reunión con otros terratenientes. No obstante, se veía distinto con aquel traje elegante.

–¿Vas a alguna parte? –le preguntó al verla sentada en la sala de estar, haciendo punto.

–No –dijo ella con una sonrisa–. ¿Te apetece algo de beber?

–Un vaso de té helado.

Ella dejó a un lado la costura y fue a prepararle la bebida. Él se dejó caer sobre el sofá. Tenía un poco de polvo en la ropa del viaje de vuelta.

Cuando Trilby volvió se estaba sacudiendo el polvo con un cepillo.

–Gracias –dijo con formalidad y le dio un sorbo al refresco–. Vaya. Está muy bueno.

Ella agarró el cepillo y le sacó brillo a las botas que llevaba. Al terminar se quedó quieta, con una mano sobre la rodilla de su marido.

Él se quedó inmóvil al sentir el contacto. Ella nunca lo tocaba. Siempre había sido él quien trataba de acercarse. Había pasado mucho tiempo desde la última vez...

–Quiero pedirte algo –le dijo ella.

–¿Qué quieres? ¿El divorcio? –le preguntó con una amarga sonrisa.

Ella apartó la vista.

–No. No es eso.

Él bajó la guardia.

–¿Y entonces qué es?

Ella vaciló un momento.

–Puede que... no quieras.

Él dejó el vaso en la mesa. Puso las manos sobre las mejillas de la joven y la miró con ojos intensos.

–¿Qué es lo que quieres, Trilby?

Ella entreabrió los labios con un suspiro.

–¿Thorn, me darías un hijo?

Él permaneció impasible. En su rostro no se movía ni un solo músculo.

–¿Disculpa?

–Quiero tener un bebé –dijo antes de perder el valor.

Él soltó el aliento que había contenido y la agarró con fuerza.

–Sólo... Sólo conozco un modo de darte uno –le dijo, tartamudeando.

Ella asintió.

–¿Esta decisión repentina tiene algo que ver con la carta de Bates?

–No, aunque supongo que tú piensas que sí –respondió ella, resignada–. Richard es parte del pasado ahora. Estoy casada contigo y no creo en el divorcio.

–¿Y crees que tener un hijo mío mejoraría nuestra relación?

–¿No crees? ¿Thorn, no te gustaría tener otro hijo? ¿Un niño, quizá?

Thorn empezó respirar con dificultad. Ella le estaba ofreciendo el cielo, pero no se fiaba de ella. Era demasiado pronto.

–Un bebé... es un gran paso.

–Sí –dijo ella y le puso los brazos alrededor de cuello.

Entonces bajó la mirada hasta sus labios y él empezó a sucumbir.

–¿No te gusta besarme de esta forma? –susurró y le dio un beso de fuego.

Thorn reprimió un gemido y en cuestión de segundos llegó al borde de la locura.

La atrajo hacia sí y la besó sin parar hasta arder en aquella fiebre de pasión. Había pasado tanto tiempo que apenas podía respirar mientras la devoraba a besos.

Se levantó y la llevó a su habitación, que estaba en la parte de atrás de la casa. Trilby apenas se dio cuenta, sedienta de él. Cuando le quitó la ropa el deseo se había convertido en desesperación.

Cayeron sobre la cama, piel contra piel. Thorn se puso sobre ella y la penetró casi de inmediato. La necesidad era tan urgente que ya no podía contenerse.

Con los labios sobre los de ella, la embistió una y otra vez, jadeando de placer mientras entraba en la dulce suavidad de su cuerpo femenino.

Ella lo amó sin reservas ni vergüenza. Por primera vez eran dos salvajes en busca del éxtasis.

Cuando por fin llegó, un grito hizo vibrar las entrañas de Trilby y entonces sintió el abandono de Thorn, que acababa de rendirse a aquella convulsión de locura que la tenía atrapada en su seno de fuego.

Los músculos tensos de él se relajaron por fin y ella sintió todo su peso sobre el cuerpo. Ambos temblaban sin cesar, pero él no la dejaba ir.

Trilby no recordaba haber sentido jamás aquella fiebre de deseo. Se aferró al cuello de él con ambos brazos y empezó a sacudir las caderas, buscándole en vano.

–Por favor –susurró mientras lo besaba con frenesí–. ¡Por favor, Thorn, por favor, por favor!

–Trilby, no puedo.

–Tienes que poder –empezó a moverse con ritmo. Su

cuerpo, tan flexible como el mercurio, subía y bajaba con un roce sensual que obraría un pequeño milagro.

Thorn reprimió un gemido al sentir una ola violenta de deseo.

–Sí –susurró ella, subiendo las caderas en un movimiento seductor.

Al sentir a Thorn dentro de su ser, gimió de pasión y lo miró a los ojos desde un océano de delirio.

Deslizó las manos sobre su vientre plano y le tocó en el lugar más íntimo, haciéndole temblar.

–Dame un hijo –dijo, ahogándose–. ¡Thorn!

Él gritó al tiempo que aquellas palabras reverberaban en su mente, en su cuerpo y su alma... Rodó sobre sí mismo hasta que ella quedó encima y entonces capturó sus labios una vez más en un beso abrasador. Así, rodaron de un lado a otro de la cama, tocándose como jamás lo habían hecho, susurrando mensajes de amor, explorando sus cuerpos con manos atrevidas y ansiosas.

Les llevó mucho tiempo, pero cuando por fin llegaron al clímax, el grito desgarrado de Thorn fue sólo un eco del de Trilby.

Un canto triunfal, la derrota de la conciencia...

–No me has contestado –le dijo él un rato más tarde–. ¿Fue por la carta de Bates?

–Fue porque quiero un hijo tuyo –Trilby se dio la vuelta y se apoyó sobre él–. Nunca me habías hecho el amor de esa manera, ni siquiera en nuestra noche de bodas. Thorn, ¿estabas pensando en... Sally?

Podría haberle mentido, pero no se atrevió. No esa vez.

–No –dijo–. Sólo pensaba en ti y en el placer que me das.

Ella se acurrucó sobre su cuerpo musculoso y contempló su virilidad en toda su plenitud.

–A plena luz del día –dijo él.

–Tú me miraste.

–Me gusta mirarte. Tus ojos se oscurecen cuando llegas al clímax. Tan negros como diamantes.

Trilby se ruborizó al recordar el momento. Era la primera vez que se sentía como una verdadera mujer.

–¿Quieres dormir en mi cama de ahora en adelante, o sólo querías un hijo mío?

Ella lo miró a los ojos.

–No. Quiero algo más. Quiero dormir contigo por las noches, Thorn.

Él dio gracias a Dios por haber hecho aquel milagro, pero no dejó que sus ojos lo delataran. Su orgullo ya había sufrido a manos de Trilby en el pasado y no la dejaría ver sus cartas esa vez.

–Yo también quiero que sea así.

Thorn se levantó de la cama y se vistió. Trilby, en cambio, no tenía ninguna prisa por vestirse y le observaba con ojos perezosos y satisfechos.

Thorn se dio cuenta de que no se había vestido cuando terminó de ponerse la ropa. Se volvió y contempló su exquisito cuerpo de seda con una sonrisa.

–Señora Vance, es usted una alegría para los ojos, pero creo que sería aconsejable que se vistiera. Oigo el ruido de un automóvil, lo cual debe de significar que nuestros invitados están de vuelta.

–¡Ya! –se incorporó–. Pero si se han ido...

–Hace horas.

Ella se sonrojó al darse cuenta del tiempo que había pasado en sus brazos.

–Oh.

–Yo los distraeré un rato –le dio la ropa–. Quiero tener un hijo contigo, Trilby –le dijo con una voz aterciopelada–. Nada me haría más feliz.

Se inclinó y la besó con suavidad.

–Ojalá fuera menos salvaje y más caballero. Quizá serías más feliz así.

–Thorn, yo no...

Unas voces rompieron el silencio y se oyó el ruido de un motor al apagarse.

Thorn se volvió hacia la puerta, decidido a ahorrarle un momento embarazoso a su esposa.

–Vístete rápido –le dijo por encima del hombro–. Yo los distraeré.

Trilby se puso la ropa e hizo la cama con dedos torpes. Acababa de salir al pasillo cuando se encontró con McCollum. El profesor parecía cansado y malhumorado.

–¿Qué sucede?

–Tengo malas noticias. Estuvimos en la reserva. Parece que los rumores son ciertos. El amigo de Thorn, Naki, se ha ido a México a luchar con los rebeldes.

Trilby se puso tensa. Ninguno de ellos había sabido de Naki durante meses, excepto Jorge. El mexicano les había dicho que corría el rumor de que estaba con López, pero ella no lo había mencionado en sus cartas a Sissy. No podía decirle eso a su amiga.

–Habíamos oído que estaba en México –dijo ella, lentamente.

–Siento tener que darles esta mala noticia. Es muy peligroso estar allí ahora.

McCollum tenía razón. Habían matado a un grupo de rebeldes, entre los que se encontraban algunos norteamericanos, si los rumores eran ciertos.

Trilby cambió de tema rápidamente.

–¿Y cómo va el trabajo de campo?

Eso puso de buen humor a McCollum. No había nada que le gustara más que su trabajo, así que le habló de ello con todo lujo de detalles. Thorn se unió a ellos un rato después. El vaquero parecía preocupado...

Los días siguientes fueron muy emocionantes para los estudiantes de McCollum. Los jóvenes pasaban la mayor parte del tiempo explorando las excavaciones y aprendiendo cosas de primera mano sobre las costumbres apaches. No obstante, Thorn les había pedido que fueran precavidos. La lucha se había encarnizado en México y las aldeas pequeñas pasaban a manos de los federales de un día para otro. Además, el gobierno mexicano le había encargado veinte millones de cartuchos Mauser a Francia con carácter urgente.

McCollum se tomó el tema en serio y aceptó la escolta que Thorn le ofrecía. Los vaqueros vigilaban las colinas mientras McCollum trabajaba con sus estudiantes.

–Son una gente fascinante –le dijo Haskins a su profesor mientras comían con su anfitrión, un jefe de la tribu.

–Ya lo creo –dijo McCollum, mirando a sus estudiantes–. No son lo que esperaba. ¿Verdad, señor Greensboro? –le preguntó a un hombre alto y oscuro.

–En absoluto, señor. Yo esperaba encontrarme con un grupo de trogloditas de la Edad de Piedra. No son los salvajes ignorantes que esperaba encontrar. A pesar de creer en la magia y en supersticiones, son una gente inteligente y orgullosa.

–Vistas tan de cerca, casi todas las tribus lo son. Puede que sus costumbres sociales difieran mucho de las nuestras, pero tienen mucho que enseñarnos sobre la supervivencia en uno de los entornos más hostiles del planeta.

–¿Y por qué se ha perpetuado el mito de su ignorancia? Es evidente que los prejuicios abundan aquí en el oeste –señaló Haskins.

–Sin duda –McCollum eructó para demostrarle a su anfitrión que la comida había sido de su agrado.

Entonces miró a sus estudiantes con un gesto ceñudo y éstos también demostraron su satisfacción con la comida. Después pidió permiso y encendió su pipa mientras los otros terminaban.

–Siglos de prejuicios no desaparecen así como así, Haskins. Me temo que tendremos que vivir con ello durante muchos años hasta que los blancos aprender a aceptar y a apreciar las diferencias de otras culturas.

–Nosotros sí lo hacemos –dijo Greensboro.

–Claro, pero nosotros somos inteligentes. Eructe de nuevo, señor Greensboro. Nuestro anfitrión está preocupado. Cree que no le ha gustado su comida.

–Oh, lo siento –Greensboro soltó un eructo satisfactorio.

–En los bosques del este también se considera educado eructar después de una comida –señaló McCollum al ver un ligero rechazo en los ojos de sus estudiantes–. Y también os tengo que recordar que a pesar de los modales exquisitos que uno encuentra en un salón del este a la hora del té, en la élite de la sociedad todavía existe la costumbre de vestir a niños pequeños con ropa de niña.

–Pero algunas tribus indias tienen hombres que se visten de mujer –dijo Greensboro–. Los llaman *berdache*.

–¡Muy bien, señor Greensboro! A veces sí que escucha mis charlas. ¿No?

Greensboro se sonrojó.

–¡Claro, señor!

–¿A qué se refiere con «charla»? –preguntó el jefe indio, que había guardado silencio durante toda la conversación.

–Así es como enseñamos en la universidad –dijo McCollum–. Yo enseño antropología y arqueología –dijo y le explicó en qué consistían las asignaturas.

–Entiendo –dijo el apache y miró a todos los estudiantes–. ¿Estos jóvenes viven en «wickiups» –señalo la vivienda en la que se encontraban– y aprenden de sus mayores como nosotros?

–¿Se refiere a cómo sobrevivir en el desierto sin agua, chupando piedras y ayunando para tener la visión de un espíritu guía? –preguntó McCollum–. No. No exactamente. Estos hombres están aprendiendo a apreciar otras culturas y otras formas de vida, además de estudiar el modo de vida de nuestros antepasados. Más adelante serán ellos quienes enseñen a otros.

El jefe asintió.

–Esto es bueno. Aprenderemos los unos de los otros y no habrá tanta... –se detuvo para encontrar la palabra exacta–. Hostilidad.

–Eso esperamos.

El jefe indígena sacó la pipa de la paz y miró a McCollum mientras la llenaba.

–¿Les ha explicado esta costumbre?

McCollum vaciló un instante. Él conocía el uso del peyote, pero ésa era la casa de su anfitrión y la ética y las costumbres lo obligaban a no rechazar su hospitalidad.

–Sí, así es –dijo McCollum.

Con una mirada les lanzó una advertencia a los jóvenes. No era el momento de hacer comentarios inoportunos.

–No se preocupe, señor –dijo Haskins, guiñando un ojo–. Somos duros de pelar.

Mientras Haskins hablaba el jefe terminó de llenar la pipa y la ofreció en las cuatro direcciones con solemnidad.

Cuando terminaron el ritual, la pipa fue de mano en mano y todos los presentes le dieron una calada. Después tomaron una bebida ceremonial cuyo aspecto era peor que su sabor y en cuestión de segundos el profesor y los estudiantes emprendieron una desesperada carrera hacia la maleza.

–Es una medicina buena –dijo el jefe entre risas antes de vaciar el estómago–. Limpia el estómago.

McCollum, que sabía de la existencia de la «bebida negra» que sucedía a cualquier reunión con hombres blancos, asintió con debilidad. La cabeza le daba vueltas y unos retortijones infernales le sacudían el estómago.

–Medicina buena –repitió, muy a su pesar.

Haskins se creía a punto de morir y agarró el vaso de agua que le ofrecían con desesperación.

–Enhorabuena –dijo McCollum casi sin aliento–. Ahora eres un hombre.

–Muchas gra... –sintió ganas de devolver.

El jefe quedó encantado con la fortaleza de sus invitados y no tardó en confiarles interesantes detalles de la vida de los apaches; cosas que ni siquiera Naki les había dicho. Así, les habló de diferentes enfermedades, como la del oso y la del coyote. Y también les enseñó cuál era el tratamiento. Les dijo que temían a los búhos porque las almas de los muertos malvados los poseían en el momento de la muerte. Les enseñó a ahuyentar la enfermedad y a reconocer a una bruja. Aquellos eran secretos, y McCollum y sus chicos prometieron no revelarlos jamás antes de conocerlos. El profesor respetaba las costumbres de su anfitrión e insistía en que sus alumnos hicieran lo mismo.

–El misticismo es fascinante –dijo Greensboro mientras seguían al jefe por todo el pueblo.

–Nunca cometas el error de criticar las creencias de otras culturas –les aconsejó McCollum–. En la mayoría de las culturas ancestrales, la enfermedad y la muerte se consideran acontecimientos anormales causados por la magia.

–Sí, lo sé –dijo Haskins–. He leído sobre algunas tragedias causadas por forasteros al romper algún tabú tribal –mencionó una masacre ocurrida en un país suramericano.

–Esas cosas pasan –dijo McCollum–. Es muy peligroso jugar con el misticismo.

–Pero los apaches no son tan hostiles.

–Son muy supersticiosos –respondió McCollum–. Puede que no te maten, pero podrías echar por tierra todo mi trabajo aquí. No pongas en peligro mi trabajo con algún comentario insensato. No tienes por qué estar de acuerdo con sus costumbres para respetarlas.

–Claro, señor. No es mi intención ofender.

–Lo estás haciendo muy bien, Greensboro. Muy bien. Creo que serás un buen arqueólogo.

El joven se sonrojó.

–Vaya. Muchas gracias, señor.

–A mí nunca me ha dicho eso –dijo Haskins.

El profesor arqueó las cejas.

–¿Crees que soy tonto, Haskins? Has sacado un diez en todos mis exámenes. ¡Y el decano me ha dicho que puedo perder la cátedra por tu culpa antes de que te gradúes! Dios mío. Lo último que necesitas son palabras de aliento.

Todo el mundo se echó a reír, incluyendo a Haskins.

# CAPÍTULO 18

Thorn y McCollum guardaron silencio durante la comida y Trilby se dio cuenta de que se trataba de Naki. Jorge les había dicho que el apache podía estar muerto. Sissy estaba desesperada por tener noticias de Naki, pero Trilby no había tenido el valor de contestarle la última carta.

De pronto tuvo una visión de Thorn, desaparecido en México. Sintió una ola de náuseas y tuvo que sentarse.

–¿Qué pasa? –preguntó McCollum.

–Nada –dijo Trilby, sintiendo un vacío en el estómago.

–¿Quiere que le traiga algo?

Thorn entró en ese momento y al ver el rostro de su esposa frunció el ceño.

–¿Qué sucede?

–Trilby se ha mareado un poco. Eso es todo. La dejo en tus manos.

Thorn se arrodilló junto a Trilby.

–¿Te encuentras bien, cariño?

Ella lo miró a los ojos y el terror que sentía se desvaneció. Le acarició la mejilla.

Él se echó hacia atrás con un gemido ahogado.

–Oh... Lo siento –dijo ella, avergonzada–. No quería...

Él le agarró la mano y volvió a ponerla sobre su mejilla. Con la otra le sujetó la nuca para darle un apasionado beso.

–No me lo esperaba –dijo con una extraña risa–. No sueles tocarme, Trilby.

Ella levantó la vista y miró sus ojos tranquilos.

–Lo haría, si te gustara.

–Me gusta.

Ella deslizó las manos sobre el contorno de su rostro varonil.

–Eres muy apuesto. Me gusta sentirte cuando me besas.

–Y a mí –le miró los labios–. Me gustaría mucho tumbarte sobre la mesa de la cocina y...

–¡Oh, Thorn!

El sonido de unos pasos les devolvió la cordura. Él se apartó de ella y se rió de forma entrecortada.

–Me robas el aliento.

–Qué bien –dijo ella en un tono pícaro.

–¿Quieres volverme loco?

Ella pestañeó de forma seductora, consciente de su poder sobre él.

–Ojo por ojo. Apenas puedo mantenerme en pie.

–¿Vas a dormir conmigo esta noche?

–Claro.

Él se sonrojó y una chispa brilló en sus ojos.

–¿Todo bien? –preguntó McCollum desde la puerta.

–Muy bien. De verdad –le dijo Trilby–. Sólo me he mareado un poco. A veces me pasa. No es nada serio.

–¿Estás segura? –le preguntó Thorn.

Ella sonrió.

–Sí. Estoy segura.

Trilby no quería que McCollum le hablara de Naki a Sissy y él le prometió guardar silencio sobre los rumores.

–Siento lo de Naki –dijo el profesor.

–Y yo –dijo Thorn.

–Puede que todavía aparezca. ¿Sabes? –añadió McCollum con una sonrisa–. Es un hombre con muchos recursos.

–Los necesitará –Thorn jugueteó con el tenedor y miró a Trilby con ojos hambrientos.

La noche anterior la había colmado de besos, pero no se había atrevido a hacer más después de la apasionada tarde que habían compartido. Ella se había acurrucado a su lado con la mejilla sobre su pecho y él había sentido un placer infinito.

Esa mañana había una nueva relación entre ellos. Ella le lanzaba miradas cómplices y no se apartaba cuando le ponía el brazo sobre los hombros.

Por primera vez, Thorn olvidó las causas y los motivos, y ahuyentó el fantasma de Richard Bates.

Tres días después, McCollum y los alumnos subieron a un tren rumbo al este. Pensaban quedarse dos semanas, pero McCollum tuvo que volver de forma anticipada.

Thorn y Trilby acababan de llegar a casa cuando un solitario jinete apareció a lo lejos. El hombre galopaba en dirección al rancho, como alma que lleva el diablo.

Trilby entró con Samantha y Thorn esperó en el porche. Su aguda mirada ya había descubierto la identidad del jinete.

–¡Naki! –gritó cuando el hombre bajó del caballo–. ¿Eres tú?

Tuvo que preguntar para cerciorarse. Aquel hombre vestido de vaquero con un enorme sombrero mexicano no se parecía en nada al apache. Incluso se había cortado el cabello.

–Sí, soy yo –dijo Naki, casi sin aliento–. ¿Dónde está? Me dijeron que McCollum había venido con algunos estudiantes. He cabalgado toda la noche... ¿Está en la casa?

Thorn lo miró fijamente, asombrado.

–No está aquí.

Naki miró a su amigo.

–Me dijeron que...

–No vino. Sólo vino McCollum con algunos hombres. A McCollum le dijeron que te habías ido a luchar con los maderistas y que nadie tenía noticias tuyas. Jorge nos dijo que habías desaparecido en combate y que probablemente estabas muerto.

Él vaciló un momento; su rostro serio y siniestro.

–¿Lo sabe Alexandra? ¿Le ha dicho alguien que había muerto?

–No. Todavía no. Trilby le pidió a McCollum que guardara silencio.

Naki se secó el sudor de la frente con la mano.

–Me involucré en la lucha. De alguna forma, fue como una segunda oportunidad de ayudar a los oprimidos. He estado ayudando a la gente del coronel José de Luz Blanco, bajo las órdenes de Red López. Ha sido un infierno. Me hirieron en el hombro y tardé semanas en volver a levantarme. Pero no estoy muerto.

–Gracias a Dios.

Naki se encogió de hombros y jugueteó con las riendas.

–Quizá sea mejor que no haya venido. Blanco me dijo que después de la revolución podría llevar el rancho de un hacendado o tener el mío propio. No hay tantos prejuicios en México, excepto contra los españoles de clase alta. Si no les digo que soy apache, no saben de dónde vengo.

Thorn miró al indio fijamente.

–¿Por cuánto tiempo piensas ignorar tu herencia cultural, tus raíces?

Naki miró hacia el horizonte.

–No puedo. Estoy orgulloso de lo que soy. No trato de esconderlo entre los mexicanos. Pero hay muy pocos prejuicios entre los rebeldes. Todos somos marginados. Después de la revolución, si ganamos, mi raza no tendrá importancia. No en México –se volvió hacia Thorn–. ¡La amo!

La agonía en su voz llegó al alma de Thorn.

–Lo sé, pero ella no querría que sacrificaras tus raíces. Ella te acepta como eres. Te ama como eres.

–Thorn, no podría vivir en el este. Y aunque ella piense lo contrario, la reserva acabaría con ella. La única posibilidad es México.

–México es una tierra convulsa.

–Ya me he dado cuenta.

–Entra y quédate un rato, por lo menos. Cuéntanos qué está pasando. Jorge es nuestra única fuente de noticias sobre la revolución.

Trilby se alegró mucho de ver que Naki seguía vivo y puso un plato extra en la mesa.

–Aquí en el norte tenemos un líder capaz, el coronel Blanco. Pero no es el único. Hay un tipo llamado Arturo López que dirige otro contingente. Le llaman «Red». Ahora mismo estoy en su grupo –Naki sacudió la cabeza–. No os podéis ni imaginar la diversidad que hay en nuestras filas. He visto a legionarios franceses, alemanes, holandeses, y muchos vaqueros de Arizona, Texas y Nuevo México. Incluso hay algunos peleles del este. Entre ellos hay un graduado de Harvard. –sonrió–. Y dicen que... –se inclinó hacia delante con aires de secretismo–. ¡Hay un indio apache entre los rebeldes!

–¡No me digas! –exclamó Thorn.

–¿Y quién creería tal cosa? –preguntó Trilby, bromeando–. ¿Ganará Madero?

–Claro que sí. Aun así, no creo que dure mucho en el poder. Tiene buen corazón, pero hace falta mucho más que eso para dirigir un país. Hace falta crueldad.

Después de comer, Thorn acompañó a su amigo al granero, donde le esperaba su caballo, limpio y alimentado.

–¿Seguro que no quieres pasar la noche aquí?

–Me comprometí a volver al amanecer –Naki dudó un momento–. Yo hago de traductor cuando López no está. No digas nada, pero se habla de una gran batalla. No es buena idea alejarse mucho del rancho ni tampoco acercarse a Douglas. No puedo decir nada más, pero debes confiar en mí.

–Lo haré. Gracias –Thorn no insistió aunque la información fuera insuficiente–. ¿Qué le decimos a Sissy cuando escriba?

Naki dudó un momento. Terminó de ensillar al caballo y se ajustó la ventrera.

–No le digas nada –dijo al final–. Es mejor que no sepa nada hasta que termine la revolución.

Thorn titubeó. Trilby había dicho que Sissy estaba desesperada. Si lo creía muerto, podía llegar a cometer una estupidez.

–Espero que McCollum mantenga la boca cerrada si ella le pregunta por ti. Es un buen hombre, pero las mujeres lo ponen nervioso, sobre todo las mujeres cabreadas. ¿Y si le cuenta lo que se rumorea sobre ti?

–Sé lo que estás pensando, pero no subestimes a Alexandra. Yo sé cómo se siente, pero ella es demasiado fuerte, demasiado dura para quitarse la vida. Si alguien le dice que he muerto, aguantará el dolor y se hará más fuerte. Lo sé.

–¿Y si te equivocas? ¿Podrás vivir con ello?

–Claro que no. Pero no me equivoco. Al final, si logro sobrevivir en México, se lo diré yo mismo y le daré a elegir. Si no lo consigo, es mejor que me crea muerto. Por su propio bien.

–Si yo estuviera en tu lugar, no podría ser tan noble. Yo mataría por Trilby. Moriría por ella.

–Lo sé. ¿Se lo has dicho a ella?

Thorn se rió con frialdad.

–Todavía está enamorada del tipo del este. Ahora por lo menos me acepta, pero no tengo su corazón.

–No pierdas la esperanza. El tipo del este no está aquí. Tú sí.

–Sí. Es mi única ventaja –le estrechó la mano a su amigo–. Que no te peguen un tiro.

–No duermas profundamente por las noches. Puede que hayas renunciado a las tierras de México, pero tu ganado es toda una tentación para hombres hambrientos y desesperados por ganar una revolución. Mantén los dos ojos bien abiertos. Recuerda lo que te dije de Douglas.

–Lo haré. Gracias.

–De nada.

–Trata de seguir en contacto, por lo menos a través de los parientes de Jorge. ¿Lo harás?

Naki subió al lomo del caballo, elegante y legendario.

–Haré lo que pueda.

–Adiós.

–Vaya con Dios –le dijo el apache.

Su caballo dio media vuelta y se alejó por el camino; una silueta solitaria contra el cielo nocturno.

–¿Pero por qué no nos deja decírselo a Sissy? –preguntó Trilby, angustiada–. ¿No sabe que la mataría creer que está muerto?

–Lo sabe. Es por su propio bien. No quiere darle esperanza y arrebatársela de nuevo. Lo que trata de hacer es algo asombroso, Trilby. Renunciar a su tierra, por el amor de una mujer.

–Qué cosa tan increíble. Un hombre dispuesto a hacer eso por una insignificante fémina –le dijo ella, mirándole de reojo.

Él sonrió suavemente. Samantha ya se había ido a la cama y la casa estaba en silencio. Sólo se oía el tictac del reloj de pared del abuelo de Thorn.

–Te deseo –le dijo él.

–¡Thorn!

–Lo sé. Sigo siendo un salvaje. ¿No? –le dijo, acercándose un poco–. Soy demasiado rudo y brusco para una dama como tú.

–No. No lo eres –dijo ella, temblando–. Te deseo.

Sin dejar de mirarle a los ojos, Trilby se desabrochó el cuello del vestido y no paró hasta desabrocharlo hasta la cintura.

–Oh, Trilby –susurró él con devoción.

Puso las manos sobre su rostro y tiró de él.

–Mi amor –susurro Thorn con un hilo de voz, rodeándola en sus brazos–. Mi amor.

Ella se rindió al tacto de su boca húmeda, que no tardó en endurecerle los pezones.

Entonces Thorn la tomó en brazos y fue hacia el dormitorio. La dejó en la cama y comenzó a desvestirla en la oscuridad.

Ella le hizo detenerse.

–¿No me deseas? –le preguntó él, confuso.

–Enciende la luz. Yo... quiero ver cómo me haces tuya.

Thorn buscó cerillas a toda prisa y estuvo a punto de tirar al suelo la lámpara al encenderla. Finalmente se volvió hacia ella, temblando de deseo.

–¿Te ha molestado? –le preguntó ella, apoyada en los codos–. ¿He sido demasiado atrevida?

–No. Desde luego que no.

Thorn buscó sus labios y se rozó contra ellos con un dulce beso.

–Sedúceme –le dijo al oído mientras desabrochaba los corchetes que le cerraban el vestido–. Nunca te lo reprocharé, Trilby. Sé todo lo atrevida que quieras. Me encanta.

Ella gimió de placer y dio rienda suelta a sus impulsos más inconfesables, tocándole y adorándole como sólo había hecho en sueños.

Cuando él se puso encima, ella lo deseaba con tanto desenfreno que jadeaba con cada movimiento de su cuerpo varonil y arqueaba las caderas, invitándolo a poseerla por completo.

Pero Thorn no tenía prisa, sino que calculaba cada gesto, cada beso... Esa vez todo era distinto.

La voz de Thorn se quebró al confesarle que ese momento íntimo era el más profundo e intenso que había compartido con ella. Y aunque en ese momento estuviera dentro de ella, deseó que sus cuerpos se fundieran para toda la eternidad.

Ella gritó. El suave movimiento de las caderas de Thorn había provocado una avalancha de gozo en su interior. Trilby derramó una lágrima y se preguntó si podría sobrevivir a aquel olvido ardiente que le había arrebatado la cordura.

Cuando abrió los ojos lo primero que vio fue el rostro de él, que la había mirado todo el tiempo, disfrutando con su placer.

–¿Lo viste? –preguntó ella, exhausta.

–Sí. Y ahora me verás tú, Trilby –le dijo, moviéndose de nuevo–. Mira. Te dejaré ver... Mira, Trilby. Mira... Mira... Mírame.

Entonces él llegó a su destino y ella le observó, fascinada. Los músculos de su cuello se contrajeron, y un grito de puro éxtasis escapó de sus labios entreabiertos. Su cuerpo convulsionó con tanta violencia que ella contuvo la respiración.

Thorn cayó sobre ella, débil y agotado.

–Oh... Dios –dijo la joven, acariciándole.

–Con luz –murmuró él desde el cansancio–. Yo te vi y tú me viste. Nunca habría soñado con algo así.

–Yo tampoco –Trilby lo abrazó con frenesí–. ¡Oh, no, por favor! –exclamó cuando él intentó apartarse a un lado.

Él levantó la cabeza y la miró a los ojos.

–No es posible...

–Lo sé. Sólo quiero sentirte así.

Él sonrió con tanta dulzura que ella sintió un dolor en el corazón.

–Era a mí a quien deseabas ¿No? –le preguntó ella.

–Yo podría hacerte la misma pregunta. ¿Yaces en mis brazos y piensas en el hombre al que perdiste?

–No sería posible. No cuando estamos así, tan cerca, tan unidos.

Thorn recorrió la línea de sus labios con la punta del dedo.

–Mi esencia está dentro de ti –susurró.

–Sí.

Él la besó en los labios y dentro de ellos, y Trilby le sintió crecer dentro de sí misma.

–Puedo hacerlo otra vez –susurró él–. ¿Y tú?

–¡Sí... Sí! ¡Thorn... por favor!

Él comenzó a moverse una vez más. La eternidad aguardaba al final del camino...

Los días se volvieron felices después de aquella noche. Thorn no soportaba alejarse de Trilby, que estaba contenta y radiante.

El único momento que arruinó tanta felicidad fue un desesperado mensaje de Sissy. Al parecer, había conseguido sonsacarle información sobre Naki a McCollum. Trilby hubiera querido decirle la verdad, pero Thorn la disuadió alegando que ése no era el deseo del indio, así que finalmente le escribió una carta en la que le pedía que no perdiera la esperanza.

Así pues, Thorn y su esposa disfrutaron de unos días apacibles, pero una mañana todo se convirtió en angustia.

–Nunca he visto a mi hija tan radiante –dijo Jack Lang al día siguiente, de visita en casa de su hija.

Él y Thorn estaban comprobando las marcas del ganado para ver si alguna res de Blackwater Springs se había adentrado en Los Santos. Había que hacer un rodeo y los ánimos siempre se caldeaban, sobre todo el de Thorn. Pero esa mañana, parecía más irritado y malhumorado que nunca. Apenas hablaba y tenía una expresión turbulenta en los ojos.

–¿Ah, no? –murmuró a modo de contestación.

Trilby sí estaba radiante, pero él era el único que sospechaba por qué. Con sólo pensarlo se helaba por dentro.

–¿Hay alguna razón en particular para tanta alegría?

Thorn contrajo la mandíbula.

–Si me estás preguntando si está embarazada, no es eso por lo que sonríe.

–Yo no pretendía inmiscuirme –dijo Jack con gesto serio–. Espero que esté tan contenta como parece. No empezasteis con buen pie. Trilby tuvo que cambiar algunas actitudes. Ella creció en un entorno muy refinado y le fue difícil adaptarse a la vida aquí –señaló a su alrededor.

–Creo que se está manejando muy bien –dijo Thorn, pero no mencionó lo que había ocurrido esa misma mañana; algo que le había hecho sentir un profundo pavor.

Bates le había escrito otra carta. Él la había visto sobre la mesita del vestíbulo.

En ella Richard le hablaba de un cambio radical en su vida. En lugar de seguir viajando por Europa, había aceptado un empleo en un banco local...

Thorn sintió una punzada de dolor al recordar todo lo que decía en la misiva; cosas que amenazaban con destruir la felicidad que tanto le había costado conseguir.

–Estás muy callado hoy –le dijo Jack.

–Él le escribió. Bates. Tiene un empleo en un banco.

–¿Dick? Dios mío. Un milagro.

–Trilby lo quería. ¿Crees que aún lo ama?

Jack se puso rojo.

–¡Qué pregunta!

–¡Tengo que saberlo! –dijo Thorn con brusquedad.

–¿Y por qué no se lo preguntas?

–Porque no habla conmigo. No sobre eso. No quiere hablar de él.

–Él la tenía encandilada –dijo Jack un momento después–. Pero no creo que haya pasado de ahí. ¿No ves que sólo era un enamoramiento adolescente?

–Yo creo que él no sabía lo que sentía por ella hasta que se casó conmigo. Si ha cambiado su modo de vida, quizá lo haya hecho para que ella vea que trata de ser mejor persona.

–Pero Trilby es feliz contigo.

–Puede que se conforme con lo que tiene –dijo Thorn con su testarudez habitual. Incluso había llegado a pensar que su furor era sólo el resultado del deseo de tener un hijo.

–Yo creo que ella te quiere.

–¿En serio? He pensado en ofrecerle el divorcio –dijo Thorn, dejando sin habla a su suegro.

–¿El divorcio? ¿Por qué?

–Si sería más feliz con Bates, ¿cómo voy a obligarla estar conmigo?

–¿Qué decía en esa carta, Thorn? –le preguntó Jack, preocupado.

Thorn habló con la mirada perdida.

–Dijo que tenía un trabajo prometedor. Que se había dado cuenta demasiado tarde de lo mucho que la amaba. Quiere que me deje y se case con él. Dice que será mucho más feliz en su ambiente porque así no tendrá que soportar a un... salvaje como yo.

# CAPÍTULO 19

–Debe de ser un error –dijo Jack.

–No lo es. Leí dos veces la carta, pero ella no me dijo que la había recibido –eso era lo que más le dolía–. No la mencionó en absoluto.

–Pero no la habría dejado encima de la mesa si no hubiera querido que la vieras.

–¿No? Quizá pensara que ésa era la forma más sencilla de decirme que quiere irse.

–Puedo hablar con ella.

–¿Para qué? ¿Para decirle que un divorcio es algo impensable? No quiero una mujer que apenas me soporta y que sueña con otro hombre. Tengo que dejarla ir.

–No sé qué decir.

–Entonces no digas nada. Y mucho menos a Trilby. Tenemos que solucionarlo nosotros. Yo haré lo que ella quiera. Su felicidad es cosa mía.

–Pensaba que no la amabas.

Thorn se rió con amargura.

–Moriría por ella.

–Lo siento mucho.

–Sí. Y yo –hizo girar a su caballo–. No tenemos mucho tiempo –añadió mirando al cielo, que se oscurecía por momentos–. Mejor será que les digamos que se den prisa.

Cuando llegó la casa estaba a oscuras y en silencio. Entró de puntillas en la habitación de Samantha, pero la niña ya estaba dormida.

Contempló a su hija un instante. Su pequeña...

–Está dormida –dijo Trilby, desde la puerta.

–Sí, lo sé.

–¿Tienes hambre? Acabo de calentar un poco de sopa y también he hecho pan para acompañar.

–No he comido nada. Te lo agradezco –le dijo, sin siquiera mirarla.

Se quitó el sombrero, lo arrojó sobre el perchero y la siguió hasta el salón.

Trilby notó el cambio de actitud y entonces recordó la carta que había encontrado en la mesa del vestíbulo. Samantha la había tomado de la cómoda de su habitación para quitarle un sello y después la había olvidado por completo cuando la había visto sacar una bandeja de galletas del horno. Cuando había vuelto a buscarla, Thorn ya no estaba en casa.

–Thorn... Viste la carta. ¿Verdad? –le dijo, de pie al otro lado de la mesa.

–Seguro que querías que la viera –dijo él, sentándose en una silla–. Contéstale si quieres. Me da igual que... ardas en deseo cuando te hago el amor –la miró a los ojos con un desprecio sarcástico–. Sí deseo tu cuerpo, Trilby, y tal vez un hijo. Siempre que pueda tenerte, Bates es bienvenido en tu corazón.

Ella se puso pálida. De no haber estado agarrada al respaldar de la silla, se habría caído al suelo.

–¿Qué?

–Me has oído –estiró la servilleta y se la puso en el regazo. Entonces se sirvió un poco de sopa–. ¿Hay mantequilla para el pan?

Trilby la sacó de la nevera con manos temblorosas y la puso sobre la mesa. Estuvo a punto de tirar el cuchillo de la mantequilla antes de ponerlo junto al plato.

–Gracias –dijo él–. ¿No vas a comer?

–Cené con Samantha. Si no te importa, ¿podrías dejar los platos en el fregadero cuando termines? Los lavaré por la mañana.

Él la miró con rabia reprimida.

–¿Todavía soy bienvenido en tu cama, Trilby? ¿O tienes la cabeza llena de sueños románticos con Bates? No tendré ningún reparo en despertarte si estás dormida cuando vaya a tu lado. Puede que él quiera casarse contigo, pero seguirás siendo mi esposa hasta que yo te deje ir.

Ella lo miró como si fuera un extraño.

–La abriste –se llevó la mano al cuello–. Leíste la carta.

–Sí, la leí –le dijo, furioso–. ¿Es por eso que has sido tan generosa en mis brazos, Trilby? ¿Estás tratando de ablandarme para que acepte el divorcio? ¡Maldita sea! ¿Cuántas cartas ha habido antes de ésta?

–Ninguna –se apresuró a decir ella–. ¡Ninguna, Thorn, lo juro!

Él se levantó y tiró la silla al suelo. Entonces fue hacia ella y la agarró con violencia.

–Juro por Dios que no pensarás en él esta noche. ¡Juro que no lo harás!

Estrelló su boca contra los labios de Trilby y los devoró con fervor. Entonces la levantó en brazos y la llevó al dormitorio.

Ella trató de protestar, pero la fuerza de él era aterradora. Thorn la tiró en la cama y cerró la puerta con llave.

–Bates piensa que soy un salvaje –le dijo con un rostro de piedra–. Tú nunca has pensado en mí de otra manera. Quizá sea hora de estar a la altura de tu opinión sobre mí.

Entonces se inclinó sobre ella con los ojos ardientes de deseo.

Los primeros rayos de sol se filtraban por las cortinas cuando Trilby abrió los ojos. No había ni una sola parte de su cuerpo que no hubiera sentido las manos y los labios de Thorn. Ambos se habían consumido en una noche de pasión, pero esa mañana ella se sentía ultrajada y no podía sino sonrojarse al recordar las cosas que le había hecho él.

Él había querido ser brutal, pero había conseguido el efecto contrario. Ella había experimentado el maremoto de placer más poderoso de toda su vida. La angustia que él sentía había generado una tensión que la había llevado a la locura al ritmo de sus violentas embestidas.

Para él también había sido así. Ella lo sabía. Pero una vez no había sido suficiente. Él la había hecho suya una y otra vez, con la voz y el corazón rotos.

Sólo el cansancio había podido con él.

Trilby miró a su alrededor, pero Thorn no estaba. Sin embargo, había una nota escrita a mano sobre la mesa...

Trilby nunca se habría imaginado que Thorn se odiaba a sí mismo por lo que había hecho. Al ver las marcas que su boca y sus dedos habían dejado sobre ella había mascullado un juramento tras otro. La culpa, los celos y el dolor sin esperanza lo consumían sin remedio.

Una mujer como ella jamás perdonaría lo que le había hecho esa noche. Y él tampoco sería capaz de perdonarse a sí mismo. No era de extrañar que ella amara a otro hombre.

La había querido con locura, tanto que le dolía el corazón con solo verla...

Pero tenía que dejarla ir. Tenía que dejarla volver junto al hombre que amaba.

–Buenos días, señor –le dijo Jorge–. Se ha levantado mucho más temprano que de costumbre –frunció el ceño al ver que llevaba maleta–. ¿Señor, va a alguna parte?

–Sí. A Tucson. Voy a ver unas reses de las que me hablaron el mes pasado.

–Ah, sí. Pero creía que había decidido no comprarlas.

Thorn lo fulminó con unos ojos inyectados en sangre.

–Pero he cambiado de idea. Vamos. Tendrás que llevarme en coche a la estación y traer el coche de vuelta.

–Sí, señor.

–Cuida de la señora Vance mientras esté aquí. Ya le he dicho que puede dejar a Samantha con sus padre si... si tiene que hacerlo por cualquier razón.

Jorge le miró sin entender nada.

–Sí, señor.

–Volveré dentro de unos días –arrancó el coche, puso la maleta en la parte de atrás, y esperó a que subiera Jorge.

Entonces salió a toda prisa, sin mirar atrás.

Trilby recogió el cuaderno de notas con manos temblorosas y leyó el mensaje.

*Te pido perdón por mi comportamiento de anoche, aunque sé que lo que hice es imperdonable. Lo único que puedo hacer es darte la libertad. Puedes dejar a Samantha con tus padres. Es mejor así. Te he dejado dinero en el tocador para que puedas comprar el billete de vuelta a casa. Será más fácil si te divorcias de mí. Dile a tu abogado que me mande la factura. Siento mucho el daño que te he hecho. Sé que serás mucho más feliz con Bates que conmigo.*

Trilby se dejó caer en la silla y lloró amargamente. Se vistió, pero no le dio tiempo a llegar al porche trasero. Una violenta oleada de náuseas la hizo vomitar el café que acaba de tomar. Se secó las lágrimas calientes y fue a hacer la maleta.

Jorge se sorprendió mucho al ver salir a la señora y a la niña poco después de haberse ido el señor Vance. Ella le pidió que la llevara a la ciudad.

–Me gusta Teddy –le dijo Samantha a Trilby cuando pararon delante de la casa de los Lang. Es muy bueno conmigo.

–Es un buen chico –le dio un beso en la mejilla y la

miró con tristeza–. Y tú eres una buena chica. Te quiero mucho, Samantha.

–Yo también te quiero, Trilby –dijo la niña–. Estás muy pálida. ¿Estás bien?

–Claro –ella forzó una sonrisa–. Pórtate bien con la abuela y el abuelo. ¿Sí? No tardaré mucho. Tengo que ir a la ciudad a hacer unas compras.

Samantha se bajó del coche y entró en la casa con Trilby.

–Gracias por cuidar de ella –le dijo Trilby a su madre.

–No es ninguna molestia. Lo sabes. Y Teddy la adora. Mira.

Su hermano le estaba enseñando a jugar a las canicas y la niña reía sin parar al verle sacar la lengua cuando disparaba una de las bolas.

–Me alegro de que se lleven tan bien.

Mary frunció el ceño.

–Pareces enferma. ¿Por qué no te sientas?

–No es nada. Voy a comprar tela para hacer unos vestidos de verano. ¿Te traigo algo?

–No, querida. Ya iré a mirar yo misma. Pero gracias de todos modos. Deberías ponerte sombrero.

–Está en el coche. No tardaré mucho. Volveré al anochecer.

–Muy bien. ¡Conduce con cuidado, Jorge!

–Sí, señora –el hombre sonrió y le abrió la puerta del coche a Trilby.

Por suerte las maletas estaban en el suelo del coche y Mary no las vio. Sin embargo, Jorge sí las había visto.

Trilby no hubiera querido que la llevara hasta la estación, pero los tranvías de Douglas no llegaban hasta allí y una caminata a pleno sol hubiera sido impensable. En la ciudad había gran cantidad de gente y muchos soldados.

Como era de esperar, cuando le dijo a Jorge que la llevara a la estación, él se molestó un poco, pero guardó silencio durante todo el viaje.

–Señora, no debe irse –le dijo ya en el andén, mientras esperaba al revisor–. El señor Vance se pondrá muy triste.

–No lo creo. En absoluto. Me dijo que me fuera.

–Pero él la adora. Señora, él habla de usted como si fuera la luna que brilla por la noche; con tanta ternura y amor. Si le dijo eso, debía de estar de mal humor, pero no tardará en arrepentirse. ¡No debe irse!

–Debo hacerlo, Jorge. Ya verás...

Ninguno de los dos había reparado en la repentina proliferación de uniformes caqui o en la agrupación de una multitud en las calles. De repente la gente empezó a gritar y se oyeron disparos a poca distancia.

–¡A cubierto! –gritó un soldado–. Ha empezado.

Trilby estaba preguntando qué ocurría cuando Jorge la hizo entrar en la estación y cerró la puerta. El cristal se hizo añicos de pronto. Jorge se llevó las manos al pecho y cayó al suelo. Un río de sangre salía de su hombro.

–¡Jorge! –gritó Trilby.

Trató de ir hacia él, pero no había dado más que un paso cuando un grupo de mexicanos armados entró por la puerta y rodeó a los aterrorizados pasajeros.

A su alrededor empezaron a hablar español a toda velocidad. Un hombre la agarró del brazo y otros dos apresaron a un par de ancianos.

–Usted viene con nosotros y no hacen daño –dijo uno de los hombres en un inglés chapurreado–. ¡Ahora mismo!

Trilby fue obligada a entrar en un vagón repleto de rifles y munición. Unos segundos más tarde iban de camino hacia la frontera a toda velocidad.

La joven se dio cuenta de que los hombres eran maderistas que trataban de escapar del ejército norteamericano. Los soldados iban tras ellos en un coche enorme flanqueado por hombres a caballo.

Cuando empezaron los disparos ella se desmayó y al despertar estaba en México. La lucha era encarnizada en Agua Prieta. Los federales y las tropas del ejército mexicano no daban tregua a los hombres del coronel de Luz Blanco. Los insurrectos habían llegado en un tren procedente de Nacozari y muchos se habían atrincherado en las vías del tren de Agua Prieta, mientras que otros recorrían las calles a caballo y en coches de motor.

El tiroteo iba en todas direcciones. De repente se oyó un cañonazo y Trilby vio un horrible espejismo de sangre y arena.

Los gritos de la gente eran desgarradores.

La joven sintió unas ganas terribles de vomitar. Apoyó la cabeza y tragó una y otra vez.

–Señora, lo siento mucho –dijo un mexicano alto–. Los hombres que la han traído sólo son simpatizantes. No están bajo mi mando. La tomaron como rehén para escapar de los soldados de su país y traernos armas. Pero no es propio de un hombre usar a una mujer como escudo. Siento mucho que se vea en esta situación. ¿Cómo se llama?

Trilby no sabía si debía decirlo, pero estaba demasiado cansada para pensar.

–Trilby Vance, señora de Thorn Vance. No me encuentro bien –se encogió en el asiento, incapaz de aguantar las náuseas.

–¡Dios! –el oficial de cabello blanco masculló algo en voz baja–. ¿Señora Vance, se encuentra mal?

–Estoy... Estoy embarazada.

El rostro del oficial se transfiguró. Se quitó el sombrero.

–¡Ay, Dios mío! ¡Juan! ¡Aquí, rápido!

Un hombre bajo de estatura corrió hacia ellos.

–¿Sí, mi general?

El oficial dijo algo en español, pero Trilby no pudo oírlo y el soldado fue a cumplir la orden de inmediato.

–Le he dicho a este hombre que la proteja con su propia vida –le dijo el general–. No tenga miedo. No le harán daño. Está segura en este tren. Tiene mi palabra.

Trilby trató de enfocar la vista en el oficial.

–Gracias, señor.

–¡Quédese con ella!

–¡Sí, mi general!

Juan empezó a juguetear con el sombrero.

–Señora, ¿le traigo algo de beber? ¿Agua, quizá?

–Sí, gracias.

El soldado le llevó una cantimplora, pero a Trilby no le importó que muchos hombres hubieran bebido de ella. El agua estaba fresca. No obstante, trató de no beber mucho para evitar las náuseas. Humedeció su pañuelo con unas gotas y se lo llevó a la boca. Vivir en el desierto la había enseñado a valorar el agua.

–¿Qué sucede? –preguntó Trilby al oír el eco de más disparos.

Una espesa humareda cubría los edificios y sólo se vislumbraban algunos coches y pies que corrían en medio del polvo del desierto, más agitado que nunca.

–Estamos intentando hacernos con Agua Prieta –dijo Juan con orgullo–. Vamos a echar a los federales y tomaremos el control. Red López, un compatriota que simpatiza con la causa, dirige la operación.

–Hay tantas tropas federales...

–Nosotros somos más, señora. Por fin podemos exigir lo que siempre debió ser nuestro. Estos cerdos ya no podrán arrebatarnos nuestras tierras y hogares. Ya no podrán convertirnos en esclavos en nuestro propio país. Ahora serán ellos quienes tengan que correr. Pero los atraparemos de todos modos.

Trilby miró a su alrededor y comprendió por qué luchaban. Aquellos hombres eran simples granjeros, no soldados. Pero habían aprendido a luchar contra los extranjeros que los explotaban para hacer fortuna. Sus familias se morían de hambre y vivían en chozas alquiladas.

Como la tierra que cultivaban, aquellos hombres pertenecían a los terratenientes extranjeros que se llenaban los bolsillos mientras ellos vivían en la miseria.

–Creo que debéis ganar esta guerra –dijo Trilby.

–Nosotros también, señora. Seguro que...

–¡Trilby!

Aquella voz le era muy familiar. La joven se dio la vuelta y allí estaba Naki.

–Siempre apareces en el lugar menos pensado –le dijo ella.

Él se arrodilló a su lado.

–¿Te encuentras bien? ¿Te han herido?

–Dios mío. Claro que no –se apresuró a decir ella con una sonrisa–. Un oficial muy atento le ordenó al soldado Juan, aquí presente, que me defendiera con su vida. No me han hecho daño. Me apresaron en Douglas mientras esperaba el tren. Parece que se han apropiado de este tren, pero no se mueve.

–¿Dónde está Thorn? –le dijo él, mirando alrededor.

Ella se puso seria.

–Está en Tucson. Comprando ganado.

–¿Y por qué estás aquí?

–Me dijo que me fuera –le dijo sin más–. Iba de camino a Louisiana para divorciarme de él.

–¿Divorciarte?

–Ah, pero no puede hacer eso, señora –dijo Juan, sacudiendo la cabeza. Miró a Naki–. La señora está embarazada.

–¿Que estás qué? –exclamó Naki con los ojos como platos.

–¿Por qué no gritas un poco más para que se entere todo el mundo? –le dijo Trilby a Juan, fulminándolo con una mirada.

–Lo siento, señora. Pero no debe dejar al señor Vance –dijo Juan, insistiendo–. Un hombre debe tener a su hijo. ¿No es así, señor? –le preguntó a Naki.

Naki miró a Trilby fijamente.

–Juan tiene razón.

–¡Tanto tú como Juan os podéis ir al infierno! No tenéis derecho a interferir. ¡Thorn me dijo que me fuera y eso hice!

–¿Por qué te dijo que te fueras? ¡Cuidado!

Naki la empujó hacia abajo justo antes de que una bala

atravesara el cristal con un zumbido y rebotara contra la pared opuesta.

–Éste no es el lugar apropiado para hablar de esto. Lo sabes –le dijo Trilby.

–Estoy de acuerdo –Naki desenfundó el arma–. Juan, ten cuidado. ¿Sí?

–¡Sí, señor!

–Quédate tumbada. Volveré lo antes posible.

–¿Quién está ganando?

–¿Quién sabe? –dijo con una sonrisa–. Parece que nosotros.

Se oyó el estruendo de otra explosión seguido de una oleada de gritos. Volvieron a cargar las armas con munición. Trilby no sabía muy bien lo que estaba ocurriendo en el exterior, pero sí se dio cuenta de que muchos de los integrantes de las tropas de Blanco eran extranjeros.

Al ver entrar a los heridos en el vagón, recordó que Jorge había resultado herido en el tiroteo de Douglas. Ella no sabía nada de heridas de bala y sólo podía esperar que se recuperara.

El tiroteo se acercó demasiado y Trilby se puso la mano en el vientre. Allí estaba completamente sola, a pesar de la presencia de Juan y de Naki. Thorn estaba en Tucson.

Al aumentar los disparos comenzó a preocuparse. Uno de ellos había atravesado la pared del tren, hiriendo a un soldado. Si una bala extraviada la mataba, Thorn tardaría días en enterarse.

Con lágrimas en los ojos se dio cuenta de que tal vez no volvería a verlo...

# CAPÍTULO 20

La noche llenó de sombras el rancho de los Lang, pero Trilby no regresó. Mary y Jack estaban preocupados. Y también Samantha.

–Llamaré por teléfono –dijo Jack.

Llamó a Los Santos, pero la mujer del capataz le dijo que no sabía nada de Trilby ni de Thorn. Tras un momento de duda, contactó con un amigo que trabajaba en el Hotel Gasten de Douglas.

Cuando volvió junto a Mary, estaba pálido. Sin decir ni una palabra, se puso el cinturón de la pistola y agarró el sombrero.

–¿Qué ocurre? –preguntó Mary, mirando hacia la cocina, donde había dejado a Samantha, preparando galletas.

–Esta tarde dos oficiales mexicanos y Red López atacaron el fuerte federal de Agua Prieta con doscientos insurrectos. Hubo un tiroteo en Douglas. Mucha gente resultó herida y... hubo algunos muertos.

–¡Jack! ¡Trilby iba al almacén de textiles!

–¿De verdad? ¿No te resultó raro que dejara a Samantha con nosotros cuando iba a comprar tela para hacerle unos vestidos?

–Sí, pero...

–Jorge sabría dónde está Thorn, pero estaba con Trilby.

No ha vuelto al rancho. El capataz me dijo que el señor Vance se había ido a Tucson. Es una ciudad muy grande.

–Oh, Dios.

–No te preocupes.

–Papá –dijo Teddy al entrar en la habitación–. ¿No ha vuelto Trilby?

–Todavía no –Jack forzó una sonrisa y le dio una palmada en el hombro–. No te preocupes. Voy a la ciudad. Puede que Trilby y Jorge hayan tenido problemas con el automóvil.

Teddy creyó a su padre y volvió junto a Samantha.

Las cosas estaban mucho peor de lo que Jack sospechaba. Cuando llegó a Douglas, toda la gente estaba subida en los tejados, mirando hacia la frontera con binoculares. Había soldados, reporteros y ambulancias por todas partes, y estaban trasladando a los heridos a los hospitales en trenes y coches. Mujeres mexicanas y norteamericanas atendían a los afectados sin importar el bando.

Le dijeron que la batalla había durado tres horas y que se esperaban más escaramuzas.

–¿Qué está ocurriendo? –le preguntó a un transeúnte.

–Hoy estalló la guerra en Agua Prieta –respondió el hombre–. La lucha sigue. Dicen que los maderistas están atrincherados a los largo de la frontera y que han acorralado a los federales. Hemos oído que retuvieron a algunos de los pasajeros del tren de Naco. Y parece que los de la junta local tomaron a una mujer americana de rehén de camino hacia la frontera.

–La mujer americana... ¿Saben quién es?

–Estaba en el andén del tren, creo. Sí. Era una mujer joven. El señor Heard dijo que acababa de comprar un billete para ir al este.

–Oh, Dios mío –exclamó Jack. Fue a buscar al comandante del ejército–. Mi hija ha sido secuestrada –le dijo al primer oficial que encontró–. ¡Deben hacer algo!

–Estamos tratando de negociar. Se lo aseguro. Pero las comunicaciones están cortadas y el tiroteo no cesa –le dijo el teniente–. Sorprendieron a un pequeño contingente federal. Dos capitanes y veintinueve de sus hombres salieron del fuerte a golpe de dinamita y huyeron hacia la frontera. En cuanto entraron en los Estados Unidos se rindieron, pero quedaron algunos, y estamos tratando de traerlos aquí. Los rebeldes tienen una ametralladora y la están usando. Es el caos, señor.

Mientras hablaban un capitán se acercó y mandó al oficial a buscar algo que sirviera como bandera de tregua. El militar parecía tan ocupado que Jack no se atrevió a pedirle ayuda. Un minuto después, el capitán se subió a un caballo y cruzó la frontera.

–El capitán ha tenido que disparar a algunos civiles para impedirles que se unieran a los rebeldes –dijo el teniente–. Le aconsejó que busque cobijo y se aleje de las calles. La lluvia de disparos desde el otro lado de la frontera no cesa.

–Pero, mi hija...

–Si la tienen los insurrectos, no tiene por qué preocuparse. Respetan mucho a las mujeres y no le harán daño. Cuando hayamos sacado a los federales, tal vez podamos negociar y recuperar a los rehenes.

Jack sabía que los mexicanos trataban bien a sus mujeres, pero Trilby no era una de ellas y tenían razones más que suficientes para despreciar a los extranjeros. Además, si lograban hacer retroceder a los federales y se ponían a beber mescal, cualquier cosa podría pasar.

El padre de Trilby se maldijo a sí mismo por haberse quedado en Arizona y por haber puesto en peligro la vida de su hija. ¿Qué diría Thorn cuando lo averiguara? Y lo que era más importante... ¿Por qué quería Trilby tomar un tren rumbo el este? Sin duda alguna tenía algo que ver con la carta de Richard Bates. Si conseguía que Trilby regresara sana y salva, él mismo compraría un billete hacia Louisiana para pegarle un tiro a Richard.

Se alejó de las calles, horrorizado ante el cariz que habían tomado los acontecimientos.

Thorn pasó una noche solitaria en la habitación del hotel de Tucson, bebiendo y culpándose por lo que le había hecho a Trilby. Al día siguiente ya no tenía ganas de hacer negocios, y en su lugar, se pasó toda la mañana pensando si Trilby había recibido la nota, si se habría marchado... Probablemente encontraría a Samantha con los Lang y ella estaría preocupada.

No necesitaba más excusas para volver a casa.

Nadie lo esperaba, así que se bajó del tren en el apeadero de Blackwater Springs y consiguió que alguien lo llevara al rancho. Las noticias que le dio el conductor lo hicieron subirse al caballo en cuanto llegó a Los Santos y galopar como alma que lleva el viento hasta la casa de los Lang.

Cuando llegó encontró a Mary en el porche con los ojos rojos y se le paró el corazón. Apagó el motor y saltó del coche.

–¡Thorn! –exclamó Mary, levantándose de la silla–. Oh, Thorn, ¡qué momento más horrible para volver!

–Trilby –dijo él sin perder tiempo–. ¿Se ha ido...?

–Jack llamó y dice que algunos simpatizantes de los rebeldes la han tomado prisionera. Ya han cruzado la frontera rumbo a Agua Prieta –dijo Mary, viendo el horror en su mirada–. No podemos traerla de vuelta. Ni siquiera sabemos si está bien. A Jorge le han disparado y no sabemos si sobrevivirá. Está en el hospital Calumet.

–Oh, Dios mío –dijo Thorn con el corazón desbocado.

–Jack está en Douglas, tratando de conseguir información del ejército. Thorn, espera. Samantha está aquí...

–Cuide de ella, por favor –le dijo y volvió al coche–. Volveré en cuanto pueda.

–Claro que cuidaré de ella, Thorn. Ten cuidado. Si averiguas algo, cualquier cosa...

–Estaremos en contacto.

Thorn se alejó a toda prisa.

Lisa Morris había visto salir a las tropas del capitán Powell desde el porche de su casa. El ingente destacamento motorizado iba en dirección a Douglas. El capitán paró para hablar con Lisa.

Subió al porche, donde ella esperaba con un bonito vestido de guinga azul.

–¿Tienes que irte? –le preguntó sin querer, preocupada.

–Sí. Agua Prieta ha sido atacada y nos han ordenado ir a Douglas como fuerza de apoyo. Ésta podría ser una situación muy peligrosa, y la guerra, desgraciadamente, también es un asunto de médicos.

–¡Tengo mucho miedo, Todd!

–Tendré cuidado –le acarició la mejilla–. Soy un perro viejo y fuerte. Aún no me dejaré matar. No ahora que tengo tanto por lo que vivir.

Se quedó sin aliento al ver cómo lo miraba ella.

–Dios mío, Lisa, cuando me miras así... –susurró. La tomó en sus brazos y la besó con desesperación.

Ella le devolvió el beso con pasión, dando rienda suelta a la necesidad que la había consumido desde aquel momento de intimidad que habían compartido.

–Oye –le dijo Todd, sujetándola con fuerza hasta que recuperara el equilibrio–. Tú eres tan fuerte como yo.

Ella no era capaz de sonreír.

–Estoy mareada.

–Y yo también. No es buena idea recordarme a mí mismo todas las razones en contra. No es buena idea en absoluto. Te deseo tanto.

Ella vio cosas en sus ojos que él jamás llegaría a decirle.

–Yo también te deseo –le dijo–. Te quiero tanto, Todd. ¡Con todo mi corazón!

Un destello brilló en los ojos de él.

–Quiero que seas mi esposa. Pero yo soy... mucho mayor que tú. Soy viudo, y todo el mundo sabe que he bebido demasiado.

–Nada de eso importa.

Él soltó la respiración y la agarró de la mano.

–Dejaré la bebida para siempre. Haré todo lo que me pidas.

Ella sonrió.

–Lo sé.

–No soy rico, y no creo que consiga ascender de rango.

–Eso tampoco importa.

Todd la besó en la palma de la mano con fervor.

–Te amo. Más que a mi vida. ¡Más que al honor!

Ella rozó la mejilla contra la palma de su mano, conmovida por aquella confesión.

–¿Cuándo te casarás conmigo? –le preguntó él.

–Cuando quieras. Creo que mayo es un buen mes para una boda.

–Mayo –se apartó de ella y sonrió–. Entonces, mayo.

–No correrás riesgos innecesarios. ¿Verdad ,Todd?

–No –la acarició una última vez.

Bajó los escalones del porche con la agilidad de un hombre mucho más joven. Entró en el coche y se despidió con la mano al arrancar.

Ella vio marchar al destacamento hasta que se perdió en el horizonte.

Thorn corrió por las calles de Douglas en busca de Jack Lang. Cuando por fin lo encontró, estaba hablando con un oficial para conseguir un pase que le permitiera entrar en Agua Prieta con las tropas de los Estados Unidos.

–No puedo dárselo –le decía el oficial, algo nervioso–. Señor Lang, me está pidiendo algo imposible. Ningún pase sería suficiente para los insurrectos. Se han desplegado a lo largo de las vías del ferrocarril hasta llegar a nuestras aduanas. Dispararán a cualquier cosa que se mueva. Varios americanos que viajaban en el tren de Nacozari han sido tomados como rehenes, pero no sabemos dónde están. Los federales se han rendido, y en cuanto la ciudad esté en manos de los revolucionarios, le aseguro que los rehenes serán liberados. Su hija debe de estar entre ellos y probablemente se encuentre bien.

–Vamos, Jack –dijo Thorn con gesto circunspecto y le tiró del brazo hasta llegar a la calle–. Así no vamos a conseguir nada.

Se dirigió hacia la parte mexicana de la ciudad, a través del tumulto de coches, tropas y curiosos. Jack iba a su lado.

–¿Qué vas a hacer?

–Buscar ayuda –le dijo Thorn–. Ésta es la única forma de entrar en Agua Prieta en este momento. No podremos cruzar a pie con todas esas tropas de los Estados Unidos.

–Lo sé –dijo Jack–. Ya le han disparado a un hombre para impedirle que cruzara. ¿Y si los rebeldes piden un rescate? ¡No tengo dinero aquí!

Thorn tocó el arma que llevaba en el costado sin detenerse.

–Yo les pagaré por adelantado.

–¡Sé cómo te sientes, pero no debes ponerla en peligro!

–No lo haré. Pero la sacaré de ahí. Juro que lo haré. Cueste lo que cueste.

Se abrieron camino entre la multitud.

–Iba a dejarte. ¿No? Por ese maldito.

–Sí –dijo Thorn con amargura–. Y todavía puede irse. Pero primero tengo que sacarla de México.

–Sé que no ama a ese hombre.

–Y yo sé que sí. Pero no importa. Lo importante es salvarle la vida. ¡Reza para que no sea demasiado tarde!

Mientras su padre y Thorn trataban de salvarla, Trilby aprendía a curar heridas de bala. Se había atado una sábana a modo de delantal y observaba a un médico mexicano mientras cosía una herida a la luz de una lámpara de queroseno. Poco después repetiría la técnica por sí sola, siguiendo las instrucciones al pie de la letra. Ella no entendía español, así que Naki hacía de traductor con el médico.

–¡Esto es ridículo! –exclamó Naki–. No estás en condiciones de hacer nada de esto.

–Quédate tranquilo –murmuró ella mientras el doctor le mostraba cómo coser los puntos.

Trilby repitió el proceso en su propio paciente, que no paraba de cantar gracias a los efectos del vino.

–Creo que lo estoy haciendo muy bien.

–¿Por qué no entrar en razón? ¡Estás arriesgando la vida!

–Me recuerdas a mi marido –le dijo Trilby, ignorándolo–. Estoy bien. He bebido agua y me he comido un trozo de pan y un poco de queso. Naki, ¡creo que esto se me da muy bien! –le dijo con entusiasmo mientras cosía otra herida bajo la supervisión del médico.

–Thorn me matará.

–Yo no soy asunto de Thorn. Voy a dejarle. ¿Quieres quedarte tranquilo? Esto es muy complicado. Pregúntale al doctor si debo poner dos puntos aquí...

Naki lanzó las manos al cielo.

Los norteamericanos secuestrados en el tren habían sido liberados unas horas antes y Thorn había buscado a Trilby entre ellos. Pero ella no estaba.

Entonces habían mandado a buscar al hermano de Jorge para cruzar la frontera. Hacerlo sin ayuda habría sido un suicidio.

Por fin, tras una larga noche de espera, Thorn y Jack lograron pasar la frontera con un grupo de rebeldes.

–Ni siquiera sabemos dónde buscar –dijo Jack mientras subían por un barranco en las afueras de Agua Prieta.

–Claro que sí. Seguirá en ese maldito tren. No podrían haberlos movido en medio del tiroteo.

–Bueno, tienes razón –dijo Jack, aliviado–. Oh, Dios mío, espero que no le hayan hecho nada.

–Si lo han hecho, no vivirán para arrepentirse.

Lo primero que oyeron al entrar en la ciudad fue música y disparos esporádicos. Agua Prieta no era una pequeña ciudad fronteriza y estaba repleta de tropas de guarnición del gobierno.

Sin embargo, pronto se hizo evidente que los rebeldes tenían el control.

El tren estaba inmóvil sobre las vías, pero había luz en algunas de las ventanillas. Thorn arrugó los ojos al mirar.

Entonces, con una pequeña carcajada, sacó la pistola y comprobó el tambor antes de enfundarla de nuevo.

–¿Estás listo, Jack?

–Listo.

Thorn entró en una zona iluminada y dos hombres le salieron al paso, pero él dijo la contraseña del día. Ellos bajaron las armas y Jack suspiró, aliviado. Aquellos hombres parecían de gatillo fácil.

–Ahora cúbreme en todo momento –le dijo Thorn–. Piensan que somos simpatizantes. ¿Crees que me habría arriesgado a cruzar sin saber la contraseña?

–Pensé que no saldríamos vivos. ¿Está dentro?

–Me dijeron que estaba con el médico –respondió Thorn, preocupado–. Vamos.

Subió al tren y se detuvo en el umbral, perplejo.

Trilby estaba sentada delante de un herido. En las manos tenía hilo de coser y una aguja.

–¡Trilby!

Ella oyó su voz profunda y levantó la vista. Una ola de color incontenible le iluminó el rostro, pero entonces recordó la noche que la había abandonado.

Le clavó la mirada.

–Hola, Thorn. Hola, padre –les dijo con reservas–. No esperaba veros aquí.

–¿Qué estás haciendo? –le preguntó Thorn sin dar crédito.

–Estoy ayudando a este pobre doctor. No puede coser a todo el mundo al mismo tiempo. ¿Sabes? –se volvió hacia Naki, que parecía culpable bajo la mirada ceñuda de Thorn–. Dígale al doctor que tengo que hablar con mi padre. No tardaré más que un minuto –le dio el hilo y la aguja al apache.

Se quitó el delantal ensangrentado y se acercó a los hombres.

–Trilby, hija... ¿Estás bien? –Jack le dio un efusivo abrazo–. ¡Oh, gracias a Dios! ¡Gracias a Dios! Cuando supe que habían tomado rehenes, tuve tanto miedo. Tu madre está muerta de miedo, y Teddy también.

–Estoy bien, padre. De verdad.

Estaba pálida y tenía el pelo revuelto, pero parecía habérselas arreglado bien.

No miró a Thorn ni una sola vez.

–Tengo que hablar contigo –dijo él. La agarró del brazo y la hizo bajar al andén. Los mexicanos patrullaban alrededor del perímetro.

–¿Sí? ¿Qué quieres? Estoy ocupada –le dijo con soberbia, esquivándole la mirada.

–Trilby, por el amor de Dios, eres una prisionera en un campamento enemigo. ¡No una doctora en una visita a domicilio!

–No soy una rehén. Estoy ayudando a los que lo necesitan. Cuando me suelten, volveré a Louisiana. Eso es lo que quieres. ¿No?

Thorn no encontró las palabras adecuadas y se agarró del pasamanos de metal, lleno de impotencia. A lo lejos se oía el sonido de una guitarra. Había unos hombres alrededor de una hoguera, cocinando judías y haciendo café. Se oían voces por todas partes.

–Siento mucho lo que te hice esa última noche que pasamos juntos. No tenía derecho.

–Eso es cierto.

–Por lo menos no te han hecho daño.

–A ellos jamás se les ocurriría hacer algo semejante. Son caballeros.

Él se volvió y la miró fijamente.

–Pero yo no. Soy un salvaje. Te lo he demostrado. ¿No es así, Trilby? –añadió, sintiendo desprecio hacia sí mismo–. Si estás buscando un compañero refinado, nunca lo encontrarás en mí. Bates es tu tipo. Quizá lo haya sido siempre. Estarás mejor con él.

Trilby arrugó el entrecejo. Se acercó a él y en ese momento vio cómo le afectaba su presencia.

Se había puesto muy nervioso; los músculos de la cara en tensión.

–¿Qué sucede, Thorn? ¿Acaso te pongo nervioso?

Dio otro paso adelante y él retrocedió con una expresión amenazante.

–Es a Bates a quien quieres. ¿Recuerdas? –le dijo con frialdad–. Me alegro de ver que no te han hecho daño. Hablaré con López y te sacaré de aquí.

–Thorn –le dijo ella cuando él echó a andar en dirección al tren.

Él se volvió con uno de esos movimientos bruscos que solían intimidarla.

–¿Sí?

–Nunca me has preguntado lo que siento por Richard, ni tampoco si quiero ir junto a él. No me has preguntado si quiero el divorcio.

–¿Cómo no vas a quererlo después de lo que te hice? ¡Por el amor de Dios!

El dolor que brillaba en sus ojos era insoportable.

Trilby se acercó de nuevo y le miró a los ojos.

–Me hiciste el amor –le dijo suavemente–. Fuiste apasionado, pero no cruel –bajó la vista–. Nunca has sido cruel conmigo... en ese sentido.

–Pero te hice cardenales –le dijo. La voz le temblaba de la emoción–. No tuve el valor suficiente para enfrentarme a ti a la mañana siguiente. ¿No te das cuenta? ¡No podía mirarte a los ojos otra vez, así que huí!

Ella contuvo el aliento. La expresión de su rostro la hizo flaquear. ¿Cómo no lo había visto antes? Aquella no era la mirada de un hombre celoso y vengativo. Era la mirada de un hombre que amaba tan intensamente que se moría al saber que iba a perderla.

–Vaya... Sí me amas –susurró, perpleja.

# CAPÍTULO 21

Thorn se encogió al oír sus palabras. Le dio la espalda y trató de recuperar el control. Él no quería que ella lo supiera. No quería ser vulnerable.

Trilby fue hacia él. Le agarró el brazo y se lo acercó al pecho.

–¿Es tan difícil admitirlo?

El rostro de Thorn se volvió de hielo, pero no tuvo más remedio que mirarla a los ojos.

–Tú no me deseas. ¡Nunca lo has hecho! No soy culto y sofisticado como ese tipo del este del que estás enamorada.

–No, no eres sofisticado –le dijo ella, sonriendo al verle esconder el rostro–. Eres como tu desierto, Thorn, duro como una roca y a veces muy cruel. Pero eres el doble de hombre que Richard.

Él volvió a mirarla, sorprendido.

–No quería admitirlo, pero lo supe el día que Richard me besó, cuando Sissy y yo salimos a buscar ruinas. No sentí nada. Nada en absoluto. Él me abrazó y yo sólo podía pensar en cómo me tomabas en tus brazos.

Él entreabrió los labios, sin respirar apenas.

–¿Cómo es que no lo sabías? Yo me delaté a mí misma más de una docena de veces –ella se sonrojó y bajó la vista–. Sobre todo aquella última vez, cuando me deseabas tanto que me lo diste todo. Entonces creí que iba a morir. El placer fue tan intenso...

Thorn empezó a temblar, pero por fin se atrevió a tocarle la mejilla, con timidez.

–Nunca quise hacerte daño. Estaba celoso y me daba mucho miedo perderte. Perdí el control.

–Sí –ella se acercó y lo rodeó en sus brazos.

Se pegó a su cuerpo poderoso y le sintió estremecerse.

–No –le dijo él, tratando de apartarla.

–No pasa nada –susurró ella–. Yo también estoy temblando. ¿No lo sientes?

Thorn sí lo sentía, pero eso sólo hacía más profundo su deseo. Lo hacía insoportable. Puso las manos sobre los hombros de ella.

–Trilby, no puedo obligarte a que te quedes conmigo si no eres feliz. Bates te ama...

–No. No me ama. Bates se quiere a sí mismo. Pero te quiero a ti.

Él reprimió un gemido y la besó en los párpados.

–¡Oh, Dios! –susurró él casi sin voz.

–No lo sabías. ¿Verdad? –preguntó ella.

–¡No! ¿Cómo iba a saberlo? Tú parecías desearme, pero yo pensaba que sólo tratabas de hacer más llevadero el matrimonio. Y cuando me pediste un hijo, pensé que sólo era una forma de obtener una pequeña alegría en el calvario.

–Quería darte un hijo porque te quiero –le dijo, sonriendo contra su amplio pectoral–. Thorn... –susurró–. Estoy embarazada.

–Que estás... ¿Qué? –repitió él, ahogándose.

–Llevo a tu hijo en mi vientre.

Entonces Thorn recordó aquella noche, antes de irse a Tucson.

–Tú estabas embarazada y yo...te hice el amor de aquella manera... –estaba aterrorizado–. ¡Dios mío, Trilby! ¡Dios mío! ¡Podría haberte hecho mucho daño! Y el bebé...

Ella le tapó la boca con la mano.

–Thorn, está bien. No nos hiciste daño a ninguno de los dos. Escúchame. Estoy bien.

Los ojos de Thorn se humedecieron.

–Trilby, lo siento.

Ella le dio un abrazo.

–Te quiero –dijo con fervor–. Y tú me quieres a mí. No hay nada que perdonar. Te hice daño sin querer. Tú sólo tratabas de mostrarme lo que sentías, pero yo no era capaz de verlo. Ahora sí lo veo. ¡Thorn, tú eres mi vida!

Él tembló por dentro y la apretó contra su cuerpo convulso. Aquel arrebato violento podía haberle salido muy caro.

–Oh, mi amor –dijo ella suavemente–. Por favor, no seas así. Te juro que ni el bebé ni yo sufrimos daño alguno.

–Nunca más. ¡Nunca volveré a tocarte así!

–Sí que lo harás, cuando vuelva a estar en condiciones. Porque nosotros somos apasionados y salvajes –lo besó con frenesí–. Te adoro. Te adoro, te quiero...

Sus deliciosos besos derritieron el dolor que sentía Thorn. La levantó en el aire y le devolvió el beso con todo su ser. Una fiebre soporífera ardía en su interior.

–Ejem...

Ambos miraron hacia la portezuela del tren. Naki estaba apoyado en el umbral.

–Disculpen, pero... ¿Están sordos?

Thorn frunció el ceño.

Se oían disparos a muy poca distancia. De repente un agudo zumbido cortó el aire a su derecha.

–¿Oís eso? ¿Pistolas? ¿Disparos? ¿Balas que rebotan? –dijo Naki con ironía–. Si no queréis que os atraviesen, sería una buena idea quitarse de la línea de fuego.

–¿Por qué no dijiste nada? ¡Maldita sea! –dijo Thorn, guiando a Trilby hacia el vagón del tren–. ¡Va a tener un bebé!

–Sí, lo sé –dijo Naki con una sonrisa–. Todo el mundo lo sabe. Nos hemos turnado para cuidar de ella. Ése de allí es Juan. Cree que está enamorado.

Thorn fulminó con la mirada al pequeño mexicano sonriente.

–Pues que vaya a besar a su caballo. Es mía.

–Se lo diré. ¡Abajo! –los empujó al suelo al tiempo que una lluvia de cristales caía sobre ellos.

–Creo... –dijo Naki, con los labios a un milímetro del suelo–. Que va a ser un día muy largo.

Lo fue. Por la tarde, el tiroteo cesó, aunque no por mucho tiempo. Según los rumores, un contingente de federales estaba de camino hacia Agua Prieta.

El general que había hablado con Trilby a su llegada volvió un rato más tarde.

–Tenemos que volver a los Estados Unidos –les dijo–. Pero habrá que tener mucha precaución, porque su capitán ha jurado hacer prisioneros de guerra a los insurrectos que atrape del lado americano de la frontera. La situación es peligrosa.

Trilby sonrió.

–Resulta que me estoy acostumbrando al peligro, señor.

Thorn estaba tan orgulloso de ella que apenas podía ocultarlo. La dulce Trilby del este había cambiado de la noche a la mañana, convirtiéndose en toda una mujer. Con sólo mirarla se estremecía por dentro.

–Mi esposa está embarazada –le dijo Thorn al general.

–Juan me lo acaba de decir –se quitó el sombrero y le hizo una reverencia a la joven–. Enhorabuena, señora –añadió con una sonrisa–. Será un placer escoltarla hasta la frontera.

–Usted es todo un caballero, señor –le dijo ella.

–Voy a lamentar mucho su marcha. ¿Sabe? Se ha convertido en uno de mis mejores médicos. ¿Quién cuidará de mis hombres?

–Hay hospitales al otro lado de la frontera –dijo Jack–.

Hay hospitales de campaña por todas partes y mucha gente que atiende a los heridos. Aceptan a federales, rebeldes, a cualquiera.

El general asintió.

–Es como debe ser –le hizo señas a Juan.

Trilby se despidió del doctor y poco después partieron rumbo a la casa de aduanas. Ondeando una bandera de tregua, el general los escoltó a través del frente rebelde atrincherado a lo largo de la frontera. En cuanto cruzaron, saludó al capitán del ejército norteamericano que estaba al mando y regresó junto a sus hombres.

Jack Lang suspiró de alivio.

–Gracias a Dios. ¡Suelo norteamericano!

–Sí –dijo Thorn, abrazando a Trilby–. Gracias a Dios. ¿Naki, no vienes? –el indio se quedó junto a la línea. El oficial norteamericano iba hacia él.

El apache sacudió la cabeza con una sonrisa.

–Soy parte de la revolución, amigo mío. Mi gente perdió su libertad para siempre, pero estos hombres todavía tienen una oportunidad. Hay muchos extranjeros luchando por su causa. No puedo abandonarlos ahora, cuando estamos tan cerca de la victoria.

–¿Y qué pasa con Sissy? –le preguntó Trilby.

El rostro de Naki se endureció.

–No le digas nada. Nada en absoluto.

–McCollum le dijo que estabas aquí. ¡Cree que estás muerto!

Naki cerró los ojos y sintió un escalofrío.

–Entonces que así sea. Es mejor así.

–Ella te ama.

Naki abrió los ojos y Trilby contempló el auténtico infierno en ellos.

–Lo sé. ¡Lo sé muy bien!

–Ella lo dejaría todo.

–Y yo. Ya lo he hecho –esbozó una triste sonrisa–. Cuando esto acabe, quizá haya una manera.

Trilby guardó silencio. No tenía derecho a decirle cómo vivir su propia vida.

–Cuídate –le dijo Thorn–. No dejes que te maten por ahí.

–Prometo intentarlo. Vayan con Dios.

–Sí. Tú también.

Naki se despidió con la mano y volvió junto a los rebeldes. El apache se había convertido en un soldado revolucionario.

Thorn, Jack y Trilby se vieron rodeados de periodistas y un malhumorado soldado se les acercó cuando se aproximaron al frente norteamericano.

Thorn vio una salida y levantó la mano.

–Más tarde, por favor –les dijo–. Mi esposa no se encuentra bien. Tengo que llevarla a casa.

Eso hizo retroceder a la multitud y Thorn logró abrirse camino entre ellos hasta el coche de Jack.

–¿La han herido los paletos mexicanos? –le preguntó un hombre cuando llegaron al coche.

Trilby se detuvo en seco y fulminó al reportero con la mirada.

–Son soldados rebeldes mexicanos, no paletos mexicanos. Ni tampoco son demonios. De hecho, me atrevería a decir que me trataron con mucha más delicadeza que cualquier hombre de este país.

El hombre carraspeó un poco y se quitó el sombrero.

–Idiota –dijo Trilby, en voz alta para que todo el mundo la oyera.

Agarró la mano de su marido al entrar en el coche. Thorn miró a Jack y sonrió. El vaquero se comprometió a regresar para informar al ejército después de llevar a su esposa a casa.

Agua Prieta estuvo bajo el control de los rebeldes durante unos días. Tres líderes insurrectos se rindieron ante las tropas norteamericanas y cuando el regimiento de doce mil federales, a las órdenes del coronel Reynaldo Díaz, entró en la localidad, las trincheras estaban desiertas y la ciudad había sido saqueada. El sitio había terminado.

Por suerte para los dos países, se evitó una guerra peor. Poco después de que los federales volvieran a tomar Agua Prieta, dos rebeldes maderistas, Francisco «Pancho» Villa y Pascual Orozco, atacaron Juárez con sus contingentes. La ciudad cayó y Madero se proclamó presidente de México. Los rebeldes celebraron la victoria y también los que simpatizaban con la causa.

Red López murió trágicamente poco después de la batalla de Agua Prieta, pero Orozco, Obregón, Villa y Zapata pudieron disfrutar del triunfo. Las fiestas duraron días y días, incluso del lado norteamericano de la frontera.

La primera fase de la revolución mexicana terminó el 26 de mayo de 1911, con la dimisión de Porfirio Díaz, y se celebraron unas nuevas elecciones en noviembre de ese año. Entonces fue cuando Madero subió al poder.

Trilby, repuesta y arropada por su familia, le estaba haciendo un vestido a Samantha y disfrutando de una nueva esperanza en su matrimonio. Ya no había dudas ni dolor, y cuando Thorn miraba a su esposa, el amor que veía en sus ojos lo cegaba por completo. Por aquellos días se sentía como un rey, y no como un salvaje.

Un día se lo dijo a ella.

La joven se rió y le dio un beso cargado de cariño.

–La única cosa salvaje en ti es tu forma de amarme –susurró–. Y espero que no cambie nunca.

Él sonrió sobre sus labios de seda y susurró que eso nunca ocurriría mientras le besaba.

Jorge se mejoró y volvió a trabajar en Los Santos. Sissy le escribía a menudo a Trilby, pero sus cartas eran cortas y tristes y jamás mencionaba a Naki.

Trilby tampoco. Como siempre, corría el rumor de que el indio había sido uno de los prisioneros rebeldes norteamericano que habían sido ejecutados en México, y al no tener noticias de él en Los Santos, Thorn había empezado a creer que realmente estaba muerto.

El otoño llegó tanto a Arizona como a Louisiana. Alexandra Bates estaba tomando el té con su madre cuando una sirvienta anunció la llegada de un caballero.

–Debe de ser el tal Harrow otra vez –dijo la señora Bates, resignada–. Tendremos que pegarle un tiro, Sissy, o nunca nos libraremos de él. Bueno, dígale que pase –le dijo a la sirvienta–. ¿Por qué tu padre se va de casa y yo tengo que soportar a tus pretendientes pesados?

Sissy sonrió, aunque no con mucho entusiasmo. Todavía lloraba la muerte de Naki. Con el paso de los meses, había perdido el interés en todo e incluso había dejado los estudios. Richard por fin había madurado y se había comprometido con una dulce joven. Ben se había marchado a Texas para convertirse en un ranger y ella era la única que seguía viviendo con sus padres.

La señora Bates fue la que recibió al invitado, que no tenía nada que ver con el señor Harrow. Aquel hombre era alto y elegante, y tenía un cierto aire europeo. Llevaba un exquisito corte de pelo y sus ojos brillaban como perlas negras. Era increíblemente refinado y apuesto, y el traje que llevaba estaba tan impecable como sus botas de piel.

–¿La señora Bates? –le preguntó a la señora, sonriendo–. Me dijeron que Alexandra se encontraba aquí. Ah, sí. ¡Ahí está! –dijo, mirando hacia el sofá en el que estaba sentada la joven.

Alexandra Bates, vestida de negro, miró al desconocido fijamente. La sangre huyó de su rostro en un abrir y cerrar de ojos.

–¡Cuidado, se va a desmayar! –exclamó la señora Bates, asustada.

Naki dio un paso adelante y la agarró antes de que cayera al suelo. Al ver su extrema delgadez sintió una punzada en el corazón.

La recostó en el sofá mientras la señora Bates mandaba a la sirvienta a por sus sales.

–Oh, por el amor de Dios. ¿Qué le ocurre? –dijo la señora, preocupada.

–¿Sufre estos ataques a menudo? –preguntó Naki, mirándola con devoción.

–No. Pero no ha vuelto a ser la misma desde que volvió de Arizona hace algunos meses. Ha sufrido mucho por la muerte de ese hombre... –al recordar que estaba en presencia de un extraño, se detuvo–. No tiene importancia. Creo que aún no se ha presentado, joven.

–¿No lo he hecho? – murmuró él, distraído. Agarró la pequeña mano de Alexandra y la sostuvo con fuerza–. Sissy...

Ella abrió los ojos y sus pupilas se dilataron.

–¡Estás muerto! –susurró con la voz entrecortada–. ¡Naki, estás muerto! ¡Estás muerto!

–No –dijo él, sonriendo–. ¿Cómo iba a morirme y a dejarte aquí?

–¡Naki! –ella levantó las manos y él la abrazó con locura.

Cerró los ojos y comenzó a mecerla en sus brazos lentamente.

–Bueno –dijo la señora Bates al darse cuenta de las cosas. Cruzó las manos sobre su regazo y sonrió–. Joven, debo decirle que no se parece en nada a la imagen que tenía de usted.

Él la miró por encima del hombro de Sissy y esbozó una sonrisa franca.

–Supongo que esperaba plumas y pintura de guerra.

La señora Bates se echó a reír.

–Exactamente. ¿Le apetece un té?

–Con mucho hielo, por favor. En México es un bien escaso.

Cuando se quedaron solos Naki ayudó a incorporarse a Sissy.

–Me salvé por los pelos en varias ocasiones, pero estoy bien. Ahora tengo algunas tierras propias, Alexandra. He comprado una propiedad cerca de Cancún. Será un lugar nuevo para los dos, pero podremos vivir en paz y sin prejuicios. Yo siempre seré apache y no tengo intención de renegar de mi raza. Pero las raíces no dependen de la geografía. Puedo ser apache en México como lo era en Arizona.

–¡Pero renunciarías a todo!

–No del todo. Las alternativas son llevarte conmigo a la reserva, donde sufrirías las consecuencias de los prejuicios, o vivir en el mundo de los blancos, donde las sufriría yo. Creo que México es nuestra mejor opción. Tienes que decidir si merece la pena renunciar a tu vida y a tu hogar por mí.

Ella entendió las dimensiones de aquella elección. Sonrió y se arrojó a sus brazos.

–Qué sacrificio tan pequeño. Yo renunciaría a todo por estar contigo.

Él cerró los ojos.

–Sí –susurró–. Yo siento lo mismo, Alexandra. ¿Nos arriesgamos?

Ella sacudió la cabeza.

–No habrá ningún riesgo –dijo y puso sus labios sobre los de él.

–Aunque haya amor por las dos partes, no será fácil –dijo él, tratando de hablar entre sus besos.

Ella lo besó con frenesí.

–Quiero tener hijos cuando nos casemos –le dijo, muy seria.

Cuando él empezó a protestar le tapó la boca con la mano.

–Quiero muchos, muchos niños.

Él suspiró.

–Alexandra, ya hemos hablado de la mezcla de razas...

–Que pasará desapercibida en México. Y nuestros hijos serán los más apuestos y hermosos –dijo, imaginándolos en la mente.

Era difícil discutir con ella. Naki puso las manos sobre sus mejillas y sonrió.

–¿Niños hermosos?

–Hermosos. Les hablaremos de sus raíces apaches y ellos estarán orgullosos. Y los querremos tanto... Tanto como nos queremos el uno al otro.

Naki se quedó sin argumentos. Finalmente, sucumbió al poder de sus besos y a la ilusión de un futuro feliz.

El hijo de Trilby y Thorn nació en otoño. El pequeño sacó los ojos oscuros de su padre y el semblante rozagante de su madre.

Lo llamaron Caleb, por su abuelo paterno.

Naki y Sissy, en cambio, tuvieron cinco hijos y todos salieron a su apuesto y valiente padre.

Richard Bates se casó con una joven debutante que lo amaba con toda su alma, a pesar de sus frecuentes escarceos.

Teddy Lang se convirtió en el sheriff de Cochise County, Arizona, y la pequeña Samantha Vance se casó con un médico de Douglas, mientras que Caleb Vance se casó con una joven española. El vástago de Thorn Vance se presentó a las elecciones del Senado de los Estados Unidos y ganó.

Lisa Morris se casó con el capitán Powell y sorprendió a todos con un embarazo inmediato.

Francisco «Pancho» Villa fue destituido y arrestado por Madero, pero finalmente logró escapar. En noviembre de 1911 Zapata se sublevó contra el presidente. Orozco formó un ejército para hacerle frente y fue derrotado por Huerta, que había derrocado y asesinado a Madero.

El 6 de marzo de 1913 Pancho Villa dejó El Paso y cruzó la frontera hacia México. Con él iban seis hombres que llevaban nueve fusiles, quinientos cartuchos de munición, dos libras de café, dos libras de azúcar y una libra de sal. En 1914 logró reunir a un ejército llamado la División del Norte. Con sus hombres sacó a los federales de la ciudad de Chihuahua y del estado de Sonora. Varios años después de la experiencia de Trilby, hubo otra batalla decisiva en Agua Prieta, liderada por Pancho Villa el 1 de noviembre de 1915. Aquella fue la primera derrota que sufrió a manos de los federales en el estado de Sonora.

A pesar de los reveses sufridos, Villa luchó numerosas batallas con sus hombres. Su cañón, «El Niño», pasó a la posteridad gracias a la obra del periodista John Reed, que cabalgó a su lado.

Villa se rindió en 1920, tres años después de haber sido aprobada una nueva constitución que regulaba la reforma agraria y el nacionalismo. Zapata fue asesinado en 1919 y Villa cuatro años más tarde. El coronel Álvaro Obregón se convirtió en presidente en 1921.

A pesar de la revolución, las cosas no cambiaron mucho. Hubo varias reformas, pero los influyentes inversores extranjeros siguieron controlando gran parte de la riqueza del país. Así, los campesinos mexicanos continuaron subsistiendo bajo el umbral de la pobreza; testigos silenciosos de un incesante desfile de presidentes.

Un día, años después de la primera batalla de Agua Prieta, Thorn y Trilby vieron volar a un biplano desde el porche de su casa. La Primera Guerra Mundial acababa de estallar en Europa.

–Dicen que van a usar esas cosas en una guerra en el extranjero –dijo él–. Si fuera unos años más joven, trataría de aprender a volar. Esos aviones le fueron muy útiles a Villa al final de la revolución.

–Los aviones y «El Niño» –observó Trilby.

Él echó hacia atrás en el columpio y puso el brazo sobre los hombros de su esposa. Samantha se había ido a estudiar al este y el joven Caleb estaba en la parte de atrás. Teddy le estaba enseñando a remendar arneses.

Y la vida era dulce y tranquila...

–¿No echas de menos la vida de antes? –le preguntó él de repente–. Louisiana, los bailes, la compañía refinada...

Ella puso la mano sobre su pecho y apoyó la mejilla en su hombro.

–No –le dijo, mirándolo fijamente.

–¿Ni siquiera echas de menos la vida sin arena?

–Me gusta la arena. Es buena para la piel –le tocó la nariz y sonrió–. Te quiero.

Él suspiró, contento, y apoyó la mejilla sobre la cabeza de ella.

–Has cambiado.

–Oh, sí. Ahora sé disparar un arma, ensillar un caballo y blandir un hacha. Por no hablar de coser heridas y tomar parte en revoluciones.

Él se rió a carcajadas.

–Y yo por lo menos tengo algo de modales en las fiestas. Así Samantha no se avergonzará de mí cuando traiga a su novio a casa.

–Tú nunca nos avergonzarías, y mucho menos a mí, cariño. Pero si quieres, puedo refrescarte la memoria sobre los buenos modales. Por ejemplo... –susurró, tirándole de la cabeza para rozarle los labios con los suyos propios–. Un caballero siempre ayuda a una dama en apuros.

El pulso de Thorn se aceleró bajo la mano de Trilby.

–¿Y tú estás en apuros?

–Oh, sí –le dijo con fervor–. Un gran apuro. ¿Podrías acompañarme al dormitorio y ayudarme a echarme en la cama?

Él se rió con picardía.

–Creo que sí –se puso de pie y entró en la casa abrazando a su esposa.

–Espero que nuestro hijo esté muy interesado en remendar arneses.

–La puerta tiene cerrojo –susurró ella. Le mordisqueó la oreja de forma juguetona.

Él se inclinó sobre ella y la besó como siempre había hecho.

El biplano multicolor hizo una pirueta en el aire y regresó a Douglas. Campo adentro, dos chicos lo miraban extasiados.

El avión volaba como si tuviera las alas de un ángel; una mariposa gigante bajo el sol de la tarde. Y abajo, mucho más abajo, en las curvas del camino, pequeños remolinos de arena amarilla danzaban en el aire...

# *Títulos publicados en Top Novel*

*El vals del diablo* – Anne Stuart
*Secretos* – Diana Palmer
*Un hombre peligroso* – Candace Camp
*La rosa de cristal* – Rebecca Brandewyne
*Volver a ti* – Carly Phillips
*Amor temerario* – Elizabeth Lowell
*La farsa* – Brenda Joyce
*Lejos de todo* – Nora Roberts
*Lacy* – Diana Palmer
*Mundos opuestos* – Nora Roberts
*Apuesta de amor* – Candace Camp
*En sus sueños* – Kat Martin
*La novia robada* – Brenda Joyce
*Dos extraños* – Sandra Brown
*Cautiva del amor* – Rosemary Rogers
*La dama de la reina* – Shannon Drake
*Raintree* – Howard, winstead jones y barton
*Lo mejor de la vida* – Debbie Macomber
*Deseos ocultos* – Ann Stuart
*Dime que sí* – Suzanne Brockmann
*Secretos familiares* – Candace Camp
*Inesperada atracción* – Diana Palmer
*Última parada* – Nora Roberts
*La otra verdad* – Heather Graham
*Mujeres de Hollywood... una nueva generación* – Jackie Collins
*La hija del pirata* – Brenda Joyce

www.ingramcontent.com/pod-product-compliance
Lightning Source LLC
La Vergne TN
LVHW030215230826
846093LV00010B/473

* 9 7 8 8 4 6 7 1 6 6 9 0 3 *